George Tenner

Insel der Vergänglichkeit

Die Lasse-Larsson-Reihe, 8. Band

Bibliografische Information der Deutschen Bibliothek: Die Deutsche Bibliothek verzeichnet diese Publikation in Der Deutschen Nationalbibliografie; detaillierte bibliografische Daten sind im Internet über http://dnb.d-nb.de abrufbar.

Impressum

Besuchen Sie George Tenner im Internet:
www.george-tenner.de
oder auf Wikipedia
https://de.wikipedia.org/wiki/George_Tenner
Telefon: +49 (0) 15784495128
E-Mail: gtenner@t-online.de

Coverfoto: © Henry Böhm
DAS FOTO henry boehm
Email: henry. boehm@t-online.de
Tel.: 01795275483
WWW. Facebook. COM/planetusedom

Covergestaltung: VercoDesign, Unna

Herstellung

epubli

Neuauflage 2020

George Tenner

Insel der Vergänglichkeit

Roman

Es gibt für das Leben keine Garantie.

In Erinnerung an S.

Mögest du die Ruhe finden,

die dir auf Erden nicht vergönnt war.

GT

Prolog

8. Mai 2008

Es war ein relativ schöner Tag gewesen, denn der Mai hatte seinem Namen als Wonnemonat in diesem Jahr alle Ehre gemacht. Zahlreiche Sonnenstunden prägten die Witterung vor allem im Norden Deutschlands. Stralsund schien besonders bevorzugt zu sein.

»Warum kommt sie nicht?«, hatte Suzanne gefragt. »Weißt du nicht, was für ein Tag heute ist?«

»Der Tag der Befreiung des deutschen Volkes vom Hitlerfaschismus«, sagte Remy und rülpste.

»Scheiße, Remigius«, lallte Suzanne provozierend. Immer wenn sie ihn ärgern wollte, nannte sie ihn Remigius. »Ich denke an meine Schwester, deren Tod sich in drei Tagen jährt, und du kommst mit einer solchen Scheiße.«

»Scheiße? Ich werde dir gleich zeigen, was Scheiße ist! Ich sollte dir gleich aufs Maul hauen«, sagte Remy mit schwerer Zunge. »Du weißt genau, dass ich nicht mag, wenn du Remigius zu mir sagst.« Er nahm die Flasche mit dem Wodka und goss die Wassergläser zur Hälfte nach.

»Trink!«, befahl er.

»Es ist aber doch ein ehrenwerter Name.« Allein die Stimmlage Suzannes ließ nichts Gutes erwarten. »Remigius von Reims war ein aus gallorömischem Adel stammender Bischof vor fünfzehnhundert Jahren im Osten des heutigen Frankreichs. Der Name ist Historie pur, denn er wurde bekannt durch die Taufe des Merowingerkönigs Chlodwig I. und wird als einer der großen Heiligen des fränkischen Volkes verehrt. Damit solltest du handeln gehen.« Triumphierend grinste Suzanne den Mann an.

Die Faust Remys schlug hart auf den Tisch.

Sie fuhr zusammen.

»Halt endlich das Maul!«, schrie er.

»Übrig geblieben ist Remy der Starke«, provozierte Suzanne weiter. »Oder Schlappstarke.«

»Du glaubst doch wirklich, weil dein Vater so ein lausig kleiner Heimatschriftsteller ist, könntest du mich niedermachen …«

Plötzlich hatte Remy den fünfhundert Seiten starken Roman in der Hand, den Suzanne sich von ihrem Vater als Mitbringsel zu ihrem Treffen ausgebeten hatte. Mit der rechten Hand zog er eines der Küchenmesser aus dem Holzblock. Damit drohte er, das Buch zu filetieren.

»Leg das Buch wieder …« Sie merkte, wie ihre Galle rebellierte, und sie schluckte schnell, damit das Brennen in ihrer Speiseröhre und der Drang, erbrechen zu müssen, aufhörten. »Leg es hin, Remy, bitte lege es hin. Oder …«

»Oder?«

»Ich verlasse dich.«

Suzanne wusste seit einiger Zeit, dass ihre Liebe am Ende war. Vor langer Zeit hatte sie einmal flüchtig begonnen, als sie sich bei einer Tanzveranstaltung in Trassenheide kennengelernt hatten. Doch als die Ferien zu Ende waren, und er wieder in seine Heimat Stralsund zurückgegangen war, hatte sich die große Liebe schnell verflüchtigt. Sie hat ein wenig nachgetrauert, wie es jungen Mädchen zu eigen war. Aber dann hat auch sie sich mit einem neuen Freund über diese Zeit hinweg getröstet … Wie sie den anderen vergaß, und so geschah`s. Doch vor drei Jahren fanden sie sich durch Zufall auf Facebook wieder. Glühende Liebesbeteuerungen gingen zwischen beiden hin und her. Schließlich trennte sich Remy von seiner derzeitigen Freundin und versuchte Suzanne zu ermuntern, zu ihm nach Stralsund zu ziehen.

Suzanne wiederum kam diese Aufforderung sehr gelegen. Ihr damaliger Lebenspartner hatte sich als eine Fehlinvestition ihrer Liebe erwiesen. Alles, was den Mann bewegte, war, wie er andere Menschen aufs Kreuz legen konnte, um so nicht nur ein überdurchschnittliches Einkommen zu erzielen, sondern überhaupt eines. Peter Sockott hatte sogar sie dazu bewegt, ihren Vater unter Druck zu setzen, um an einen Teil seines Geldes in Form einer Autoabzahlung zu kommen.

»Niemand verlässt mich, niemand.«

»Meine Vorgängerin hat dich verlassen.«

»Niemand verlässt mich«, wiederholte er. »Eher steche ich dich ab.«

»Leg das Buch bitte hin«, bettelte Suzanne. »Und das Messer auch.«

»Hatte er die Widmung schon vorher ein... ein... eingeschrieben, oder?«, lallte er.

»Ist das so wichtig für dich?«

»Alles ist wichtig, was mich ... be... betrifft.«

»Ich habe es dir schon einmal gesagt, Remy, Daddy hatte dich gar nicht auf dem Schirm. Er hat es für mich eingeschrieben. Und ich habe ihn schließlich darum gebeten, dich hinzuzufügen. Das müsste dir eigentlich genügen.«

»Weil du mich liebst!«, brüllte er.

»Ja, weil ich dich liebe. Trotz allem.« Obwohl sie stark angetrunken war, wusste sie, dass ihre Liebe längst am Ende, und er in diesem Stadium sehr gefährlich war. Das Verlangen, Hass und Testosteron sind eine tödliche Mischung.

Remy warf das Buch in die Ecke. Plötzlich stand er hinter ihr und zog sie an den Haaren hoch. Sie stützte sich mit beiden Händen auf der Tischplatte ab, dabei fiel ihr Glas um, und der Wodka breitete sich aus, lief über ihre Hand. Remy versuchte, in sie einzudringen, was ihm aber nicht gelang.

»Warte einen Augenblick«, sagte Suzanne. Sie war sich darüber klar, dass er sie grün und blau schlagen würde, käme er nicht zum Schuss. Wie stets in diesen immer häufiger werdenden Situationen, hatte sie große Angst. Mit einer Hand versuchte sie, ihre Hose herunterzuziehen. Es gelang ihr nicht. Das Messer. Er hatte das Messer aus der Hand gelegt, um seine Hose abzustreifen. Es wäre eine Gelegenheit, dachte sie, mich ein für alle Mal von diesem Joch zu befreien.

In diesem Augenblick hatte der Alkohol Remy außer Gefecht gesetzt. Er torkelte ins Schlafzimmer. Krachend fiel die Tür hinter ihm ins Schloss. Eine Weile wartete Suzanne, dann schlich sie zur Schlafzimmertür, öffnete sie vorsichtig. Es roch nach Alkohol und Erbrochenem. Der beißende Geruch ließ sie vor Ekel ebenfalls mit dem Wunsch, den Fusel wieder loszuwerden, erbeben. Remy brachte immer die Flasche mit dem Etikett einer bekannten Wodka-Sorte. Doch sie wusste, dass es irgendein Fusel war, den Exilrussen heimlich und unkontrolliert in einer Garage brannten. Irgendwo in der Vorstadt. Remy hatte sie einmal mitgenommen, als er das verdammte Zeug abholte. Sechs Flaschen hatten sie geholt und innerhalb einer Woche ausgesoffen.

Remy lag bäuchlings auf dem Bett. Er hatte die Schuhe nicht ausgezogen. Sie würden das Bett beschmutzen. Aber was machte das schon? Sie hasste den Mann, den sie vor kurzer Zeit noch angebetet hatte. Suzanne schloss die Tür wieder und ging zurück zum Tisch. Sie trank den Rest aus Remys Glas aus. Dann drückte sie eine Kurzwahltaste ihres Smartphones.

»Hallo Dad«, sagte sie mit schwammiger Stimme. »Ich habe dir gestern geschrieben, dass alles scheiße ist.«

Sie lauschte eine kurze Zeit. Dann sagte sie: »Hier passiert gleich was. Entweder er ersticht mich, oder ich ersteche mich selbst.« Sie unterbrach abrupt die Leitung, als er ihr beruhigend zusprechen wollte, und machte schließlich das Smartphone ganz aus. Irgendwas muss passieren, dachte sie.

Larsson schaute zur Uhr – 18.22.

1. Kapitel

Ein Mittwoch im Juni 2008

Ben Thun war gerade dabei, die Mutterstute mit dem Fohlen auf die Weide zu stellen, als ihn das Geräusch eines anfahrenden Autos erreichte. Er drehte den Kopf, sah, dass ein Streifenwagen der Polizei auf das Grundstück fuhr und vor dem Haus anhielt. Mit einem Klick löste er den Führstrick vom Halfter der Stute. Sie drehte sich um, und Mutterstute samt Fohlen begannen einen Aufgalopp über die Weide.

Ben schloss das Gatter und ging auf die beiden Polizisten zu. »Was verschafft mir diese Ehre?«, fragte er.

»Herr Thun? ... Gerd Thun?«

»Ich bin der Sohn. Mein Vater ist auf Reisen. Vielleicht kann ich Ihnen helfen?«

»Es gibt eine Anfrage der Schweriner Polizei. Ihr Vater wird für eine Befragung gebraucht«, sagte einer der beiden Polizisten.

»Aus Schwerin? Worum geht's da?«

Der Polizist zuckte mit den Achseln. »Das weiß ich auch nicht. Es geht um eine Zeugenaussage.«

»Ich gebe Ihnen die Handynummer meines Vaters. Da können sich Ihre Kollegen mit ihm in Verbindung setzen.« Er nannte die Nummer, die einer der Polizisten notierte. Die Polizisten verabschiedeten sich und fuhren davon.

Ben ging ins Haus zurück. Er nahm sein Handy und wählte die Nummer seines Vaters.

Als sich der Rufton des Smartphones in Gerd Thuns Wagen bemerkbar machte, schaute er kurz auf das Display und aktivierte die Freisprechanlage.

»Ben ... Grüß dich. Gibt's Probleme mit den Pferden?«

Ben Thun lachte. »Mit den Pferden ist alles in Ordnung. Aber die Polizei war gerade hier.«

»Die Polizei?«

»Sie brauchen dich für eine Zeugenaussage.«

»In welcher Angelegenheit?«

»Das konnten sie mir nicht sagen. Die Anfrage kommt aus Schwerin. Ich habe ihnen deine Handynummer gegeben, sie werden sich bei dir melden. Aber was in Gottes Namen gibt es in Schwerin, was du in irgendeiner Art und Weise bezeugen könntest?«

»In Schwerin, nichts.«

»Dann verstehe ich die ganze Aufregung nicht.«

»Aber Ben, denk doch einmal nach. Wer wohnt denn in der Zuständigkeit des Innenministeriums Mecklenburg-Vorpommern?«

Als sein Sohn nichts sagte, fasste der alte Thun nach. »Landeskriminalamt Mecklenburg-Vorpommern ... Denk an deine Halbschwester.«

»Suzanne ...«

Gerd Thun hatte mit einem Mal ein ungutes Gefühl. Suzanne war seine außereheliche Tochter. Offiziell hatte er von ihrer Existenz erst vor einigen Jahren erfahren, als er aus seiner Vita »Das Haus nahe des Strandes« in Bergen auf Rügen gelesen hatte. Damals hoffte er, dass die Makowskis, die inzwischen in den Norden der Insel gezogen waren, von dieser Lesung erfahren hatten und gekommen waren, um zu hören, ob er etwas von seinen Erfahrungen aus der Jugendzeit preisgab. Aber das war nicht der Fall gewesen. Eine weit entfernte Freundin Rosa Makowskis hatte Thun erkannt. Sie winkte ihm kurz zu. Daraufhin sprach er sie an. Er gab dieser Frau seine Karte, bat darum, Rosa in seinem Auftrage zu bitten, sich mit ihm in Verbindung zu setzen. Er wollte ein Zeichen der Versöhnung setzen. Alles hat seine Zeit. Zeit, so sagt man, heilt alle Wunden.

Rosa hatte sich tatsächlich mittels einiger E-Mails mit ihm in Verbindung gesetzt und ihrer Tochter Suzanne Kontakt ermöglicht.

Das erste Treffen zwischen Suzanne und ihm fand in einem italienischen Restaurant in Berlin Weißensee statt. Das war vor sieben Jahren gewesen. Doch bei genauer Überlegung waren die Kontakte über die ganzen Jahre immer sehr fragil geblieben.

Auf einer Lesereise, die ihn nach Tornesch im Norden von Hamburg, Leer in Ostfriesland, Oldenburg und wieder Hamburg führte, hatte er sich bei der Rückfahrt nach Prätenow am 27. April mit Suzanne in Stralsund getroffen. Wieder hatten sie bei einem Italiener, in der Osteria Dell'Oca am Neuen Markt, gespeist. Suzanne hatte das Lokal ausgesucht. Während er Grigliata Di Pesce Misto, verschiedene gegrillte Fischfilets, bestellte, bestand Suzanne darauf, ihre Scampi nur mit Spaghetti zu ordern. Alle Versuche, sie zu einem höherwertigen Angebot zu bewegen, liefen ins Leere.

Doch kam eine sehr angeregte Unterhaltung zustande, bei der sie auch über die Beziehung sprachen, die Suzanne seit ihrem plötzlichen Wegzug aus Berlin zu einem Mann in Stralsund unterhielt.

Erst am Vorabend hatte Thun die Adresse ihrer Wohnung und den Namen des Mannes erfahren, mit dem sie jetzt lebte.

Das Haus lag ganz in der Nähe der Osteria Dell'Oca in der Umgebung des Katharinenbergs, neben einem historischen Bürgerhaus, in dem in den Zwanzigerjahren des vorigen Jahrhunderts ein beachtliches Fuhrgeschäft mit dem Namen Schulz residierte. Gerd Thun erinnerte sich nicht mehr an die Hausnummer. Suzanne hatte sie doch genannt. Er dachte daran, dass das Alter immer mehr und mehr seine Erinnerungen trübte. Speziell die Kurzzeiterinnerungen. Aber eben nicht nur die. Wie alle Menschen seines Alters fürchtete er den Namen Alzheimer, ganz besonders in Verbindung mit dem Wort Krankheit.

»Du meinst, es hat etwas mit Suzanne zu tun?«, unterbrach Ben seinen Gedankenfluss.

»Das ist die einzige Möglichkeit.« Gerd Thun dachte an eine der letzten WhatsApp-Nachrichten, die er von Suzanne bekommen hatte.

»Bitte, kannst Du mir helfen? Ich hasse mein Leben.«

»Und?«, drängte Ben.

»Ich habe ein ungutes Gefühl. Es hat einige Hinweise gegeben, die ich als Warnsignale registriert hatte.« Er sagte ihm, was sie ihm geschrieben hatte, und fuhr fort: »Das betraf auch dich. Sie hat immer wieder versucht, Kontakt zu dir zu bekommen.«

»Du weißt, warum ich da abgeblockt habe. Ich hatte weiß Gott genug eigene gesundheitliche Probleme. Da konnte ich es einfach nicht ertragen, länger vollgenölt zu werden als unbedingt nötig. Und sie konnte sich einfach nicht kurzfassen.«

»Warte kurz. Ich fahre gleich auf einen Parkplatz.« Gerd Thun fuhr auf den nächsten Autobahnparkplatz, stellte den Motor ab und rief Suzannes WhatsApp-Konto auf. Ein Blick auf das Icon gab ihm einen Stich ins Herz.

Ein »Danke« oder ein »Es ist schön, dass es Dich gibt« ist so viel mehr wert als etwas Materielles. Er öffnete die Nachrichten.

»Bitte, kannst Du mir helfen? Es geht nicht um Geld. Ich hasse mein Leben.«

Es geht nicht um Geld. Den Teil hatte er vergessen. Aber genau dieser Teil der Nachricht war es gewesen, der alle seine Warnlampen blinken ließen.

»Warum hasst Du Dein Leben??«, hatte er mit zwei roten Fragezeichen zurückgeschrieben. Ein Emoji zwinkerte zwischen den zwei S. Damit wollte Thun ein wenig Spannung aus der Nachricht nehmen. Der Versuch ging nach hinten los.

»Weil es so ist.«

»Und nun? Da gibt's nur eins, zu versuchen, dass man das Beste daraus macht.« Er setzte eine Hand mit erhobenem Daumen und ein Icon mit einem Herzen dahin-

ter. Dann schickte er die Nachricht ab. Das war am 1. Mai um 15:34 Uhr.

Sechs Tage lang kam keine WhatsApp-Nachricht mehr von Suzanne bei ihm an. Doch am 7. Mai schrieb Thun: *»So, ich bekomme meine Gesundheit langsam wieder in den Griff. Wie steht es bei dir?«*

Dreizehn Minuten später kam die Antwort. *»Was soll ich sagen? Alles gut.«* An das Ende hatte sie ein Icon gesetzt, das schockiert schaut, bei dem kalter Schweiß von der Stirn tropft und der Mund entsetzt offensteht.

»Na, von gut sind wir sicher beide noch weit entfernt. Aber wir müssen es nehmen, wie es kommt. Ben liegt wieder auf der Nase.«

Drei Minuten später schrieb sie: *»Rufe mich bitte an. Es kotzt mich immer an, zu schreiben.«*

Diese Nachricht erreichte Thun erst am Morgen des 9. Mai, zusammen mit einer weiteren Nachricht, die sie am 8. Mai am späten Nachmittag abgeschickt hatte: *»Tut mir leid. Ich konnte mich nicht richtig at kulturellen. Habe meinen zu dicht.«*

Er konnte mit dieser verstümmelten Nachricht nichts anfangen. Vielleicht hatte sie ja wieder getrunken, wie manchmal, wenn sie nachts bei ihm das Telefon klingeln ließ. Doch das war, wie sich erst später feststellen ließ, die letzte Nachricht, die er von ihr erhalten hatte.

Also schrieb er um 6:32 Uhr *»Guten Morgen, mein Kind. Hast du versucht, hier anzurufen? Ich stehe gerade erst auf. Endlich habe ich mal eine Nacht richtig geschlafen. Ich habe versucht, zurückzurufen. Es funktioniert nicht. Du musst dich hier mit mir auf WhatsApp verabreden, und dann versuchen wir es noch einmal. Euch beiden einen schönen Tag nach Stralsund.«*

»Ben, bist du noch dran?«

»Natürlich.«

»Ich glaube, ich habe mich völlig falsch verhalten.«

»Verstehe wirklich nicht, Vater, was du damit sagen willst.«

Gerd Thun berichtete seinem Sohn, dass alle weiteren Versuche, Suzanne nach dem 8. Mai zu erreichen, ins Leere gelaufen waren.

»Du glaubst, dass sie nicht mehr lebt?«

»Vielleicht hat sie sich ja ...«

Einen Augenblick schwiegen beide Männer.

»Ich kann unmöglich bei den Eltern anrufen«, sagte Thun. »Manuel würde durch den Draht hindurchkommen und auf mich losgehen.«

»Auf dich vielleicht, Vater. Ich kann ja anrufen.«

»Das würdest du machen?«

»Es ist ja schließlich meine Halbschwester.«

Thun gab Ben die Nummer durch. Dann fuhr er weiter auf der Autobahn in Richtung Dresden.

Zwanzig Minuten später, er hatte gerade die Ausfahrt nach Groß Köris passiert, rief Ben ihn wieder an.

»Ich habe mit dem Mann telefoniert«, sagte er. »Nachdem ich ihm sagte, wer ich bin, hat er kurz mit mir geredet.«

»Er ist nicht auf dich losgegangen?«

»Er war sehr, sehr ruhig.«

Thun merkte, dass sich seine Herzfrequenz erhöhte. »Was hat er gesagt?«, drängte er.

»Ich habe ihm gesagt, dass die Polizei hier war, um mit dir zu sprechen. Als ich ihn fragte, ob etwas mit Suzanne sei, sagte er nur, dass sie tot sei.«

Ben hatte eine Pause gemacht, um zu hören, wie sein Vater reagierte. Aber als Thun nichts sagte, fuhr er fort: »Als ich ihn fragte, wie sie ums Leben gekommen sei, fragte er, ob er das beantworten müsse. Ich habe das verneint, habe mich bedankt für die Auskunft, und damit war das Gespräch für uns beide beendet ... Vater, bist du noch dran?«

»Ich frage mich immer wieder, warum ich ihren offensichtlichen Hilferuf so beiseitegeschoben habe.«

»Du solltest dir keine Vorwürfe machen, schließlich war sie immer sehr widersprüchlich in ihren Aussagen.«

Gerd Thun wusste, dass Ben recht hatte. Dennoch hatte er genau bei diesem letzten Hilferuf das Gefühl gehabt, dass etwas dran sein musste. Doch er hatte das Gefühl negiert.

An der Ausfahrt Großräschen verließ er die Autobahn und bog rechts ab. Nach wenigen Kilometern kam der Ort Saalhausen, wo er vor dem örtlichen Friedhof hielt. Er stieg aus, um das Grab eines Ehepaars zu besuchen, mit dem er mehr als sechs Jahre befreundet gewesen war. Die beiden hatten ein glückliches Leben hinter sich gebracht, zwei Kinder großgezogen, beide Kinder hatten studiert, aus beiden war etwas geworden. Das war ohne Zweifel eine Erfolgsstory.

Vor zwei Jahren war der Mann gestorben. Nur einige Monate später folgte ihm seine Frau. Nun waren ihre Urnen vereint unter dieser Steinplatte mit der einfachen, schnörkellosen Aufschrift.

Gerd Thun wurde an die eigene Vergänglichkeit erinnert. Obwohl er sonst sorgsam vermied, ausschließlich Privatreisen zu unternehmen, hatte er diese Dresden-Fahrt als eine solche geplant, um auf den Spuren seiner Wurzeln zu wandeln. Ein kleiner Teil dieser Wurzeln lag auch hier auf diesem Friedhof. Wenn man alt wird, dachte er, kommen die Einschläge immer näher. Es ist wie bei einer Blume, die erst aufgeht, schön anzusehen ist und dann doch welk wird und schließlich umfällt. Auf diesem letzten Trail des Lebens schien er jetzt unterwegs zu sein.

Er war erst wenige Meter von dem Friedhof entfernt, als sein Smartphone klingelte.

»Hier ist Lilli ...«

Lillian, schoss es ihm durch den Kopf, die Tochter von Suzanne. Er vermied das Wort Enkelin. Es würde ihn nur an sein Alter erinnern. »Meine Enkel umfahre ich weiträumig«, pflegte er zu sagen. Daran hielt er sich.

Er fuhr rechts in den Parkhafen eines Einfamilienhauses und stellte den Motor ab.

»Hallo Lilli.«

»Du weißt, was passiert ist?«, fragte sie.

»Ben hat mit deinem Großvater telefoniert, nachdem die Polizei bei uns war, um mit mir zu sprechen. Deine Mutter ist verstorben.«

»Verstorben?« Es war ein Aufschrei.

»Sie hatte mir so eine kurze Mitteilung geschickt, dass sie ihr Leben nicht mehr mag«, sagte Thun. »Ich kann das gar nicht verstehen, denn ich habe mich erst am 27. April mit ihr in Stralsund getroffen. Wir haben über Gott und die Welt geredet. Sie schien mit ihrem Leben zufrieden zu sein.«

»Das hat sie zu dir gesagt?«

»Ja. Und sie hat es durchaus glaubhaft rübergebracht. Zwischen uns gab es kein böses Wort. Es gab einen Schriftverkehr auf WhatsApp, der am 27. Dezember letzten Jahres begann. Ich habe alle Einträge geprüft. Es gab wirklich kein böses Wort zwischen uns.«

»Ich weiß.«

»Hat sie dir das gesagt?«

»Ja.«

»Ich kann dir einige Posts vorlesen, damit du mir glaubst.« Er begann, den Schriftverkehr in rückwärtiger Reihenfolge vorzulesen. Als sie versuchte, ihn zu unterbrechen, sagte er: »Ich kann nicht verstehen, weshalb sie sich umgebracht hat, ich mache mir Vorwürfe, nicht auf sie eingegangen zu sein. »

»Sie hat sich nicht umgebracht«, sagte Lillian, »Du bist nicht schuld an ihrem Tod.«

Gerd Thun hatte eine Veränderung in ihrer Stimme bemerkt. Sie war noch aufgeregter als zuvor.

»Wann ist dein Kontakt zu meiner Mutter abgebrochen?«

»Am 8. Mai«, sagte er. »Ich habe nur sehr kurz mit ihr telefoniert.«

»Wie bei mir. Ich bekam einfach keinen Kontakt mehr zu ihr, auch nicht, wenn ich versuchte, mit ihr zu telefonieren«, sagte Lillian. »Ich war beunruhigt und wollte deshalb schon mit meinem Freund nach Stralsund fahren. Du weißt doch, ich bin schwanger. Und mein Freund meinte, ich solle das Kind nicht gefährden. Also gab ich eine Vermisstenanzeige auf. Man hat mich verständigt, dass die Polizei die angegebene Adresse überprüft hat.«

»Und?«, fragte Thun leise.

»Als die Beamten den Lebensgefährten meiner Mutter nach ihr fragten, zeigte er auf einen großen Koffer, der im Flur stand.«

Thun wagte nicht, etwas zu sagen.

»Bist du noch dran?«, fragte Lillian.

»Ja.«

»Die Beamten haben dann Mama in dem Koffer gefunden.«

Gerd Thun fragte sich, wie ein Mensch von geschätzten 1,65 Metern Körpergröße in einen Koffer passen würde.

»In einem ... Koffer?«

»Es war ein Schrankkoffer, wie ihn Artisten verwenden.«

»Ich bin gerade auf der Fahrt nach Dresden, Lilli«, sagte er. »Kann ich dich anrufen, wenn ich wieder zu Hause bin?«

»Ja, natürlich.«

»Ich bin so angeschlagen von der Nachricht, dass ich das erst einmal verdauen muss«, sagte er, und: »Pass auf dich auf, Kleines. Deine Mutter hat mir vor vier Wochen schon erzählt, dass du schwanger bist. Nicht, dass dem Kind noch etwas passiert.«

Als die Verbindung getrennt war, rief Thun seinen Cousin an. Er sagte ihm, dass er leider die vereinbarte Zeit nicht einhalten könne und deshalb den Termin um zwei Stunden verschieben müsse. Dann begab er sich wieder auf die Autobahn, um die restlichen Kilometer nach Dresden zu bewältigen.

Da an der Dresdner Autobahn gebaut wurde, zog es sich endlos hin, bis er endlich die Ausfahrt nach Dresden Neustadt nehmen konnte. Nach einigen Kilometern musste er feststellen, dass die früher genutzte Einfahrt in die Stadt über den Neustädter Bahnhof so nicht mehr nutzbar für den Durchgangsverkehr war. Sicher ein Gewinn für die Stadt. Vorbei ging es am Elbschloss Albrechtsberg, hinauf in Richtung zum Weißen Hirsch. Nur einige Kilometer weiter würde er die Grundstraße nach Loschwitz hinunterfahren können. Als er rechtsseitig über die kleine Brücke fuhr, die mitten in der S-Kurve gelegen war, erinnerte er sich daran, dass er, führe er geradeaus weiter, direkt an dem auf dem Berg gelegenen Wohnhaus des Bassbaritons Theo Adam vorbeifahren würde. Er erinnerte sich an die Zeit, in der er oft in Dresden war, um seine Großmutter zu besuchen. Vor dem Haus auf dem Berg, direkt an der Straße, lag die Garage der Adams. An diese hatte Thun eine besondere Erinnerung an ein amouröses Abenteuer. Er beschloss, diese Straße hinunter nach Loschwitz zu fahren. Er fuhr die enge, kurvige abwärts, bis vor ihm die imposante Brücke Das blaue Wunder auftauchte, die er überquerte. Auf dem Schillerplatz reihte er sich nach links ein. Eigentlich wollte er in der Tolkewitzer Straße parken, fand aber keinen Platz für sein Auto. Doch hatte er ein Restaurant mit dem Namen Mikado entdeckt, von dem aus eine kleine Straße bis zur Elbe hinunterging. Er war schon an dem Restaurant vorbei, musste zurückfahren. Er hatte Glück, denn genau dort fand er, ziemlich am Fluss, den letzten freien Parkplatz, der seinen Wagen aufnahm.

Er ging zurück zum Mikado, las am Eingang die Speisekarte durch. Offensichtlich wurde hier japanisch gekocht. Aber er fand für sich einen Lachs, der seinem Wunsch der Zubereitung entsprach. Also ging er hinein, setzte sich ans Fenster und bestellte sich, was er vor dem Eingang schon ausgesucht hatte. Plötzlich machte sich sein Handy bemerkbar. Er meldete sich.

»Hier ist die Polizei in Stralsund. Herr Thun?«

»Ja. Was kann ich für Sie tun?«

»Wir haben eine Nachricht für Sie, dass Sie sich für eine Befragung zur Verfügung stellen müssen.«

Thun tat so, als wisse er nicht, worum es ging. »Was habe ich denn verbrochen?«

»Verbrochen? Ich denke mal, gar nichts. Man will ihnen etwas mitteilen«, sagte der Mann am anderen Ende.

»Na schön, dann kann man mit mir reden, wenn ich wieder zu Hause bin.«

»Ich gebe Ihnen jetzt eine Telefonnummer. Sie werden gebeten, dort anzurufen, um einen Termin zu vereinbaren.«

Thun schrieb sich die Nummer auf. »Sie wollen mir nicht sagen, worum es sich handelt?«

»Soviel ich weiß, geht es um einen Todesfall.«

»Man hat meine Tochter ermordet«, kam es aus Thun heraus.

»Oh, dann wissen Sie mehr als wir hier. Seien Sie so freundlich und rufen bei der Kripo an, um einen Termin zu vereinbaren, oder sagen Sie mir, wie Sie zu erreichen sein werden.«

Thun versicherte, sich am kommenden Tag mit der Kriminalpolizei in Stralsund in Verbindung zu setzen, und beendete das Gespräch.

Kurz darauf kam der Lachs, den er sich bestellt hatte. Obwohl er nach dem ersten Bissen feststellen musste, dass der Fisch exzellent schmeckte, stocherte er unlustig in dem Essen herum. Zu viele Gedanken gingen ihm durch den Kopf. Es war ein Glück, dass Lillian ihn angerufen und aufgeklärt hatte, was in Stralsund passiert war. Er fragte sich, ob der Polizist, der ihn so unbedarft angerufen hatte, tatsächlich so unwissend über den Todesfall war, wie er getan hatte.

Kurze Zeit später zahlte er, rief seinen Cousin Egon an, dem er sagte, dass er in etwa zehn Minuten bei ihm in der Heinrich-Schütz-Straße ankommen würde.

2. Kapitel

Montag, 12. Mai 2008

Oberkommissar Feltin schaute auf das Fernschreiben, das gerade eingegangen war. Es handelte sich um eine Vermisstenanzeige aus Berlin mit der Bitte um Amtshilfe. Er ging einige Türen weiter.

Beim KDD war schon zu früher Stunde reichlich Betrieb. Das Stimmengewirr war beträchtlich. Es galt, die Fälle vom Vortag aufzuarbeiten. Zwei Einbrüche, in denen die Ermittlungsarbeiten am Vortag angelaufen waren. Die sexuelle Belästigung einer älteren Frau von mehreren Männern. Mehrere Einsätze wegen Schlägereien, die aus Trunkenheit und Angebereien entstanden waren. Beziehungsstreits, die über das normale Maß verbaler Beschimpfungen hinausgingen. Ein Verkehrsunfall mit Todesfolge allerdings forderte den Einsatz des Teams, weil bei der Festnahme und anschließender Durchsuchung des Fahrzeuges Drogen gefunden wurden. Der Fahrer saß nun in Gewahrsam, und Einsatzleiter Harald Verstappen war bei der Formulierung der Unterlage für den Richter, der eine U-Haft anordnen müsste.

»Eine Vermisstenanzeige, Harald«, sagte Feltin.

Verstappen schaute kurz auf die Nachricht aus Berlin.

»Sie vermissen eine Frau, die in der Heilgeiststraße 5 wohnen soll. Das ist das Haus, in dem ehemals die Stralsunder Spar- und Darlehnskasse ihren Geschäften nachging, Ecke Mühlenstraße.«

»Schick einen Streifenwagen zum Abklären hin«, beschied Verstappen kurz.

Feltin ging zurück zu seinem Büro, in dem die Vermisstenfälle bearbeitet wurden. Meist hatten sie abgängige Jugendliche, die sie dann irgendwo wieder auffanden, oftmals zugekifft, oder die weggelaufen waren, weil sie mit den Zuständen, die sie umgeben hatten, nicht zurechtkamen.

»Verstappen meint, der Streifendienst soll einen Wagen hinschicken.«

»Ein typischer Montag«, stellte Mira Ludwig lakonisch und ohne sichtliche Regung fest.

Feltin nickte. Sein Gesicht drückte Widerwillen gegen die Entscheidung Verstappens aus. Zu gerne wäre er die Aufgabe losgeworden. Er ließ sich mit der Einsatzleitung der Landespolizei im Hause verbinden und trug seine Bitte vor. Man sagte ihm, dass man einen Funkwagen zur Heilgeiststraße schicken würde.

»Bin gespannt, wann die melden, was dort los ist. Wahrscheinlich gar nichts, wie so oft. Die Frau öffnet die Tür und fragt völlig erstaunt, ob die Polizei sich verklingelt habe.« Er schaute erwartungsvoll zu seiner Kollegin Mira Ludwig. Was denkt die sich nur, mir nicht sofort zu antworten, dachte er. Na ja, die Weiber ...

»Ich hole mir einen Kaffee«, sagte sie. »Solle ich einen für dich mitbringen?«

Feltin nickte. »Gerne, Mira.«

Mira verließ das Zimmer in Richtung Teeküche.

*

Polizeihauptmeister Leo Funke leerte den letzten Tropfen Kaffee aus seinen Becher, als ihr Wagen von der Leitstelle gerufen wurde.

»Strela vier ... Strela vier, bitte kommen.«

Funke nickte seinem jungen Kollegen Jörn Schulz zu.

»Strela vier hört«, sagte Schulz.

»Wo seid ihr gerade, Leo?«

Leo Funke ließ sich von seinem Kollegen das Mikrofon geben und sagte: »In der Jacobiturmstraße, kurz vor der Neuapostolischen Kirche, Iris.«

»Ich hab einen Auftrag für euch. Ihr fahrt in die Heilgeiststraße 5 und überprüft bei dem Bewohner namens

Remy Günner, ob bei ihm eine Frau namens Suzanne Makowski anwesend ist. Es liegt eine Vermisstenanzeige vor.«

»Wohnung Remy Günner«, wederholte Funke. »Heilgeiststraße 5. Wir sind unterwegs. Na da wollen wir mal«, sagte er und startete den Wagen.

Wegen der vielen Einbahnstraßen, die teilweise durch Fußgängerstraßen verbunden waren, mussten sie den kleinen Außenring über die Seestraße und die Mühlenstraße nehmen. Nach einigen Minuten kamen sie vor der Heilgeiststraße 5 an.

»Günner«, sagte Schulz und zeigt auf das Namensschild. Er drückte die Klingel. Als sich nichts rührte, wiederholte er den Druck etwas länger. Der Türsummer schnarrte, und die beiden Männer gingen hinein. Sie gingen die halbe Treppe hinauf bis zum Hochparterre. Rechts hatte sich die Tür einen kleinen Spalt geöffnet. In dem Spalt erschien das Gesicht eines Mannes mit schwarzgrau meliertem Haar.

»Sind Sie Günner, Remy Günner?«

Der Mann nickte.

»Ich kann nichts hören«, sagte Jürgen Schulz bestimmend.

»Ja.«

»Wohnt Frau Suzanne Makowski bei Ihnen?«, fragte Funke.

»Ja.«

»Wir möchten mit ihr sprechen.«

Als der Mann sich nicht bewegte, setzte Funke nach: »Wir möchten mit ihr sprechen, jetzt.«

Sie hörten, wie der Mann die Kette, die die Eingangstür sicherte, löste. Dann öffnete sich die Tür einen Spalt. Im Flur war es dunkel, Günner hatte kein Licht gemacht. Sie versuchten, in den Flur hineinzuschauen. Doch es blieb dunkel. Vor ihnen stand ein Mann im Unterhemd und einer grauen Jogginghose. Sein Haar hing ihm wirr im Gesicht.

»Rufen Sie Frau Makowski«, sagte Polizeimeister Jörn Schulz. »Und machen Sie endlich Licht.«

Günner regte sich nicht.

»Holen Sie Frau Makowski«, drängte Schulz wieder.

Funke hatte gleich das Gefühl, dass hier etwas nicht stimmte. Der Mann benahm sich einfach sonderbar.

Günner hatte Licht gemacht. Die beiden Polizisten betraten die Wohnung und schlossen die Eingangstür hinter sich.

»Ich kann Suzanne nicht holen.«

»Wieso denn nicht?«, fragte Funke ungeduldig. »Wo ist sie denn?«

Günner deutete auf einen großen Koffer, der vor dem Spiegel im Flur stand. »Im Koffer.«

»Hören Sie mit solchem Mist auf«, sagte Schulz unwirsch, »uns ist nicht zum Spaßen zumute.«

»Ich habe sie getötet, und jetzt ist sie im Koffer.«

Günner ging die wenigen Schritte zu dem Koffer und öffnete ihn.

Die Männer starrten auf die Leiche, die sicher nicht ganz einfach in diesen Koffer hineingepasst hatte. Aber irgendwie war sie hineingekommen, und sie fragten sich, wie. Gleichzeitig machte sich ein aufdringlicher Verwesungsgeruch breit.

Polizeimeister Schulz hatte seine Dienstwaffe in der Hand.

»Sie werden die Waffe nicht brauchen, ich habe Sie schon lange erwartet. Und ich bin froh, dass ich jetzt nicht mehr mit ihr allein sein muss.«

Funke nahm sein Handy und rief die Zentrale an.

Es meldete sich jemand, es war nicht die Stimme von Iris.

»Strela vier, Polizeihauptmeister Funke. Geben Sie mir bitte Iris Sellin.«

Kurz darauf meldete sie sich. »Leo, habt ihr die Frau?«

»Ja, in einem Koffer. Verständige den KDD.«

»Was?«

»Frau Makowski ist seit mehreren Tagen tot. Der KDD soll übernehmen.«

Nachdem er das Gespräch beendet hatte, sagte Funke: »Sie setzen sich jetzt auf den Stuhl an den Tisch. Ich möchte, dass Sie die Hände auf den Tisch legen und sie dort liegen lassen.«

Jörn Schulz hatte seine SIG Sauer P225 wieder ins Halfter gesteckt. Er ließ Günner jedoch keine Sekunde aus den Augen.

Der Mann hatte seinen Kopf zwischen die Unterarme auf den Tisch gelegt, so wie er es nach dem Säubern des Tisches gemacht hatte. Manchmal aber hatte er den Kopf gehoben, mit offenen Augen stundenlang in dieser Position verharrt. Sein Blick war dabei auf eine gerahmte Fotografie an der Wand fokussiert gewesen, die ihn und Suzanne in glücklichen Tagen am Strand auf der Insel Rügen zeigte. Längst hatte er keine Tränen mehr gehabt, sondern nur noch Angst. Angst, dass man ihm nicht glauben würde und er für eine Sache büßen müsste, die er nicht begangen hatte. Vor allem aber vor der Schande, wenn man ihn abführte. Und ein ohnmächtiges Gefühl des Verlustes traf ihn an der empfindlichsten Stelle seiner Seele. Er hatte Suzanne geliebt, wenngleich auf seine Weise.

»Sie haben gesagt, Sie hätten schon lange auf uns gewartet. Warum in Gottes Namen haben Sie uns nicht gleich angerufen?«

»Ich habe es mehrfach versucht«, sagte Günner leise.

»Und? Es ist bei dem Versuch geblieben?«, fragte Jörn Schulz.

»Nein, ich hatte einmal sogar den Notruf dran. Habe dann aber aufgelegt, weil ich Angst hatte, man würde mich einsperren.«

Polizeihauptmeister Funke mischte sich ein. »Was haben Sie eigentlich erwartet?«

Günner hob den Kopf. »Ich habe sie nicht umgebracht. Wir hatten wohl einen Streit, dennoch habe ich sie nicht umgebracht. Ich habe sie sehr geliebt.«

»Eben haben Sie etwas anderes gesagt«, sagte Jörn Schulz.

»Ich bin durcheinander, habe einen starken Schock.«

»Einen Streit? Worum ging es in dem Streit?«, fragte Funke.

»Suzannes Schwester ist einige Jahre zuvor um diese Zeit verstorben. Immer dann wird sie schwermütig.«

»Schwermütig?«

»Ja, schwermütig aber auch streitsüchtig.«

Funke schaute aus dem Fenster. Offensichtlich hatten sich schon einige Zuschauer eingefunden, die von dem ungewöhnlich geparkten Polizeifahrzeug angezogen wurden. Als wüssten sie, dass es in den nächsten Minuten hier etwas zu sehen gäbe, warteten sie wie die Aasgeier, die über einem sterbenden Rind kreisten.

»Woran ist die Schwester von Frau Makowski verstorben?«, fragte Funke übergangslos.

Schulz sah ihn verständnislos an, sagte aber nichts.

»Sie hatte wohl Hepatitis.«

»Aha«, sagte Schulz nur.

Es klingelte an der Tür. Funke sah aus dem Fenster und den Einsatzwagen der Kriminaltechnik. Es klapperte an der Tür, jemand schien durch den Briefschlitz zu schauen. Funke ging in den Flur und öffnete.

»Hallo Kollegen. Willkommen in der Hölle.« Er zeigte auf den offenen Koffer mit der Leiche.

»Die Frau muss aber schon einige Tage tot sein«, stellte Hauptkommissar Marcel Schroder, der leitende Beamte der KT, fest.

Durch das Fenster zuckte für einen Augenblick das blaue Licht des Einsatzwagens der Kripo auf.

Kurze Zeit später tauchte hinter Schroder, der noch einmal hinausgegangen war, um seine Kollegen zu instruieren, Kriminalhauptkommissar Jürgen Reiniger, der Stellvertreter Harald Verstappens, auf. Funke machte Meldung.

»Hat er schon was gesagt, außer dass er es nicht gewesen ist?«, fragte Reiniger.

Funke musste lächeln. Es war der Standardsatz, den Reiniger in jeder ähnlichen Situation anbrachte. Funke schüttelte den Kopf.

»Dann bringt ihn ins Kommissariat in die Barther Straße.«

Die Gruppe der Voyeure vor der Tür war angewachsen. Da war eine ältere Frau, die genau aus diesem Haus kam, um ihren Müll wegzuschaffen. Sie hielt die zwei Tüten noch in der Hand. Doch die Männer der KT waren gerade dabei, alles abzusperren, auch den Platz für den Müll. Sie untersuchten bereits den Inhalt eines Containers und fanden blutbefleckte Kleidungsstücke.

Weitere Menschen waren stehen geblieben, hatten dem Treiben mit Interesse und Erschrecken zugesehen.

Zwei Halbstarke schauten fasziniert zu, redeten ungeniert miteinander. »Der sieht aus wie ein Dealer.«

»Meinst du wirklich? Eher wie ein Penner, der irgendetwas geklaut hat. Sonst würde man ihn nicht in Jogginghose und offenem Hemd rausschleppen.«

»So etwas sieht man sonst nur im Fernsehen«, sagte die Nachbarin mit dem Müll zu einer anderen Seniorin. »Ich hätte nie gedacht, dass so etwas hier bei uns passiert.«

»Man kann nie in die Menschen hineinsehen«, antwortete die Angesprochene.

»Die Frau kam aus Berlin«, sagte die Frau mit der noch vollen Mülltüte.

»Da hätte sie bleiben sollen, dann würde sie noch leben.«

»Immer wieder gab es lauten Streit in der Wohnung«, sinnierte die Müllfrau.

»Aber die waren doch ein Paar?« Es war mehr eine Feststellung als eine Frage.

»Gewiss. Doch die Frau hatte nichts zu lachen.«

»Die haben immer gesoffen. Manchmal stank das Gelumpe bis ins Treppenhaus«, stellte ein älterer Mann fest, der den beiden Frauen zugehört hatte.

»Glaubst du noch an die Macht des Guten, Liesbeth?«

»Wenn ich das sehe ... Eher wohl nicht. Ich werde mir eine zweite Kette an meiner Eingangstür anbringen lassen.«

»Es ist einfach nur grausam.«

Inzwischen hatten die beiden Polizisten Remy Günner in den Funkwagen verfrachtet, der sich nun langsam in Bewegung setzte.

»Das war's für uns«, sagte einer der beiden Halbstarken und stupste den anderen in die Seite. »Lass uns abhauen.«

Langsam zerstreuten sich die Menschen, die plötzlich über ungeahnte Zeitreserven verfügt hatten.

Während Polizeihauptmeister Funke mit seinem Kollegen Jörn Schulz Remy Günner zum Wagen brachten, begannen die weiß gekleideten Männer ihre Arbeit in der Wohnung. Stück für Stück suchten sie die Räume nach Blutspuren ab, die sie allerdings ausschließlich im Küchenbereich auf und unter dem Tisch feststellten. Dafür fanden sie andere Dinge, Medikamente gegen Epilepsie ... Antikonvulsiva, diverse Antiepileptika, dazu Zolpidem, Zopiclon und andere Schlafmittel.

Jürgen Reiniger wiederum benachrichtigte kurz Verstappen über die aufgefundene Situation, und der wiederum verständigte den zuständigen Leiter der Kriminalpolizei in Neubrandenburg. Kurze Zeit später waren die Beamten der Sonderkommission für Straftaten gegen das Leben und die Gesundheit auf dem Wege nach Stralsund.

*

3. Kapitel

Donnerstag, 10. Juli 2008

Gerd Thun kannte die Polizeidirektion in Anklam. Das Gebäude in der Friedländerstraße 13 war nach der Wende neu entstanden. Um die Region hier nicht ganz von der Entwicklung abzuhängen, hatte man die Polizeidirektion nicht nach Greifswald oder Stralsund gegeben, sondern hier, nahe des Zugangs zur Insel Usedom, angesiedelt.

Es hatte der Stadt zwar nur wenig Auftrieb gebracht, kamen doch die meisten Beamten aus anderen Städten angefahren, aus Lubmin, aus Stralsund, aus Greifswald und Umgebung, doch erfüllte diese Institution auch eine Aufgabe, Sicherheit zu verbreiten, denn Anklam war eine Neonazi-Hochburg.

Thun ging zum Schalter der Anmeldung. Hinter dem Glas befanden sich zwei Beamte.

»Wie kann ich Ihnen helfen?«, fragte einer der beiden.

»Ich bin mit einem Ihrer Kollegen hier verabredet, der von der Abteilung Straftaten gegen das Leben und die Gesundheit aus Neubrandenburg kommt.«

Der Beamte sah eine Liste durch, fand aber offensichtlich keine Notiz zu diesem Vorgang. Deshalb befragte er seinen Kollegen. Kurze Zeit darauf meldete er sich wieder.

»Der Kommissar aus Neubrandenburg ist noch nicht da, Sie müssen sich einen kleinen Augenblick gedulden.«

Thun schäumte innerlich. Verabredung war Verabredung. Er würde niemals jemanden warten lassen, denn er würde andere Menschen nicht um ihre kostbare Lebenszeit betrügen.

Wenige Minuten später ging die Tür auf. Eine sehr forsch eintretende, gut aussehende junge Frau in Begleitung eines Mannes kam auf ihn zu.

»Herr Thun?«

»Ja.«

»Mein Name ist Daniela Herzog.« Sie deutete auf den Mann, der sie begleitete. »Kriminaloberkommissar Weber. Wir sind in der Angelegenheit Makowski verabredet.« Sie wandte sich dem Anmeldeschalter zu, hielt ihren Dienstausweis vor die Scheibe. »Wir haben von Neubrandenburg aus ein Besprechungszimmer bei Ihnen geordert.«

»Der Raum ist im ersten Stock, mein Kollege wird Sie gleich hochführen.«

»Ich möchte Ihnen gleich sagen, Herr Thun, dass die Nachricht in der Bild-Zeitung falsch war. Die Frau in dem Koffer war nicht zerstückelt.« Daniela Herzog hatte ihre Stimme gesenkt.

»Sie können sich jede Sentimentalität sparen. Ich kann mit dem Tod durchaus umgehen, denn ich beschäftige mich seit langer Zeit damit. Manchmal schreibe ich auch darüber.«

Der Beamte, der sie hochführen würde, öffnete die Glastür, um sie hereinzubitten. Während die Kommissarin vorging, achtete ihr Begleiter darauf, dass sie Thun in die Mitte nahmen. Sie gingen hoch in den ersten Stock und fanden ein leeres Zimmer, das für sie reserviert war. Thun blieb allein mit den beiden Kommissaren aus Neubrandenburg. Nachdem sie sich gesetzt hatten, legte Daniela Herzog ein Diktiergerät vor sich hin.

»Wenn Sie nichts dagegen haben, würde ich das Gespräch gern aufzeichnen.«

Thun nickte zustimmend.

»Ich zeichne meine Frage auf, Sie antworten. Nur dass Sie sich nicht wundern, ich wiederhole dann Ihre Antwort so, dass unsere Schreibkräfte das auch verstehen können. Ist das für Sie in Ordnung?«

»Aber sicher doch.«

»Sie sind der leibliche Vater von Suzanne Makowski?«

»Ja.«
»Woher wissen Sie das so genau? Haben Sie einen Vaterschaftstest gemacht?«
»Nein, das brauchte ich gar nicht. Zum Zeitpunkt, als ich sie kennenlernte, sah sie aus, wie meine Tante mütterlicherseits in ihrer Jugend ausgesehen hat. Außerdem habe ich an jeder ihrer Bewegungen gesehen, dass es meine Tochter war.«
»Wie würden Sie das Verhältnis zu Ihrer Tochter beschreiben?«
»Als äußerst fragil.«
»Wie soll ich das verstehen?«
»Mal meldete sie sich, mal hörte ich dann wieder ein, zwei Jahre gar nichts von ihr.«
Satz für Satz wiederholte die Hauptkommissarin Thuns Antworten. Er konnte daran nichts aussetzen.
»Wann hatten Sie den ersten Kontakt zu Ihrer Tochter?«
»Kontakt? Ich sah sie einmal als Kind, aber ich hatte keinen Kontakt.«
»Wie das?«, fragte die Kommissarin.
»Das erste Mal sah ich sie 1973. 1972 gab es eine Amnestie in der DDR, nach der Republikflüchtlinge, die bis zu einem gewissen Stichtag abgehauen waren, wieder in die DDR einreisen durften, sofern sie einen Antrag gestellt hatten, der gebilligt wurde.«
»Traf das auf Sie zu?«
»Ja. 1966 im Oktober bin ich mit einem kleinen Schlauchboot von Usedom nach Øster Sømarken Bornholm geflohen.«
»Sie trafen Ihre Tochter also 1973, da war sie bestenfalls acht Jahre alt.«
»Exakt. Sie ist am 5. Januar 1966 geboren.«
»War ihre Mutter dabei?«
»Nein, ihre ältere Schwester. Mein Sohn Ben, den ich mitgenommen hatte, damit er seine Großmutter kennenlernt, und ich waren in einem Café beim Eisessen.

Die Tür ging auf, und zwei kleine Mädchen kamen herein. Ich habe sie sofort erkannt.«

»Sie hatten sie doch noch nie gesehen.«

»Das war nicht schwer, ich wusste ja, dass sie eine ältere Schwester hatte. Und da sie zu der Zeit aussah wie meine Mutter in ihrer Jugend, wusste ich sofort, wen ich vor mir hatte.«

»Das war 1973. Wann haben Sie sie das erste Mal als Erwachsene gesehen?«

»2001, als ich in Bergen auf Rügen ›Das Haus nahe dem Strande‹ gelesen habe, hatte ich gehofft, dass sie mit ihren Eltern zugegen sein würde. Das war nicht der Fall. Daraufhin habe ich den damaligen Kurdirektor und eine Freundin von ihrer Mutter gebeten, einen Kontakt herzustellen. Wir trafen uns das erste Mal 2002 in Berlin Weißensee zum Essen bei einem Italiener und später einige Male in ihrer Wohnung. Einmal hat sie mich auch besucht, als ich gerade in einer Pension auf einem Pferdehof übergangsmäßig gelebt habe. Daran erinnere ich mich allerdings nicht besonders gern.«

»Warum?«

»Ihr damaliger Lebensgefährte setzte mich unter Druck. Ich sollte für die Anschaffung eines Autos bürgen.«

»Und das haben Sie?«

»Ja. Jede Gefälligkeit rächt sich.« Er erläuterte der Kommissarin, wie sich sein Engagement zusammensetzte.

»Wann haben Sie Ihre Tochter das letzte Mal lebend gesehen.«

»Ich nehme an, dass Sie bei ihr das Smartphone gefunden haben.«

Die Kommissarin nickte.

»Dann werden Sie sicher auch wissen, dass ich mit ihr seit dem 27. Dezember vorigen Jahres WhatsApps ausgetauscht habe.«

»Ja.«

»Ich habe zwei Handys«, sagte Thun. »Ein altes Nokia, mit dem wir hin und wieder telefonierten. Und ein Smartphone, um uns über WhatsApp auszutauschen.«

»Sie haben schon recht, wir können das auch über das Gerät Ihrer Tochter verfolgen. Dennoch wollen wir gern vergleichen. Am besten wäre es, Sie geben uns die Geräte mal mit, damit unsere KT die Daten ausliest und sichert.«

Thun lächelte. »Das Nokia können Sie gerne mitnehmen. Ich sage Ihnen aber gleich, da ich nicht wusste, dass wir die ganzen Verbindungen noch brauchen, werden Sie dort nichts mehr finden. Ich habe regelmäßig alles gelöscht, was den Speicher zum Überlaufen gebracht hätte.« Er nahm das Handy und schob es ihr über den Tisch zu.

»Ich werde dafür sorgen, dass Sie es in der nächsten Woche noch zurückbekommen.«

»Ich brauche es wirklich schnellstens zurück, denn alle Bankdaten laufen über die Nummer 128«, sagte Thun.

»Und was ist mit dem Smartphone? Das würde ich auch gerne mitnehmen.«

»Das werde ich Ihnen aber nicht mitgeben«, sagte Thun. »Ich habe einen anderen Vorschlag, wir werden sämtliche Nachrichten, die über WhatsApp zwischen meiner Tochter und mir ausgetauscht wurden, in Ihren Mail-Briefkasten übertragen. Dann haben Sie es bei sich in Neubrandenburg, und das braucht nicht einmal jemand abzuschreiben.«

»Ja, das geht«, mischte sich Daniela Herzogs Begleiter ein. »Ich kenne mich damit aus.«

Er rief den Chat-Kontakt auf, den er mit Suzanne gehabt hatte. Als er auf ihr Eingangsbild drückte, erschien ein Ostseebild und darüber die Schrift.

»Ein ›Danke‹ oder ein ›Es ist schön, dass es dich gibt‹ ist so viel mehr wert als etwas Materielles.«

Jedes Mal, wenn er das aufrief, gab es ihm einen Stich ins Herz. Er schob dem Kommissar das Smartphone zu, der sich eine Weile damit beschäftigte.

»Kommen wir zurück zu meiner Frage. Wann haben Sie Ihre Tochter das letzte Mal lebend gesehen?«

»Am 27. April dieses Jahres. Ich traf sie am Neuen Markt in Stralsund und war mit ihr in der Osteria Dell'Oca zum Essen. Ich habe darüber eine Rechnung und kann das nachweisen. Wir waren zwischen 11:15 Uhr und 11:30 Uhr verabredet. Sie kam etwa 11:25 Uhr. Sie konnte nur schleppend laufen, da einer ihrer Füße einen Verband trug. Sie sagte, sie sei mit dem Fuß so unglücklich umgeknickt, dass er angebrochen sei. Sie kam gerade vom Arzt.«

»Haben Sie über Remy Günner gesprochen?«

»Ich muss dazu sagen, dass ich sie jedes Mal, wenn wir uns in Stralsund verabredet hatten, nach der Adresse gefragt habe, um sie abzuholen. Doch immer ist sie ausgewichen. Die Wohnung wäre nicht anzusehen, weil sie noch Umbauten vornehmen würden. Das ging etwa zweieinhalb, drei Jahre so. Aber am Vorabend dieses Treffens hatte ich ihr gesagt, dass ich nunmehr unbedingt wissen möchte, wo ich sie abholen könnte, wenn es mal dazu käme. Daraufhin sagte mir sie die Adresse, und als ich nach dem Namen fragte, der an der Klingel stünde, sagte sie Güner. Offensichtlich hatte ich sie nicht richtig verstanden, denn ich schrieb mir den Namen Remzi Güner anstatt Remy Günner auf. Misstrauisch wie ich bin, habe ich am Abend vor dem Treffen noch bei meinen Freunden in Tornesch bei Hamburg recherchiert. Remzi steht für Symbol, Geheimnis oder auch hohes Ansehen bei den Türken, und Güner ist sowohl als weiblicher als auch als männlicher Vorname sowie als Familiennamen in der Türkei gebräuchlich.«

Thun macht eine kleine Denkpause.

»Ich wusste von ihren Erzählungen her, dass sie ihr geschiedener Ehemann, ein muslimischer Bosnier, geschlagen hat. Er hat sie auch mehrfach ans Bett gefesselt, um sich an ihr zu vergehen, wenn sie sich ihm verweigerte. Aus diesem Grund und mit der Recherche über den Namen Güner sprach ich sie auf ihre Verbindung an. Sie hatte mir in einem Telefonat, das sie aus Rostock geführt hatte, geklagt, dass ihre Eltern den Mann nicht ausstehen konnten und es deshalb auch kaum gemeinsame Besuche in Lohme auf Rügen gegeben habe. Als sie mich fragte, was ich dazu sagen würde, habe ich ihr gesagt, dass ihre Eltern wohl bei ihrer Aussage Dinge berücksichtigt hätten, die mir nicht bekannt seien. Aber eine Frau mit 42 Jahren Lebenserfahrung, die bei Verstand sei, müsse selbst über ihr Leben und ihre Beziehungen zu Partnern entscheiden können. Im Nachhinein ärgere ich mich natürlich darüber. Dennoch, niemand ist des anderen Eigentum.«

Wieder diktierte die Kommissarin das Gehörte in ihr Aufzeichnungsgerät. Dann nickte sie ihm zu.

Als sie fertig war, gab der Beamte Thun das Smartphone zurück. »Es hat geklappt«, sagte er zu der Hauptkommissarin. »Es ist komplett in deinem Briefkasten.«

»Ich sprach Suzanne auf ihren Partner an. Wir sprachen etwa fünfzehn Minuten über die Beziehung«, sagte Thun. »Dabei sagte ich ihr, dass zweierlei Kulturen auch zweierlei Umgangsformen zwischen den Geschlechtern beinhalten. Sie möge sich doch daran erinnern, wie sie von ihrem Ehemann Muzafer Beganovic behandelt worden sei. Daraufhin sagte sie nur, ihr Lebenspartner wäre nicht so einer. Er käme aus einer ganz anderen Richtung. Sie erwähnte aber nicht, dass er nicht muslimisch sei. Wie auch, sie konnte ja nicht wissen, dass ich Günner mit einem n aufgeschrieben hatte. Inzwischen habe ich das natürlich durch die Zeitungsartikel mitbekommen und meine eigenen Recherchen angestellt. Und die besagen, dass der Mann ein Deutscher und gebürtig in Stralsund ist.«

»Wann gab es den letzten Kontakt auf dem Smartphone?«, fragte die Kommissarin.

Thun nahm das Smartphone hoch und rief die WhatsApp-Verbindungen auf, die er mit Suzanne gehabt hatte.

»Die letzte Nachricht von ihr kam am 7. Mai um 19:25 Uhr. *Ruf mich bitte an. Es kotzt mich an, immer zu schreiben.* Daraufhin habe ich, soweit ich mich erinnern kann, einen Tag später, also am 8. Mai, gegen 17:00 Uhr mit ihr telefoniert. Um 17:27 Uhr kam die letzte Mail von ihr. *Tut mir leid. Ich konnte mich nicht richtig at kulturellen. Habe meinen zu dicht.* Den Abschluss bildete ein sehr negativ schauendes Smiley.«

»Wie lief das Gespräch zwischen Ihrer Tochter und Ihnen ab?«

»Hallo Dad.«

Thun machte eine kurze Pause. Er merkte, wie sein Herz wieder anfing zu schmerzen.

»Sie hatte wohl auf einen Anruf gewartet und mich an der eingehenden Telefonnummer erkannt. Zu dieser Zeit war aufgrund von Schwierigkeiten mit meinem Anschluss, mein Festnetz und das Internet bei mir ausgefallen. Ich fragte, warum sie mich nicht anrufen würde, sie könnte mich doch jederzeit über eine der beiden Handynummern erreichen.«

»Was hat sie geantwortet?«, fragte die Kommissarin.

»*Hier passiert gleich 'was. Entweder ... er ersticht mich, oder ... ich ersteche mich selbst*«, sagte Thun leise.

»Wie haben Sie auf diese Aussage reagiert?«

»Ich habe versucht, sie mit Worten von dieser Tat abzubringen und sie dahingehend zu beruhigen, dass sich alles wieder einrenken würde.«

»Was hat sie geantwortet?«

»Gar nichts. Sie hat mir nicht zugehört. Ich merkte nach kurzer Zeit, dass sie bereits aufgelegt hatte.«

»Hat Ihre Tochter einmal erwähnt, wer ihre Vorgängerin in der Partnerschaft mit Remy Günner war?«

»Mir ist derzeit nicht erinnerlich, so etwas von ihr gehört zu haben.«

Als sie Gerd Thun entlassen hatte, sprach die Kriminalkommissarin Daniela Herzog noch einmal mit dem Leiter der Kriminalpolizei in Anklam. Sie bat ihn darum, zu versuchen in Erfahrung zu bringen, ob es irgendeine Verbindung zu einer nicht bekannten Freundin von Suzanne Makowski gegeben hatte. Sie wusste sehr wohl, dass diese Möglichkeit so gut wie ausgeschlossen war. Aber einen möglichen Erfolg konnte man nur verzeichnen, wenn man mit Sorgfalt in alle Richtungen ermittelte.

4. Kapitel

Bei der Heimfahrt von Anklam auf die Insel fiel es Thun wie Schuppen von den Augen. Suzanne hatte bei einem Gespräch kurz eine junge Frau erwähnt, die mit Remy Günner vor ihrer gemeinsamen Zeit zusammen gewesen war. Sie sei jünger gewesen als sie, und voller Tattoos und Piercings. Irgendetwas hatte Suzanne noch gesagt, dass sie wohl der Grund für Günner gewesen sei, sie zu suchen. Thun fragte sich, warum er sich nicht daran erinnert hatte.

Instinktiv hatte er Lillians Nummer gewählt. Er hatte Glück, dass sie das Gespräch annahm. Eigentlich vermied sie es, mit ihm zu reden. Doch diesmal war das Glück auf seiner Seite. Er fragte sie, wann die Beerdigung ihrer Mutter sei, und bat sie, bei ihren Großeltern nachzufragen, ob er an der Zeremonie teilnehmen dürfe. Lillian antwortete, dass das wohl sofort sei, wenn der Staatsanwalt die Leiche zur Beerdigung freigeben würde, und dass sie in der Familie bereits beschlossen hatten, ihn, den leiblichen Vater, nicht daran teilhaben zu lassen. Sie hatte aber durchblicken lassen, dass Suzanne auf eine Seebestattung bestanden habe. Thun vermutete, dass Lillian sich vor dem Ende einer gerichtlichen Verarbeitung des Todes ihrer Mutter ganz bestimmt nicht mehr bei ihm melden würde, und ob es jeweils wieder dazu kommen würde, empfand er als sehr fraglich.

In Usedom-Stadt bog er ab und fuhr über Stolpe nach Prätenow zurück. Das Erste, was er machte, als er aus dem Auto stieg, war, nach den Pferden zu schauen. Die Mutterstute graste friedlich auf der Weide dicht hinter dem Haus. Nur wenige Meter entfernt von ihr war das Fohlen. Und etwas weiter ab stand der Wallach. Er musste etwas gehört haben und nahm in Richtung Thun Witterung auf. Offensichtlich hatte die Mutterstute ihn nicht in ihrer Nähe geduldet. Aber das würde sich sicher in den nächsten Tagen geben. Als der Wallach sich überzeugt hatte, dass keine Gefahr im Anzug war, senkte er den Kopf und fraß weiter.

Und wieder fiel Thun die Frage der Kommissarin ein, ob seine Tochter einmal ihre Vorgängerin bei Günner erwähnt hatte. So sehr er sich mühte, in diesem Zusammenhang hatte sie tatsächlich wenig gesagt. Nur dass ihr diese Frau auf einem Bild bekannt vorgekommen war. Doch das müsse schon lange vor der Zeit ihrer Bekanntschaft mit Günner gewesen sein. Wenn das stimmte, so fragte er sich, wo das hätte sein können. Suzanne war in Lohme-Hagen auf Rügen aufgewachsen. Vielleicht müsste man dort ansetzen. Doch dann verdrängte er diesen Gedanken durch die Frage, wo man Suzanne beerdigen würde, wenn sie von der Staatsanwaltschaft zur Beerdigung freigegeben wäre. Ich bin es ihr schuldig, dachte er, an ihrer Beerdigung teilzunehmen. Aber gleichzeitig fragte er sich, ob das die Eltern, die sie aufgezogen hatten, gestatten würden. Das müsste er unter allen Umständen versuchen herauszufinden.

Wer kannte die Eltern, fragte er sich. Sie waren in Trassenheide ansässig gewesen. Ausgerechnet im Norden der Insel kannte Gerd Thun niemanden, der ihm hätte Auskunft geben können. Doch dann erinnerte er sich, dass Manuel Makowski irgendwann einmal bei Auto-Kruse in Ahlbeck gearbeitet hatte. Er würde den derzeitigen Chef, Kai Kruse, fragen müssen, was sie zu der Zeit vor der Wende an Fahrzeugen angeboten haben. Aber er müsste dabei weit zurückgehen, und es war fraglich, ob es da noch eine Erinnerung an Makowski geben würde.

Am besten wäre es, wenn er seinen Mercedes zur Durchsicht anmelden würde. In diesem Fall pflegte er immer mit Kai Kruse ein paar Worte zu wechseln. Er könnte ihn fragen, ob er möglicherweise noch Kontakt zu Makowski hätte. Darüber hinaus, ob er eine Idee hätte, wie man ihn fragen könne, wann die Beerdigung seiner Tochter stattfände, und ob er bereit wäre, Thun daran teilnehmen zu lassen.

Er machte sich von dem Blick auf die Pferde los und betrat das Haus. Die Reinigungskraft war da gewesen, hatte auch die Geschirrspülmaschine ausgeräumt. Alles sah tipptopp sauber aus. Seit einiger Zeit wohnte Thun allein. Aber er pflegte immer darauf hinzuweisen, dass er zwar allein wohne, aber nie allein lebe. Er nahm sich eine Flasche Jever aus dem Kühlschrank, öffnete sie, nahm ein Glas aus dem Schrank und goss es ein. Genüsslich ließ er das Bier seine Kehle herunterfließen. Dabei beschloss er, sofort telefonisch im Autohaus vorstellig zu werden. Er wählte die Nummer des Autohauses. Eine Frauenstimme meldete sich, und er vereinbarte einen Termin für eine Durchsicht seines Wagens.

»Ich würde gern mit dem Chef sprechen«, sagte er, als er seinen Termin abgesprochen hatte.

»Augenblick bitte, ich frage nach, ob er am Platz ist.«

Es klickte in der Leitung. Kurze Zeit meldete sich die Frau wieder. »Ich verbinde. Ihnen einen guten Tag.«

Wieder knackte es in der Leitung.

»Kai Kruse, guten Morgen, Herr Thun. Wie kann ich Ihnen helfen?«

»Ich komme in einer sehr privaten Angelegenheit. Interessiere mich für die Zeit um 1980. Was hat die Firma Kruse da verkauft oder repariert?«

»1980 ... Also, wir haben in den Achtzigern Wolga und Moskwitsch repariert«, sagte Kai Kruse.

»Können Sie mir sagen, wie lange es die Firma überhaupt gibt? Ich war damals eine Zeit lang weg von der Insel, sodass ich den Überblick über einige Leute verloren habe, die ich kenne.«

»Mein Vater hat 1962 begonnen. Damals wurde vom F6 über Wartburg, Moskwitsch und Wolga alles repariert, was auf der Insel fuhr. Es war eine wilde Zeit. Da gibt es ganz sicher viel zu berichten. Gern bringe ich Sie und meinen Vater in dieser Angelegenheit mal zusammen. Wenn Sie Ihr Fahrzeug morgen zur Durchsicht bringen, können Sie gern zu mir kommen, ich werde versuchen, zu sehen, ob es da etwas Interessantes für Sie zu berichten gibt.«

Thun bedankte sich und legte nachdenklich den Hörer auf die Gabel.

5. Kapitel

Die Nachrichten, die Gerd Thun über Kai Kruse erfuhr, waren nicht eben förderlich. Zwar erinnerte man sich, dass einmal ein sehr guter Karosserieklempner irgendwann in den sechziger Jahren in der Firma Kruse gearbeitet hatte, er war aber nach einiger Zeit wieder aus der Firma ausgetreten, um Usedom zu verlassen. Eine Verbindung zu diesem Mann gab es schon lange nicht mehr.

Dennoch gab es einen Lichtblick. Kai Kruse bot ihm an, den mit ihm befreundeten Kriminalhauptkommissar Larsson aus Heringsdorf zu fragen, ob er Thun einen Rat geben könne.

Dieses Angebot hatte Thun angenommen.

*

Sie trafen sich am Freitag, im Café Knatter in Ückeritz. Larsson hat es so eingerichtet, dass der Treffpunkt auf seinem Heimweg lag. Gerd Thun wiederum war sehr froh darüber, dass Larsson dem Treffen zugestimmt hatte. Zu dieser Jahreszeit war allerdings reichlich Betrieb.

Gerd Thun sah Larsson an einem Vierertisch sitzen. Zwei der Plätze waren besetzt. Er steuerte auf ihn zu.

»Herr Larsson?«

Larsson hatte einen Augenblick den Zugang zum Außenbereich aus den Augen gelassen und über das Achterwasser geschaut. Immer wieder war er beeindruckt, wie sich das Licht über dem Wasser veränderte. Im Augenblick standen einige Kumulus-Wölkchen über dem Wasser, was darauf hindeutete, dass der Wind wohl zunehmen würde. Das aber wäre für die Leute, die gerade bei dem Besitzer des Cafés Knatter Unterricht im Surfen nahmen, vielleicht eine Brise zu viel.

Larsson war aufgestanden und gab Thun die Hand. Weil er wusste, wie er aussah, wenn er gerade in Gedanken versunken war, machte er schnell ein freundliches Gesicht. »Herr Thun? Herr Kruse hat mir von Ihren Problemen erzählt.« Er deutete auf den leeren Stuhl, und Thun setzte sich.

»Es sind in der Tat Probleme. Und ich werde sie allein nicht lösen können.«

Larsson beobachtete aufmerksam seine Umgebung. Doch alle schienen so in ihre Gespräche vertieft, dass sie nicht auf die beiden Männer achteten. Auch das ältere Ehepaar, das an ihrem Tisch saß, hatte mit sich zu tun.

»Was ist der Hinderungsgrund, dass Sie mich sprechen wollen?«

»Der Mann, der das Mädchen als Vater aufgezogen hat, hasst mich«, sagte Larsson.

»Das ist, nach allem, was ich gehört habe, eine menschliche Regung.«

»Ich hoffte, dass angesichts des Todes ihres Kindes die Eltern milde gestimmt sind und eine Versöhnung möglich wäre. Aber ich habe mich wohl getäuscht.«

»Es wäre besser, Sie fänden jemanden, der die Makowskis kennt«, sagte Larsson.

»Das ist die Krux. Ich kenne keinen. Die Familie hat, so viel ist mir noch in Erinnerung, noch während der Schwangerschaft Rosa Makowskis Usedom verlassen und ist ganz in den Norden von Rügen gezogen.«

Sie schwiegen eine Weile, ihr Blick ging hinaus auf das Wasser. Am Rande des Steges versuchte wieder einer der Neulinge, auf ein Surfbrett zu kommen, ohne herunterzufallen. Und tatsächlich schien es zu gelingen. In Ückeritz, direkt vor dem Café Knatter unmittelbar am Achterwasser, ist ein riesiges Stehrevier. Bei Windrichtung von Nordwest über Süd bis Südost ist alles gut. Wenn jemand aufs Wasser geht, dann dort. Außerdem kann man nach dem Kiten, sofern man noch dazu imstande ist, gleich eine heiße Schokolade trinken.

»Wäre es hier auf der Insel, wäre es für mich eine Kleinigkeit, dort einmal vorstellig zu werden. Aber so?«, sagte Larsson.

»Vielleicht würden Sie einen Ausflug mit Ihrer Familie nach Rügen machen und bei den Makowskis, sozusagen als Bekannter von mir, ein Sondierungsgespräch führen.«

»Wie stellen Sie sich das vor? Soll ich dort klingeln und sagen: Mein Name ist Larsson, ich komme im Auftrag von Herrn Thun? So einfach ist es nicht.«

»Was die Kosten betrifft, wäre das kein Problem. Die übernehme ich selbstverständlich.«

Larsson sah Thun belustigt an. »Ich hoffe nicht, dass das ein Bestechungsversuch war. Sie würden mich damit in Teufels Küche bringen. Und das käme für mich überhaupt nicht infrage. Wenn ich es überhaupt machen sollte, dann aus Freundschaft zu Kai Kruse.«

Die Serviererin kam.

»Darf ich Ihnen etwas bringen?«

Larsson schüttelte den Kopf.

Thun bestellte einen Kaffee und ein Stück gedeckte Apfeltorte mit Sahne.

»Sie wissen, wo die Familie wohnt?«, fragte Larsson.

»In Lohme-Hagen. Stubbenkammerstraße. In der Nummer 33 ist die Hotelpension Nordfeuer. Dort ist man sehr gut untergebracht.«

»Das wissen Sie so genau?«

»Ich hatte mich dort mal eingemietet, um das Haus zu beobachten. Ich dachte, es fände sich eine Möglichkeit, Kontakt aufzunehmen. Doch das hat sich nicht so ergeben.«

»Beobachten?« Larsson lächelte.

»Das Haus liegt schräg gegenüber vom Nordfeuer. Daneben ist ein Kasten aus der DDR-Zeit, den man mit Platten erstellt hatte. In den Siebzigerjahren war das sicher eine gute Sache. Zentralheizung war zu dieser Zeit ja die Ausnahme. In Wirklichkeit aber ist es ein hässliches Stück Beton, das man direkt zwischen einem Neubau und einem Haus, das aus den Anfängen der DDR-Zeit herrührt, einfach hingestellt hat. Und das ohne genügend Abstand.«

Thun nahm eine kleine Kamera aus der Tasche und rief einige Fotos ab, die er auf seiner Fahrt nach Rügen gemacht hatte. »Schauen Sie. Ganz rechts in dem gelben Haus wohnen die Makowskis jetzt.«

Larsson prägte sich die Bilder ein.

Die Serviererin kam mit dem Kaffee und dem Kuchen.

»Sie können mir die Rechnung machen«, sagte Larsson.

»Zusammen?«

»Nein.«

»Ich hätte das doch gern übernommen«, sagte Thun. »Schließlich opfern Sie ja ihre Zeit für mich.«

»Ich mache manchmal hier Halt, um ein wenig Abstand zu gewinnen«, sagte Larsson. »Es ist also gar kein Problem.«

»Kai sagte, Sie würden erstklassig kochen.«

»Er war mal bei mir, nachdem ich ein Auto für meine Frau von ihm übernommen hatte. Ich war gerade dabei, einen großen Zander zuzubereiten. Es war mir ein Vergnügen, ihn zum Essen zu bitten.«

»Zander ... Ja, er berichtete davon. Er hat das Essen über die Maße gelobt.«

Larsson dachte an Kai Kruse. Wenn er diesem Thun davon erzählt hatte, dann wohl mit dem Hintergrund, dieses Lob als kleine Bestechung zu benutzen.

»Da verwenden Sie ja zur Zubereitung diverse Kräuter.«

»Das Übliche.«

»Ich weiß eine Stelle, wo Sie die ganze Bandbreite der Gewürze nicht nur beziehen, sondern auch in einer Führung im Wald kennenlernen können. Das geht dann allerdings über das Übliche hinaus. Würde Sie das interessieren?«

»Sie lassen wohl nichts aus.«

Die Serviererin kam an den Tisch. Sie schaute Larsson an, und als er nickte, gab sie ihm die Rechnung. Larsson zahlte.

»Kräuterverbena in Prätenow, unweit des Wiesentgeheges. Ich würde Sie gern bei Ina Schirmer einführen.«

»Lassen Sie sich den Kuchen schmecken«, sagte Larsson. Er stand auf.

»Werden Sie es machen? Werden Sie für mich nach Lohme fahren?«

»Ich werde zumindest darüber nachdenken. In der nächsten Woche sage ich Ihnen Bescheid.«

Sie gaben sich die Hand, lächelten sich noch einmal zu. Dann ging Larsson langsam zuerst zum Steg, um nochmals die schönen Bilder des Tages in sich aufzunehmen.

*

Als Lasse nach Hause kam, machte er Monika den Vorschlag, zusammen mit ihm am Wochenende nach Rügen zu fahren. Erstaunlicherweise war sie ohne große Widerstände dazu zu bewegen.

Er zog sich in sein Arbeitszimmer zurück und telefonierte fast eine halbe Stunde mit Manuel Makowski, dann mit der Hotelpension Nordfeuer. Er hatte in beiden Fällen Erfolg.

6. Kapitel

Samstag, 12. Juli 2008

Sie hatten Glück, dass sie relativ zeitig in Lohme-Hagen auf Rügen angekommen waren. Jetzt, in der Urlaubszeit, war der Verkehr auf der Insel mehr als zähflüssig. Das hatte sich am frühen Morgen schon auf der Autobahn bemerkbar gemacht.

Nachdem sie die Rügenbrücke, die das Festland und die Insel verband, überfahren hatten, war der Verkehr streckenweise sogar kurzzeitig zum Erliegen gekommen. Das hatte sie gut eine halbe Stunde gekostet. Auch auf den Fisch, den sie beim Fischer Peters in Polchow bestellt hatten, mussten sie eine gefühlte Ewigkeit warten. Nun war es früher Nachmittag, als sie vor der Hotelpension Nordfeuer ankamen, die Larsson gebucht hatte. Zu dieser Zeit waren die meisten Gäste irgendwo am Strand oder mit einem der Urlauberschiffe, die von Saßnitz aus fuhren, unterwegs. So fanden sie auch unschwer einen Platz für ihr Auto direkt vor dem Haus.

Schon bei der Anfahrt hatte Monika die beiden hässlichen Häuser bemerkt, die gegenüber der Hotelpension Nordfeuer standen. Eines davon war bewohnt, wie sie unschwer ausmachen konnte. Es war trotz seines Alters noch in einem respektablen Zustand. Der Bauart hafteten unweigerlich die Anfangsjahre der DDR an. Beim zweiten Haus hatte man verschiedene Fenster eingeworfen und die Eingangstür herausgerissen. Alte verschlissene Vorhänge gaben dem ganzen Ensemble ein verwahrlostes Aussehen.

Wie immer, wenn sie ihn verführen wollte, trug sie ihre Haare offen. Sie sah dann noch bezaubernder aus. Es war ihm stets schwergefallen, diesen Reizen zu widerstehen.

»Ich hab deinen Blick gesehen.«

»Und?«, fragte Larsson.

»In diesem Augenblick hast du nur daran gedacht, wie du mich erobern kannst.«

»Ach was.«

»Ich bin überzeugt davon, dass du das nie zugeben würdest. Warum eigentlich nicht?«

»Ärgert dich das?«

»Es ärgert mich nur, dass du mir unter Vorspiegelung falscher Tatsachen diese Reise untergejubelt hast. Ich war einfach nicht wachsam genug. An deinen Gesten hätte ich wissen müssen, dass du gar nicht daran denkst, nur mit mir zu verreisen, um die Zeit mit mir, und nur mit mir zu verbringen. Ein Glück, dass meine Mutter uns Elina bis Sonntag abgenommen hat.«

Er stellte sich hinter sie, beugte sich leicht vor und begann ihren Nacken zu streicheln. Noch bevor sie etwas sagen konnte, fing er an, sie zu massieren. Monika tat das gut. Manchmal fühlte sie, wie ihr Rücken und Nacken sich versteifte, dann sich langsam die Verspannungen nachließen.

»Denkst du oft daran, wie es ist, wenn du zum zweiten Mal Vater wirst?«, fragte Monika unvermittelt.

Dieser Gedanke nahm Larsson mit einem Mal die Luft.

»Willst du damit sagen, du bist wieder schwanger?«

Sie sah ihn durchdringend an. »Wäre das so ein unangenehmer Gedanke für dich?«

»Wie kommst du denn darauf? Bist du oder bist du nicht?«

»Eher nicht. Und ich werde mir sehr überlegen, ob ich mit dir noch ein zweites Kind haben will.« Sie grinste ihn unverschämt an.

Wenn er ehrlich war, so war dieses Gesicht eine einzige Aufforderung, ihn abhängig zu machen. Und wenn er etwas hasste, dann war es, seine Unabhängigkeit zu verlieren. Doch jedes Mal, wenn sie Sex haben wollte, brachte sie es fertig, ihn dafür im Handumdrehen zu gewinnen. Ihm war klar, dass er sich in einer gewissen

Abhängigkeit befand. Dennoch würde sie auch dieses Mal wieder Sieger sein.

»Hey«, sagte sie. »Bist du überhaupt in Lohme?«

»Wieso?«

»Weil ich denke, dass du mit deinen Gedanken weit weg bist. Manchmal denke ich, du würdest in diesem Zustand nicht mal merken, wenn ich dir einen blase.«

»Vielleicht denke ich darüber nach, wie du in eine Verdi-Oper passt«, parierte er.

»Lucia di Lammermoor.«

»Verdi«, verbesserte Larsson. »Nicht Donizetti.«

»Spießer.«

»Ich werde dich in Zukunft Azucena nennen, wie Verdis Zigeunerin im Troubadour benannt ist.«

»Bin ich eine Zigeunerin?«

Larsson hob die Schultern.

»Manchmal denke ich, dass du gar nicht in der Lage bist, mit deinen Gefühlen innerhalb deiner Familie zu sein. Du lebst wie ein Single in einer kleinen Familie ... Au ... Das ist die harte Stelle. Sei bitte vorsichtig.«

Larsson strich die kleine Massage aus und gab ihr einen kleinen Klaps.

»Der Single geht jetzt gleich in das gelbe Haus neben der Ruine«, sagte er. »Ich weiß noch nicht, wie lange das dauert.«

»Wenn du mir das nur vorher gesagt hättest ...« Sie schäumte vor Wut.

Er kannte sie genau, wusste, wie sie reagierte. Sie pflegte nicht zu brüllen, ganz im Gegenteil. Ihre Stimme wurde fast leise, blieb aber dennoch intensiv in einer Tonlage, die er gar nicht schätzte.

»Vielleicht ist es ja ganz interessant. Möglicherweise gibt es eine Chance, dich nachzuholen.«

»Untersteh dich. Ich gehe nirgendwohin.«

»Fühlst du dich gut, wenn du so grantelst?«

»Nicht wirklich.«

»Ich auch nicht.«

»Das ist aber weiß Gott nicht meine Schuld«, beharrte Monika.

»Es wäre vielleicht doch besser gewesen, du wärst zu Hause geblieben«, sagte er bissig. »Immerhin ist das ein Freundschaftsdienst.«

Sie schüttelte unwillig den Kopf. »Mal ist es deine Arbeit, ein anderes Mal ein Freundschaftsdienst. Fakt ist, dass wir wieder ein Wochenende unterwegs sind, in dem wir gar nichts voneinander haben.«

Irgendwie musste er ihr Recht geben. Was zum Teufel hatte ihn nur geritten, diese Mission zu übernehmen? Dann besann er sich. Auch eine Freundschaft verlangt hin und wieder mal nach einer Streicheleinheit. Und so sah er diese Aufgabe als das, was sie war: ein Freundschaftsdienst.

*

Larsson wartete, bis der Pulk Autos an ihm vorbeigefahren war. Dann ging er über die Straße, maß noch einmal den hässlichen Kasten, der wohl Anfang der Siebzigerjahre entstanden sein musste. Kurz darauf stand er vor dem Eingang des Hauses. Im Garten sah er eine junge Frau mit einem Kleinkind spielen. Das Kind war in jedem Fall älter als Elina. Die Frau schien ihn nicht zu bemerken.

Er klingelte. Kurz darauf erschien eine Frau in der Tür. Sie mochte um die sechzig oder etwas älter sein, schlank. Sie machte einen gepflegten Eindruck. Doch spürte er sofort, dass sie etwas bedrückte. Ihre Augen sahen verweint aus.

»Mein Name ist Lasse Larsson«, stellte er sich vor. »Frau Makowski?«

Die Frau nickte.

»Ich hatte mit Ihrem Mann telefoniert. Er war so freundlich, mir zuzusagen, dass er mit mir in einer delikaten Angelegenheit reden würde.«

»Kommen Sie bitte herein.«

Der Raum, den sie jetzt betraten, war abgedunkelt. Dennoch drang für Larsson genügend Licht durch die zugezogenen Vorhänge, um den Mann, der am Tisch saß, zu erkennen.

»Herr Larsson«, sagte die Frau mit dünner Stimme.

Larsson nahm wahr, wie sein Gegenüber ihn musterte und dann mit einer Handbewegung auf den Stuhl, der ihm gegenüberstand, deutete.

»Kann ich Ihnen etwas anbieten? Kaffee vielleicht?«, fragte die Frau.

Larsson schüttelte den Kopf. »Danke, nein.«

»Du solltest uns lieber ein Bier bringen. Herr Larsson trinkt bestimmt eins mit.« Herr Makowski schaute Larsson herausfordernd an.

Larsson wusste, dass, würde er jetzt kneifen, der Mann für ihn nicht mehr erreichbar sein würde.

»Würden Sie ein Bier mit meinem Mann trinken?« Er merkte, dass der Frau diese Frage widerstrebte.

»Gern«, sagte Larsson.

Er sah aufs Fenster. Durch den Schleier der Gardinen sah er schemenhaft, dass der Himmel blau war, und dass die Sonne schien, während sie hier saßen, wie in einem Verlies des Todes.

»Wir haben gleich gesehen, dass dieser Mann unserem Mädel den Tod bringen würde. Er hat sie nicht geliebt, er hat sie beherrscht.«

Die Frau kam aus der Küche zurück und brachte zwei Flaschen Bier und zwei Gläser.

»Du weißt, dass ich aus der Flasche trinke«, herrschte Makowski seine Frau an.

»Und Sie?«

»Ich würde gern ein Glas nehmen«, sagte Larsson.

Leise, wie sie gekommen war, ging sie hinaus. Wahrscheinlich stellte sie das überflüssige Glas nur ab, denn sie kam wieder herein und setzte sich in einen Sessel, der in der Ecke stand. Larsson nahm sie schattenhaft wahr.

»Sie kommen also in seinem Auftrag.«

Er hatte keinen Namen genannt, doch Larsson wusste, wen er meinte. Sie hatten am Telefon kurz darüber gesprochen.

»Herr Thun hat mich beauftragt, mit Ihnen über Ihre Tochter Suzanne zu sprechen.«

»Gerd Thun und ich kannten uns aus der Werkstatt von Auto-Kruse, wo ich beschäftigt war.«

Makowski prostete Larsson zu, und die beiden Männer nahmen einige Schlucke des Störtebeker-Bieres, das aus einer Stralsunder Brauerei kam.

»Auch Thun brachte sein Auto zur Reparatur«, nahm Makowski das Gespräch wieder auf. »So freundeten wir uns ein wenig an. Das Elend kam über uns, als ich zur Armee eingezogen wurde.« Makowski schwieg eine Weile, als müsse er sich sammeln.

»Thun lebte zeitweise in einer Wohnung in Berlin, die seiner Mutter gehörte. Meine Frau und ich trafen uns in dieser Wohnung und hatten natürlich Sex. Also war ich anfangs überhaupt nicht im Zweifel darüber, wer der Erzeuger des Kindes ist, ich.«

Larsson hörte ein Stöhnen aus der Ecke, in der Frau Makowski saß. Sie schien sehr schwer an ihrem Schicksal zu tragen.

»Irgendeiner meiner Kollegen machte eine anzügliche Bemerkung. Er sagte, er habe meine Frau mit Gerd Thun in einem Edelschuppen auf Usedom gesehen. Sie hätten gemeinsam dort gegessen und reichlich sowjetischen Sekt getrunken. Sie wären auch gemeinsam gegangen. Und schon war mein Misstrauen geweckt. Es hatte mich auch nicht verlassen, als meine Frau mir sagte, es sei nichts gewesen.« Der Mann lachte auf. »Frauen können lügen, ohne rot zu werden.«

Rosa Makowski verließ wieder den Raum. Larsson hörte, wie sie schluchzte.

»Rosa ist die Liebe meines Lebens, trotz allem«, sagte Makowski. »Aber sie hat mich enttäuscht. Das geht tief, sehr tief.« Er stand auf, ging zu einem großen Büfett. Larsson sah und hörte ihn hantieren. Dann kam er mit zwei Wassergläsern und einer Flasche Korn zurück.

»Eigentlich trinke ich nur Bier«, sagte Makowski. »Doch ich kann Ihnen gar nichts erzählen, wenn ich nicht einen gewissen Pegel habe. Dann ertrage ich das Leben nicht mehr. Aber ich möchte es noch ertragen. Schließlich bekommen wir eine Rente, mit der wir auskommen können.« Er schwieg einen Moment, als müsse er seine Gedanken sortieren. »Obwohl, groß an Veränderungen oder Restaurationen am Haus können wir gar nicht denken. Dazu reicht es nicht. Aber das brauchen wir auch nicht. Das letzte Hemd hat keine Taschen. Also versaufen wir unser Kleinhäuschen.« Er füllte die beiden Gläser mit dem Korn und kicherte vor sich hin.

»Als ich es Jahre später erfuhr, habe ich lange an Rache gedacht. Ich hatte tatsächlich angenommen, ich würde ihn halb totprügeln, erwischte ich ihn.«

Als Makowski schwieg, fragte Larsson: »Hat es sich nicht ergeben?«

»Nein. Er war plötzlich verschwunden. Und es hieß, er sei über die Ostsee in den Westen geflohen. Ich wusste, dass er meinetwegen abgehauen war.«

Makowski schob Larsson das Glas zu, sodass durch die Bewegung ein Teil der Flüssigkeit über den Tisch lief.

»Rosa«, rief er. »Bring einen Lappen, ich habe ein wenig verschüttet.«

Die Frau ging hinaus in die Küche, kam kurz darauf mit einem Tuch zurück und wischte den Tisch ab. Als sie wieder gegangen war, hob Makowski das Glas.

»Prosit, Herr Larsson.«

Während Larsson nur einen kleinen Schluck nahm, trank Makowski das Glas in einem Zug leer.

»Sie wissen, warum ich hier bin?«, bohrte Larsson nach.

»Warum kommt er nicht selbst?«

»Er weiß, dass er eine Menge falsch gemacht hat. Wenn man jung ist, verliert man die Übersicht über das Machbare«, sagte Larsson.

Makowski hob die Schultern. »Er hat mit einem Mal irgendwelche Gewissensbisse? Das kann ich nicht glauben.«

»Ich weiß nicht, ob er Gewissensbisse hat. Nur eins weiß ich genau, er meint es ernst. Er sagte, er wolle sich bei Ihnen entschuldigen. Und er wolle ein Teil von dem wiedergutmachen, was er mit seinem Verhalten in der Jugend zerstört hat.«

Makowskis Lachen war ein wenig hysterisch, wie immer, wenn er getrunken hatte. »Thun hat mir ein Stück meines Lebens geraubt, und nun glaubt er, er könne das mit einem Federstrich aus der Welt schaffen.«

Larsson sah ihn ruhig an. »Als er mit mir sprach, hat er das sehr, sehr ernst gemeint.«

»Dem glaube ich kein Wort.«

»Ich hatte das Gefühl, man könne ihm glauben.«

Makowski nickte. Er goss nach, und schaute Larsson fragend an.

Larsson schüttelte den Kopf. »Ich bin nicht gewöhnt, so viel Alkohol zu trinken. Und ich möchte gern meine Gedanken beisammenhaben, wenn wir miteinander sprechen.«

»Als Suzanne zur Welt kam, wohnten wir zwei Häuser weiter, in dem grauen Kasten, der nach dem Krieg entstanden war. Wir hatten zwei Zimmer, keine Zentralheizung, aber einen Badeofen, den wir mit Holz und Kohlen anheizen mussten.«

Makowski stand schwankend auf. »Ich muss mal ins Bad.«

»Manuel leidet sehr«, sagte die Frau, als der Mann aus dem Zimmer war. »Es ist nicht nur, dass Suzanne nicht sein Kind ist, das war sie in den ersten Jahren ihres

Lebens trotz allem immer. Wir sind die Familie, in der der Tod zu Hause ist.«

Larsson hatte das Gefühl, dass die Frau ihm etwas sagen wollte. Sie schaute ihn mit offenen Augen an.

»Unsere Erstgeborene, Helga, fiel ganz plötzlich bei einem Besuch bei uns um und verstarb. Mein Mann fragte immer wieder, warum es Helga getroffen hat. Schließlich hätten wir doch zwei Töchter. Das hat Suzanne sehr getroffen. Die beiden Mädels waren zwar einige Jahre auseinander, aber sie waren unzertrennliche Freundinnen über ihre verwandtschaftlichen Verbindungen hinaus.«

»Wann war das? In welchem Jahr ist Ihre Tochter Helga verstorben?«, fragte Larsson leise.

»1988. Suzanne war damals 22 Jahre alt. Das war auch der Zeitpunkt, als sie erfuhr, dass sie nicht die leibliche Tochter meines Mannes ist.«

»Wie genau hat Suzanne das erfahren?«

»Ich glaube, es ist ihr bewusst geworden, als sie gerade dazukam, wie Manuel sagte, dass er nicht verstünde, warum Helga verstorben sei und nicht Suzanne ... Darüber hinaus hatte ich einen großen Fehler gemacht.«

»Einen Fehler macht jeder einmal«, stellte Larsson lakonisch fest.

»Erzähle etwas einer besten Freundin unter dem Siegel der Verschwiegenheit, und es wird garantiert unter die Leute gebracht werden.«

»Wo ist ihr Mann eigentlich? Hoffentlich ist ihm nichts passiert«, wandte Larsson ein.

»Das Gespräch geht ihm sicher sehr an die Nerven. Oftmals, wenn er etwas getrunken hat, legt er sich hin und schläft ein. Aber es dauert meist nie lange, dann ist er wieder da.«

Sie stand auf, ging kurz hinaus auf den Flur und in das angrenzende Schlafzimmer. Es war, wie sie gesagt hatte.

»Manuel hatte sich aufs Bett geworfen und ist eingeschlafen«, sagte sie, als sie zurückkam. »Was wir auf Usedom verheimlichen konnten, war plötzlich auf Rügen wie ein Gespenst aus einem Grab auferstanden. Wenn ich einkaufen ging, starrten mich die Leute an. Sie wussten also Bescheid. Was wir sehen, ist eine Ehebrecherin. Und selbst das ist kurz vor der Beerdigung Helgas bis zu Suzanne vorgedrungen.«

Larsson konnte sich sehr gut vorstellen, was in einer jungen Frau vorgeht, die beim Tod ihrer Schwester plötzlich erfährt, dass sie ein Kuckuckskind ist.

»Ist Suzanne manchmal von Ihrer Familie zurückgesetzt worden? Wurde Ihre ältere Tochter vorgezogen?«,

»Manchmal schon. Doch als Kind hat sie das nicht ganz so gemerkt.«

»Wie hat sie auf die Nachricht reagiert?«

»Sie hat kurz nach der Beerdigung Helgas ein paar Sachen zusammengepackt und wortlos das Haus verlassen. Nicht einmal ihren Freund hat sie über ihre Abreise verständigt. Für uns löste sie sich von einer Minute zur anderen in Luft auf.«

»Sie haben Ihre Tochter doch wiedergefunden«, stellte Larsson fest.

»Einige Monate später habe ich durch eine Freundin meiner Tochter erfahren, dass Suzanne nach Berlin gegangen war.«

»So ist das also. Die Kinder suchen das Weite, wenn sie einen verlassen, und gehen gleich bis in die Hauptstadt«, stellte Larsson lapidar fest.

»Über diese Freundin habe ich erfahren, dass sie sich in Ost-Berlin aufhielt. Kurz vor dem Fall der Mauer erfuhr ich Suzannes Adresse. Bevor ich hinfahren konnte, war die Mauer gefallen, und meine Tochter hatte sich in den Westen abgesetzt.«

»Das ist bitter.«

»Ja. Das war es.«

»Das Suchen ging von vorne los«, sagte Larsson.

»Ja, denn es dauerte auch einige Monate, bis sie wieder Kontakt zu Selina aufnahm. Selina wiederum verständigte mich, dass der Kontakt zu Suzanne wieder bestünde. Doch da war sie schon verheiratet. Zwei Jahre später wurde Lilian, ihre Tochter, geboren.«

»Da hatte sie es eilig«, sagte Larsson. »Besser wäre vielleicht gewesen, sie hätte sich erst ein wenig in der Welt umgeschaut.«

»Suzanne hat einen sehr eigenen Charakter. Was sie unter umschauen verstehen, Herr Larsson, das hat sie sicher schon hier gemacht. Sie war relativ frühreif. Ich hatte in der Hinsicht schon einige Probleme mit ihr.«

»Der Baum ist nicht mehr verantwortlich für die Frucht, ist sie erst einmal abgefallen« sagte Larsson.

»Nein. Und dennoch hätte ich diese kleinen Probleme liebend gern auf mich genommen, wäre sie dageblieben.«

»Wie haben Sie den Kontakt hergestellt?«

»Ich fuhr nach Berlin. Ihre Freundin hatte mir erzählt, dass sie an diesem Tag zusammen zum Bummeln ins Europa Center gehen würden.«

»Ein relativ kleines Einkaufszentrum«, stellte Larsson fest.

»Es liegt genau neben der Gedächtniskirche am Kurfürstendamm. Es ist bestimmt einer der quirligsten Einkaufszonen Berlins.«

»Es hat sie beeindruckt.«

»Sehr. Ich sah, wie die beiden Mädels sich vor dem Weltkugelbrunnen am Breitscheidplatz trafen.«

*

Sie hatten schon sämtliche Modegeschäfte in der Umgebung abgeklappert, das Zara am Anfang der Tauentzienstraße, waren über die Rankestraße hinweggegangen bis zum Levis Store, um nach Hosen zu sehen, hatten die Tauentzienstraße überquert. Am Breitscheidplatz blieben sie vor dem Weltkugelbrunnen einen Augenblick stehen. Dann gingen sie langsam die Treppe hinunter in Richtung Europacenter.

Rosa Makowski stand vor der Treppe und schaute den beiden Frauen entgegen. Am rechten Steinlauf war ein riesiges Krokodil, dessen Kopf ihr entgegenschaute. Hoffentlich ist das kein schlechtes Omen, dachte sie. Ihr Herz klopfte, sie fürchtete, dass Suzanne nicht mit ihr sprechen würde.

Kurz vor dem letzten Treppenabsatz blieben die Frauen stehen. Suzanne sah ihre Mutter an dem schmalen schmiedeeisernen Zaun sitzen, der zum Abschluss vor dem Café im Untergeschoss zur Sicherung stand.

»Mama, was machst du denn hier!«, rief Suzanne. Ihre Freundin Selina war stehen geblieben und schaute, wie sich Mutter und Tochter umarmten.

»Ich bin gekommen, um dir zu sagen, wie unendlich leid es mir tut, dass du weggegangen bist. Und vor allem, wie du erfahren hast, was in unserer Familie schiefläuft.«

Selina kam hinzu. Sie begrüßte Rosa Makowski. »Ich glaube, ihr beide habt euch viel zu erzählen.«

Suzanne ließ ihre Mutter kurz los, und die beiden Frauen gaben sich die Hand.

»Danke, Selina. Vielen herzlichen Dank. »Ja, wir haben uns sehr viel zu erzählen. Und ich glaube, wir dürfen die Gemeinsamkeiten, die wir haben, nicht einfach über Bord werfen, ganz gleich, welche Wurzeln ihnen zugrunde liegen.«

»Du bist mir schon eine«, sagte Suzanne und schüttelte den Kopf. Sie lachte. »Lässt mich ohne Vorbereitung in die Falle laufen.«

Selina verabschiedete sich und ging die Treppe zum Weltkugelbrunnen wieder hoch. Sie drehte sich noch einmal um und winkte kurz. Doch Suzanne und ihre Mutter nahmen das gar nicht mehr wahr.

Das schwarze Gebäude mit der Saturn-Werbung beherbergte verschiedene Geschäfte. Doch die beiden Frauen liefen durch die Gänge an den Geschäften vorbei, ohne sich an den Auslagen zu erfreuen. Zu sehr waren sie miteinander beschäftigt. Vorbei ging es am Modelabel Soccx und Tchibo. Plötzlich standen sie am Ausgang.

»Ich hab eine Idee«, sagte Suzanne.

»Wir sollten uns irgendwo eine Ecke suchen, in der wir uns setzen und in Ruhe unterhalten können«, sagte Rosa.

»Genau daran habe ich auch eben gedacht. Du hast doch sicher noch nichts gegessen.«

»Nein.«

»Eigentlich hatte ich vor, mit dir irgendwo essen zu gehen. Es kommt nicht so oft vor, dass ich allein durch die Gegend laufen kann«, sagte Suzanne. »Gleich gegenüber ist Mings Garden, ein tolles China-Restaurant. Ich kenne es von meiner Zeit, bevor es Muzafer Beganovic gab.«

Die beiden Frauen überquerten die Tauentzienstraße. Sie liefen direkt auf die Ecke zur Marburger Straße zu, an der sich das Restaurant befand.

»Du redest von deinem Mann?«

»Ja. Und ich weiß, was du sagen willst.«

Suzanne kannte ihre Mutter genau und wusste in diesem Augenblick auch, was sie bedrückte.

»Muzafer Beganovic. Ist es das?«

Rosa Makowski nickte.

Inzwischen waren sie an Mings Garden angekommen.

»Sieht sehr gut aus« sagte Rosa und senkte ihren Blick in die Speisekarte, die sorgfältig unter Glas vor dem Eingang angebracht war. »Teuer zumindest.«

»Mit dem teuer hält sich das in Grenzen, Mama. Mings Garden ist eines der gehobenen China-Restaurants in Berlin. Und da sind sie ihrem Ruf etwas schuldig.«

Draußen wallte der Verkehr.

»Eigentlich wollte ich hören, wie es dir nach deinem Weggang von uns geht. Aber zuerst will ich dir sagen, dass ich sehr froh bin, dass du dich mit mir triffst.«

»Ich bin auch froh, Mama.«

Sie setzten sich an einen Vierertisch. Das Restaurant war so kurz nach der Öffnungszeit um zwölf erst mäßig besetzt. Der Kellner kam und gab beiden eine Karte.

»Liebst du ihn?«, fragte Rosa Makowski, als sie wieder allein waren.

»Muzafer Beganovic?«

Suzanne nickte.

»Sonst hätte ich ihn kaum geheiratet. Obwohl es mit ihm nicht immer einfach ist.«

»Und er, liebt er dich?«

»Auf seine Weise schon. Aber lass uns erst einmal etwas bestellen, sonst verhungern wir noch.«

»Was hältst du von Rindfleisch mit Morcheln und Spargel an Reis?«, fragte Rosa Makowski. »Ich lade dich dazu ein.«

»Das klingt richtig gut. Und ich weiß, dass es hier sehr gut schmecken wird.«

»Dein Vater lässt dich grüßen. Es tut ihm unendlich leid, was passiert ist. Er hat es sicher nicht so gemeint.«

»Du musst es nicht herabspielen, Mama. Er hat es so gemeint. Es wäre ihm lieber gewesen, ich wäre gestorben, und Helga wäre noch am Leben. Mir wäre übrigens das auch lieber gewesen.«

»Suzanne.«

Der Kellner kam wieder zum Tisch, und Rosa Makowski gab die Bestellung auf.

»Was möchtest du dazu trinken, mein Kind?«

»Am liebsten ein kleines Bier.«

Der Kellner wiederholte die Bestellung und fragte: »Und Sie?«

»Für mich bitte auch ein Bier.«

Als der Kellner gegangen war, sagte Rosa: »Ich will mich nicht mit dir streiten, Suzanne, denn ich bin froh, dass wir uns getroffen haben. Dennoch möchte ich sagen, dass dein Vater euch immer gleich behandelt hat. Ihr seid beide seine Töchter. Und sicher gab es ab und zu eine Ausnahme, dann aber für beide Töchter.«

Suzanne griff über den Tisch nach der Hand ihrer Mutter.

»Ich weiß, du meinst es gut, Mama.«

»Es tut gut, dich zu spüren, mein Kind. Das habe ich vermisst.«

»Dein Kind bin ich in der Tat. Aber seines ...«

»Seins auch. Zumindest was die Familie insgesamt betraf.«

»Aber er hatte immer im Hinterkopf, dass er nicht mein Erzeuger war. Und irgendwann hatte ich auch immer das Gefühl, die Tochter zweite Klasse zu sein.«

Das Essen kam, und sie mussten einen Augenblick ihr Gespräch unterbrechen.

»Lass es dir schmecken, mein Kind.«

Rosa Makowski wusste, dass ihre Tochter recht hatte. Aber dennoch wollte sie das so nicht sehen. Das hätte ja ein Eingeständnis vorausgesetzt, dass sie wissentlich zugeschaut hätte. Und das hatte sie tatsächlich nicht. Sie hatte immer versucht, zu vermitteln, hatte immer versucht, Manuel in die richtige Richtung zu lenken. Und in der Regel klappte das auch.

»Die Hauptsache ist, dass du jetzt glücklich bist, Suzanne«, sagte sie zwischen zwei Bissen.

»Glück? Was ist Glück überhaupt, Mama?«

Sie ist mein schwieriges, mein aufsässiges, mein nachdenklich machendes Kind, dachte Rosa Makowski. Helga war da wesentlich einfacher zu dirigieren.

»Glück ist es, eine eigene Familie zu haben, in der man sich sehr wohlfühlt.«

»Eine eigene Familie habe ich ja jetzt schon. Lillian ist zwei Jahre alt, und Muzafer wird es sicher nicht bei dem einen Kind belassen.«

Die Art, wie sie Suzanne das sagte, gab der Mutter ein Stich.

»Lil-li-an?«

»Meine Tochter, Mama. Hast du nicht gewusst, dass ich eine Tochter habe?«

Obwohl es ihr schmeckte und sie noch nicht aufgegessen hatte, schob Rose Makowski den Teller von sich weg. »Nein.«

»Schmeckt das Essen nicht?«

»Nicht mehr, Suzanne.«

»Aber genau so ist es, Mama. Ich weiß nicht, was ihr in dieser Zeit getrieben habt, und ihr wisst von mir gar nichts.«

»Bist du glücklich mit diesem ...«

»Muzafer, Muzafer Beganovic.«

»Ein Ausländer also.«

»Ein Bosnier.«

»Ein Bosnier«, stellte Rosa Makowski lakonisch fest.

Suzanne merkte Enttäuschung in der Stimme der Mutter. Anders hatte sie das gar nicht erwartet.

»Ein Muslim, Mama.«

Rosa Makowski seufzte. »Ich habe es vermutet.«

»Und da laufen die Uhren ein wenig anders als hier in Deutschland.«

»Du liebst ihn?«

Susan hob die Schultern. »Liebe. Was ist Liebe?«

»Wärme, Suzanne. Wärme, Zusammengehörigkeitsgefühl, Streicheleinheiten für die Seele.«

»Und Sex.«

»Ja, und Sex.«

»Davon versteht er was, vom Sex. Solange es ihn betrifft. Der Rest, den du beschrieben hast, ist für ihn nicht relevant. Er hat das zu Hause nicht gelehrt bekommen, und er hat es sich nicht von anderen absehen können. Denn in seiner Welt gibt es nur die Macht der Männlichkeit.«

»Ein Macho.«

Suzanne nickte. »Wie er im Buche steht. Entweder man akzeptiert das, oder es hat Folgen.«

»Folgen?«

»Ja, Folgen. Und die können sehr drastisch sein.«

Wieder seufzte Rosa Makowski auf.

»Wenn du großes Glück hast, kriegst du eins in die Fresse. Oder er bindet dich ans Bett an und vögelt dich in Ruhe auch anal, während dir die Tränen der Scham, des Schmerzes und der Erniedrigung übers Gesicht laufen.«

Suzanne nahm den letzten Bissen von ihrem Teller und beobachtete ihre Mutter. Sie hatte es absichtlich so gesagt, um ihr ein schlechtes Gewissen zu machen. Das war ihr gelungen.

*

»Es war wirklich nicht leicht, Suzanne beizukommen. Das Schlimmste allerdings ist, dass die beiden Mädchen mir immer ihr Lieblingslied vorgesungen haben, was die Morbidität unseres Hauses vorwegnahm. Sie hatten es wundervoll einstudiert, sangen es zweistimmig.«

»Welches Lied?«, fragte Larsson.

»Knockin' on heavens door. Es ist ein Bob-Dylan-Song.« Die Frau summte es leise an, dann öffneten sich ihre Lippen. »Mama, nimm dieses Abzeichen von mir. Ich brauche es nicht mehr. Es wird dunkel, zu dunkel, um etwas zu sehen. Ich fühle mich, als klopfe ich an die Himmelspforte.«

Larsson sah, dass ihr die Tränen über die Wangen liefen. »Es zerfrisst mich, aber ich höre es immer wieder und wieder: Mama, vergrabe meine Waffen. Ich kann mit ihnen nicht mehr schießen. Der lange schwarze Schatten senkt sich ab. Ich fühle mich, als klopfe ich an die Himmelspforte.«

»Sehr gefühlvoll«, stellte Larsson fest. »Ich kann mir denken, wie Sie sich fühlen.«

Die Frau schüttelte den Kopf. »Nein, das können Sie bestimmt nicht. Ich werde oft gefragt, wie es mir geht. Darauf kann ich gar nicht ehrlich antworten, denn mich fröstelt bei dem Gedanken an meine beiden Kinder. Ich setze mich dann oft in die Sonne, wenn mir kalt ist, hänge dann meinen Gedanken nach. Glauben Sie mir, diese Gedanken sind ein Albtraum.«

Larsson nickte, sagte aber nichts.

»Diese Gedanken engen mein Herz ein, lassen es manchmal aussetzen, versetzen mich in Todesangst. Sie müssen wissen, ich liebe mein Leben. Aber Liebe und Hass sind oft ganz dicht beieinander, wie Geschwister. Wie Geschwister, wie Helga und Suzanne.«

Larsson machte sich seine Gedanken. Spätestens seit er wusste, dass seine Frau ihm ein Kuckuckskind geboren hatte, hatte Makowski seine Frau leiden lassen. So wie er sie behandelte, seit er das Haus und dieses Zimmer betrat, war sein Ton schlimmer und erniedrigender als zu einem Hund, der unerwartet in die Wohnung pisste. Die Frau musste schlimme Zeiten erlebt haben. Ihr Leben von diesem Zeitpunkt an musste ein einziges Martyrium gewesen sein.

»Heute singe ich für beide Mädchen und Malo nur noch Tears in Heaven«, sagte Rosa Makowski. Sie summte den Eric-Clapton-Song kurz an.

»Wer ist Malo?«, fragte Larsson.

»Malomir«, sagte Rosa Makowski leise. »Er war unser Enkel, Suzannes Sohn. Er starb einjährig am zweiten Weihnachtsfeiertag den Kindstod hier in unserer Wohnung.«

Oh Gott, was für ein Elend, dachte Larsson.

»Er war noch so klein.« Abermals weinte die Frau.

»Bist du schon wieder bei den Trauerreden?«, tönte es von der Tür her. Makowski kam zurück, in der Hand hatte er zwei Flaschen Störtebeker.

»Tu doch nicht so, Manuel, als wärest du der, der über den Tod unserer Kinder hinwegsehen könnte, als wäre es eine kleine Träne in der Nacht.«

»Ich möchte nicht, dass du jeden Tag davon redest.«

»Wenn ich nicht davon rede, redest du davon. Wir können beide nicht aus unserer Haut«, widersprach Rosa Makowski.

Es klopfte an der Tür. Rosa Makowski stand auf und ging hinaus in den Flur.

Makowski setzte sich an den Tisch. Er hatte zwei Störtebeker aus der Küche mitgebracht. Eins davon schob er Larsson zu.

»Immer wenn ich von ihr etwas will, kommt irgendetwas dazwischen. Sie klingelt nicht, sie klopft. Und da weißt du gleich, sie will irgendwas extra, was nicht im Preis enthalten ist.«

»Sie ist ein Badegast, nehme ich an«, sagte Larsson.

»Exakt.«

Einen Augenblick hörten sie Rosa Makowski in der Küche hantieren. Kurz darauf kam sie wieder herein.

»Na, was wollte sie denn dieses Mal?«, fragte Makowski.

»Etwas Salz und ein Ei.«

Makowski prustete los. »Etwas Salz und ein Ei. Was es nicht alles gibt.«

»Es ist eben schwierig, wenn man ohne Auto hier ist. Anfang der Woche wird wohl ihr Mann wiederkommen, dann ist sie nicht mehr auf so Kleinigkeiten von uns angewiesen.« Obwohl sie ihren Mann meinte, hatte sie Larsson angeschaut. »Am liebsten würde mein Mann gar nicht mehr vermieten. Doch das können wir uns gar nicht leisten.«

»Die kaputte Heizung auch nicht«, warf Makowski ein.

Rosa Makowski hob die Schultern. »Irgendwie muss es ja weitergehen. Irgendwie.«

»Die Heizung könnte ich ja reparieren«, sagte Makowski.

»Du wirst nicht an die Heiztherme gehen«, sagte sie. »Ein kleiner Fehler und wir fliegen alle in die Luft.« Sie drehte sich Larsson zu. »Es ist eine Gastherme.«

»Ein Bums, und die liebe Seele hätte für immer Ruhe.«

»Wollen wir noch mal darauf zurückkommen, weshalb Herr Thun mich gebeten hat, mit Ihnen zu sprechen?«

»Genau.«

»Er bittet Sie, an der Beerdigung Suzannes teilnehmen zu dürfen«, sagte Larsson ohne Umschweife.

Makowski machte den Eindruck, als sei er mit einem Schlag nüchtern geworden. Er schaute zu seiner Frau.

»Was sagst du dazu, Rosa?«

Rosa Makowski schüttelte langsam den Kopf.

»Sie sehen, meine Frau will das nicht. Sie hat keine Lust, nach so vielen Jahren ihren Geliebten wiederzusehen.«

»Manuel ...« Es kam wie ein Schrei.

»Was ist daran falsch?«

»Es gibt keinen Grund, so ironisch zu werden. Du weißt, dass er nie mein Liebhaber war.«

»Was war er denn dann?«

Als sie nicht gleich antwortete, setzte er nach.

»Was zum Beispiel? Ich kann mich nicht erinnern, dass du katholisch bist. Denn dann wäre es sicher eine Bestäubung durch einen Zauberficker.«

Die Frau fing abermals an zu weinen. »Ich habe dir wieder und wieder erzählt, wie das passiert ist«, sagte sie zwischen zwei Schniefern. »Und du bohrst unerlässlich nach. Dabei merkst du gar nicht, wie viel du kaputtmachst.«

»Kaputtmachst? Ich? Wenn jemand etwas kaputtgemacht hat, dann ja wohl du.«

»Ich sollte jetzt besser gehen«, sagte Larsson. »Vielleicht ist es Ihnen lieber, wenn ich morgen noch einmal vorbeischaue.« Die Frau schaute flehentlich zuerst zu ihrem Mann, dann zu Larsson.

»Bring mir ein Glas Wasser, bitte«, sagte Makowski.

Larsson hörte das erste Mal das Wort »bitte«. Fast hatte er gedacht, dass es dieses Wort im Sprachschatz Makowskis gar nicht mehr gab. Doch auch der Ton war ein anderer, als der, den er zuvor eingeschlagen hatte.

»Sag dem Kommissar Larsson, was du zu sagen hast, Rosa. Eher gibst du ohnehin keine Ruhe.«

Einen Augenblick glaubte Larsson, so etwas wie Dankbarkeit in ihren Augen zu sehen. Dann fing Rosa Makowski an, der Aufforderung nachzukommen.

»Wie ich schon sagte, ich traf Suzanne in Berlin, und nach und nach erfuhr ich von ihr, was abgelaufen war. Nachdem sie von uns weggelaufen war, hatte sie in Berlin einen Mann kennengelernt, der aus einem kleinen Dorf in Bosnien stammte.«

»Jetzt kommt's gleich«, warf Manuel Makowski siegessicher ein.

»U ime Boga Milostivog Samilosnog Molim te Bože Svemoguci. Neka tuga postane nada! Neka osveta bude pravda! Neka majčina suza Bude molitva: Da se nikome nikad Ne ponovi Srebrenica! Reisu-l-ulema Srebrenička Monita. Potočari 11. Juli 2001.«

»Sie hat's auswendig gelernt«, triumphierte Makowski.

»Ich habe das schon einmal gehört« sagte Larsson. Doch ich habe vergessen, was es auf Deutsch heißt.«

»Im Namen Gottes des Barmherzigen und Mitleidsvollsten. Wir beten zu dem allmächtigen Gott. Lass die Trauer Hoffnung werden! Lass die Rache Gerechtigkeit werden! Lass die Träne der Mutter zum Gebet werden! Dass sich Srebrenica niemals, nirgendwo und keinem wiederholt ... Er ist das Gebet von Srebrenica ...«

7. Kapitel

Juli 1990

Sie schaute immer wieder zu dem südländisch aussehenden Mann, der sich mit einigen anderen Männern lebhaft unterhielt. Dabei schmeichelte es ihr, dass sie offensichtlich im Mittelpunkt der Unterhaltung stand, denn hin und wieder schauten die Männer zu ihr, um dann mit einem Augenzwinkern und ihrer Aufforderung, die Frau für sich zu reklamieren, dem jungen Mann ihre Unterstützung zusprachen.

»Wie heißt du?«, fragte der Mann, dessen Interesse ihr offensichtlich so galt, wie sie ihrerseits wünschte, ihn kennenzulernen.

»Suzanne. Habt ihr noch einen Wunsch?«, fragte sie und schaute in die Runde.

»Wie wäre es mit einer Portion Lamm?«

»Lammkeule steht heute zur Verfügung, sehr lecker.«

»Einmal, aber mit zwei Tellern«, lachte der Mann und zwinkerte ihr zu. »Mein Freund will das auch mal kosten.«

Als Kostas Papanastasiou auftauchte, seine Gitarre nahm und griechische Lieder zum Besten gab, wurde es plötzlich still in dem Laden, in dem es zuvor wie in einem Bienenstock zugegangen war. Er spielte einige Musikstücke seiner Heimat, sang mit rauchiger Stimme dazu.

Während einer Pause brachte Suzanne die Lammkeule und einen zweiten Teller samt Bestecke.

Tieftraurige Bousoukiklänge zweier weiterer Musikanten beherrschten für zwanzig Minuten die Szenerie.

Als Suzanne den Nebentisch bediente, wurde sie wieder an den Tisch gerufen, an den sie die Lammkeule gebracht hatte.

»Wir wollen zahlen«, sagte der junge Mann.

Suzanne kassierte die Männer ab. Als Letzter kam der junge Mann dran, dem ihr Interesse galt. Sie hatte es extra so eingerichtet, und er ergriff sofort die Initiative.

»Ich bin Muzafer Beganovic. Seit einigen Tagen habe ich dich beobachtet. Du gefällst mir sehr.«

»Danke.« Nur jetzt nicht rot werden, dachte sie.

»Wann hast du Feierabend?«

»Warum?«

»Weil ich dann auf dich warten werde.«

»Du solltest es nicht so eilig haben.«

»Ich werde auf dich warten, später.«

»Glaubst du, ich ginge so einfach mit dir?«

Er lachte auf. »Vielleicht gehe ja ich mit dir.«

Suzanne schüttelte den Kopf. »So eine bin ich nicht.«

Beganovic sprach mit seinen Kumpanen, die augenblicklich aufbrachen, während er noch sitzen blieb. Sie konnte die fremde Sprache nicht verstehen.

Zwei Männer und drei junge Frauen tanzten zum Musikstück Diadromes inmitten des Restaurants.

»Wirst du mit mir gehen?«, fragte er, als die Musik geendet hatte.

»Du gibst nicht auf, hm?«

»Nein.«

»Ich höre gegen elf auf zu arbeiten«, sagte sie. »Wenn du da bist, können wir reden. Wenn nicht ...«

»Reden?«

»Ich bin gespannt, was du mir zu sagen hast. Das ist alles.«

Sie ging an den Tresen zurück, wo sie ein Tablett mit Gläsern übernahm, das sie in den zwei Stufen höher gelegenen Raum rechtsseitig vom Tresen brachte.

*

Kurz vor elf stand Beganovic, vom Savignyplatz kommend, auf der anderen Seitenstraße gegenüber dem Terzo Mondo und schaute gespannt in das große Fenster hinein. Er beobachtete jeden Schritt von Suzanne, die noch immer bei der Arbeit war, Gläser und Speisen zu den Tischen brachte oder abkassierte.

Kurz nach elf trat sie auf die Straße. Sie schaute sich um, konnte ihn aber nicht erkennen, da er sich weggedreht hatte. Enttäuscht begann sie, in Richtung Savignyplatz zu laufen. Kurz nach der U-Bahn-Unterführung hatte er sie eingeholt.

»Wohin so eilig, junge Frau?«

Sie drehte sich um. Ein Lächeln umspielte ihr Gesicht. »Ich dachte schon, den allzu mutigen Mann habe der Mut verlassen.«

»Ich komme aus Bosnien-Herzegowina. Dort sind bekanntlich die Männer mutig, und allemal wissen sie, was sie wollen. Und wenn sie das wissen, dann holen sie sich, was sie wollen.«

»Und du weißt, was du willst?«

»Natürlich.«

»Wie alt bist du?«, fragte Suzanne.

»Sechsundzwanzig. Und du?«

»Vierundzwanzig.«

»Das passt doch. Willst du mich heiraten?«

Er zog sie an sich und küsste sie. Sie ließ es willig geschehen.

Heiraten? Dieser Gedanke faszinierte sie. Seit sie von ihrer Familie weg war und mehr oder weniger allein durchs Leben dümpelte, war ihr der Gedanke gekommen, dass es an der Zeit war, ihren Personenstand zu ändern. Aber bisher hatte sich keiner der Männer als geeignet erwiesen.

In dieser Nacht wurde Suzanne Muzafer Beganovic' Frau. Kurze Zeit später war sie verheiratet und schwanger.

*

Zwei Jahre später verschlechterte sich ihre Beziehung. Schnell hatte Suzanne gemerkt, dass sie die Lage über die Liebe zu einem Muslim und das Leben mit einem solchen falsch eingeschätzt hatte. Ihr Wissen über den Islam war gleich null. Nun lernte sie schmerzhaft, was es hieß, in eine fremde Kultur eingeheiratet zu haben. Immer wieder setzte er seine Wünsche handfest durch. Er schlug sie beim kleinsten Aufmucken, verbot ihr, alleine einkaufen zu gehen, und verlangte, wann immer er wollte, dass sie sexbereit wäre. Sie war, was Frauen in dieser Situation alle waren, der Besitz eines Mannes, der über ihr Wohl oder Wehe verfügte und seinen Machtanspruch mit Gewalt durchsetzte, eine Marionette, die an den Fäden der Laune Muzafers hing. Manche dieser Fäden waren verdammt dünn. Doch sie hatte es immerhin geschafft, einige Jahre diese Schmach zu ertragen.

In dieser Zeit war es ihr dennoch gelungen, sich heimlich mit ihrer besten Freundin Selina Riemer zu treffen. Für sich hatte Suzanne längst schon beschlossen, Muzafer Beganovic zu verlassen. Sie suchte nur nach dem richtigen Zeitpunkt für den Absprung. Sie wusste, ihr Mann würde nicht auf die Kinder verzichten. Nicht auf Lillian und nicht auf das noch Ungeborene. Doch wie sicher sie lebte, wenn sie Beganovic einmal verlassen hatte, konnte ihr niemand sagen, niemand würde für ihre Sicherheit garantieren können. Doch ihr Entschluss stand fest.

Die Nachrichten aus Jugoslawien kamen immer spärlicher, und Muzafer Beganovic, der sehr an seinen Eltern hing, wurde einsilbiger, verbitterter.

Einen Monat lang, so berichtete ein Verwandter, der nach Deutschland geflohen war, hatte sein Vater mit anderen Muslimen im Wald gelebt, nachdem Paramilitärs in Srebrenica einige Häuser in Brand gesetzt, geplündert und Frauen vergewaltigt hatten. Kurz darauf eroberten muslimische Verbände unter dem Kommando von Naser Coric, einem ehemaligen Leibwächter Miloševićs, die Stadt zurück. Sie brannten mehrere serbische Dörfer der Umgebung nieder. Die Stadt war eine Enklave, umzingelt von Feinden, die den Tod der Muslime herbeisehnten.

*

Suzanne kam vom Einkaufen. Mit der Tragerei hatte sie Probleme, denn sie war wieder schwanger. Als sie die Eingangstür geschlossen hatte, sah sie das Tohuwabohu. Muzafer hatte in einem Anfall von Wut die halbe Küche demoliert. Scherben von Tellern und Tassen lagen bis in den Flur. Muzafer starrte ihr wutentbrannt entgegen.

»Was ist denn hier los?«, fragte sie entsetzt.

»Was hier los ist?«, brüllte er. »Diese serbischen Bastarde haben meinen Vater umgebracht!«

»Um Gottes willen«, sagte Suzanne und versuchte, ihn zu umarmen.

Grob stieß er sie zurück.

»La illahe il allah! Muhammadun Rasulullah! Es gibt keinen Gott außer Allah und Mohammed ist sein Prophet!«

»Au, du tust mir weh!«, rief Suzanne verzweifelt. »Denk an das ungeborene Kind.« Sie fing an zu weinen, was Beganovic noch wütender machte.

»Bist noch nicht zum Islam konvertiert! Ich werde dir die Kinder nehmen und dich verstoßen!«

»Das kannst du nicht!«

»Du glaubst, du kannst mich mit deinen Tränen erpressen? Du irrst dich. Ich hasse alle Kuffar! Die Christen, die meinen Vater umgebracht haben, werden dafür büßen!« Er griff nach ihren Haaren und schleifte sie zum Bett. »Und nun zeige ich dir, was sie mit meiner Mutter gemacht haben!«

Er penetrierte sie anal, und sie schrie auf vor Schmerz.

In Suzanne erwachte der Trotz, eine Eigenschaft, die auf ihre Gene zurückzuführen war. Sie würde an einem der nächsten Tage mit Lillian in ein Frauenhaus gehen und die Scheidung einreichen. Und ihre beste Freundin Selina Riemer würde sie dabei unterstützen.

8. Kapitel

»Ich möchte schlafen, habe aber Angst vor den Albträumen«, sagte Rosa Makowski in Anlehnung an das Gebet von Srebrenica »Lass die Tränen der Mütter zum Gebet werden! Dass sich Srebrenica niemals, nirgendwo und keinem wiederholt«.

»Srebrenica ist das Schlimmste, was Christen in unserer Zeit in der Welt angerichtet haben«, sagte Larsson. »Und das wird der christlichen Welt noch bitter auf die Füße fallen.«

»Bereits am Tage darauf, als Muzafer Beganovic gegangen war, um sich mit Freunden zu treffen, hat Suzanne zusammen mit ihrer Tochter Lillian das Frauenhaus in Berlin-Mitte bezogen. Selina Riemer hat ihr dabei geholfen. Sie hat auch den Kontakt zu einem Anwalt hergestellt«, fuhr Rosa Makowski fort. »Der Anwalt hatte bei mir angefragt, ob wir die Kosten übernehmen. Suzanne war ja wieder schwanger. Es war also klar, dass wir die Kosten übernommen haben.«

»Und das ist uns nicht eben leichtgefallen«, mischte sich Manuel Makowski ein.

»Schließlich war sie schwanger, Manuel. Es war unsere Pflicht als Eltern, ihr zu helfen.«

»Möchten Sie noch ein Bier, Kommissar?«, fragte Makowski.

Larsson winkte ab. »Danke, ich habe eh schon genug. Und wenn ich nicht bald gehe, wird mein Bett vor der Tür stehen.«

»Sie sind nicht allein in Lohme?« Rosa Makowski klang besorgt.

»Nein. Aber es wäre unpassend gewesen, meine Frau mitzubringen. Es ist ein Gespräch zwischen Ihnen und mir. Und das sollte es eigentlich auch bleiben.«

»Da hat er recht, Rosa. Es ist eine Sache zwischen uns und ihm als Vertreter von Thun. Und da geht kein Blatt Papier mehr dazwischen.«

»Sie sehen, Ihr Mann bringt es auf den Punkt.«

»Sie wollen nach Hause gehen?«, fragte sie.

»Ich möchte vor allen Dingen klären, wieweit Sie bereit sind, Herrn Thun entgegenzukommen. Dafür bin ich hergereist.«

»Ich verstehe das durchaus«, sagte Rosa Makowski. »Ich hätte Ihnen aber so gern noch erzählt, wie es weitergegangen ist mit unserer Tochter, damit Sie verstehen, warum wir so entschieden haben.«

»Du solltest den Kommissar nicht übermäßig beanspruchen, Rosa«, sagte Manuel Makowski. Dabei sah er Larsson herausfordernd an.

»Ihre Frau wird sicher noch etwas Interessantes zu berichten haben. Vielleicht hören wir beide ihr noch eine Weile zu.«

Die Frau stand auf und ging zu einem Buffet. Aus dem linken oberen Schubfach entnahm sie ein kunstvoll gerahmtes Fotobuch. Damit kam sie zurück, legte es auf dem Tisch und begann zu blättern.

»Schauen Sie hier, Herr Kommissar, unsere beiden Mädels. Sie waren unser Sonnenschein. Sie waren auch nicht nur Schwestern schlechthin«, sagte die Frau. »Sondern ...«

»Halbschwestern«, unterbrach Makowski barsch.

»Sie waren nicht nur Schwestern«, sagte Rosa Makowski fest, »sondern allerbeste Freundinnen, die alles im Leben teilten.«

»Ja«, sagte Makowski einlenkend, »das waren sie wirklich.«

Larssons Blick ging einige Sekunden hinaus aus dem Fenster zum gegenüberliegenden Grundstück. Ein wenig weiter rechts stand die Pension Nordfeuer, und da würde seine Frau auf ihn warten. Er konnte sich lebhaft ausmalen, wie wütend sie über sein Fernbleiben war. Ich muss zum Abschluss kommen, dachte er. Die Atmosphäre ist morbid. Er hasste solche Atmosphären. Er musste aufpassen, dass die Gespräche nicht den Pfad seiner Interessen verließen.

Rosa Makowski blätterte weiter. »Hier sehen Sie unsere Tochter Suzanne mit ihrer besten Freundin Selina.«

»Selina?«

»Selina, Alexandra. Ihre Mutter hat sie nach ›Das Kampaner Tal‹, eine Erzählung von Jean Paul, benannt.«

Es waren zwei Teenager, die im Garten in verschiedenen Positionen fotografiert worden waren. Einmal saß Selina auf der Schaukel und Suzanne schubste sie an, ein anderes Mal saßen sie beide an einem kleinen Tischen und spielten Karten. Immer waren ihre Gesichter freundlich, ja lachend.

»Das war eine glückliche Zeit«, sagte Rosa Makowski und lächelte still in sich hinein.

»Ist diese Selina auch von der Insel?«, fragte Larsson.

»Nein, nein. Suzanne hatte sie Anfang der Achtzigerjahre in einem Ferienlager der FDJ im Harz kennengelernt. Später waren sie ziemlich unzertrennlich.«

»Ziemlich?«

»Als Helga noch lebte, vermied Suzanne es, sich mit ihr zu treffen, wenn ihre Schwester in der Nähe war.«

»Wissen Sie, warum das so war?«, fragte Larsson.

»Zwischen meine Mädels ging kein Blatt Papier. Sie waren die besten Freundinnen.«

»Wissen Sie, wo Selina jetzt lebt?«

»Sie kam ursprünglich aus Zella-Mehlis. Nach der Wende ist sie nach Bayern gegangen, nach Bamberg.« Rosa Makowski blätterte weiter.

Larsson holt ein kleines Büchlein aus der Tasche und einen Stift. »Sie haben nichts dagegen, dass ich mir paar Notizen machen?«

»Jetzt stehen wir unter Polizeischutz«, ließ Makowski sich vernehmen.

»Das verstehen Sie ganz falsch«, sagte Larsson. »Ich möchte mir nur ein Bild machen. Es hat also nicht explizit etwas mit irgendeiner Sache zu tun, über die wir sprechen.«

»Machen Sie es ruhig«, sagte Rosa Makowski.

Larsson notierte sich: Selina Riemer, Bayern, Bamberg, ehemals Zella-Mehlis?

»Selina war es, mit der ich noch etwas mehr als lose in Kontakt stand.«

»Wie? Telefonisch?«

»In der Zeit, als Suzanne bei uns mit dem Neugeborenen war, kam sie uns besuchen, oder sie rief an. Aber wir hatten auch noch kurze Kontakte über das Internet. Zuletzt, als sie vom Tod Suzannes hörte.«

»Macht es Ihnen etwas aus, mir das zu zeigen?«

Rosa Makowski schaute ihn fragend an. »Glauben Sie mir nicht?«

»Natürlich glaube ich Ihnen das. Es ist auch nicht so wichtig. Vergessen Sie's einfach.«

Sie stand auf, ging wieder zu dem Buffet und holte aus dem oberen rechten Schubfach ein Tablet. Das schaltete sie ein. Nach kurzer Zeit war das Gerät hochgefahren, und sie rief ihren Facebook-Account auf.

»Hier schreibt sie einige Tage nach dem Tod Suzannes, dass es ihr … leid tut.«

»Was tut ihr leid?«, fragte Larsson, der das Stocken im Satz bemerkt hatte.

»Ich hatte sie angerufen, um ihr mitzuteilen, was passiert war. Sie sagte, sie wolle am Tage darauf anrufen, weil sie das erst einmal verdauen müsse.«

»Aber sie hat sich nicht gemeldet.«

»Nein.«

»Wie gut waren die beiden befreundet?«, fragte Larsson.

»Selina meinte, wie Schwestern«, antwortete Rosa Makowski.

»Firlefanz, wie Schwestern«, mischte sich Manuel Makowski ein. »Sie hat recherchiert und einen Artikel aus dem Strelasund-Blitz eingestellt und kommentiert.«

»Das fanden Sie nicht so gut, Frau Makowski.«

»Nein.«

»Rosa wollte Aufsehen vermeiden«, sagte Manuel Makowski.

»Hatte das einen bestimmten Grund?«, fragte Larsson.

»Ich wollte mit meiner Trauer allein fertig werden, nicht dass die halbe Welt schmutzige Fragen stellt oder Mitleid heuchelt.«

Larsson nickt. »Das verstehe ich allzu gut. Heuchelte Selina Riemer?«

»Ich weiß nicht. Sie war kurz zuvor hier bei uns, hatte in der Nähe mit ihrem Freund Urlaub gemacht. Als sie kam, war sie allein, beklagte sich über Suzanne. Sie würden nicht mehr so miteinander reden können wie früher.«

Inzwischen hatte Rosa Makowski den Account von Selina Riemer aufgerufen und hielt Larsson das Tablet hin. Es zeigte ein Bild von Einsatzkräften der Feuerwehr und einen Wagen der Polizei vor einem kleinen Reihenhaus. Die selbstverfasste Überschrift spiegelte eine hasserfüllte Tötungszuweisung für den Lebensgefährten Suzannes wider, die eine Reihe von Kommentaren hervorbrachte. Larsson las sie schnell durch. Er konnte verstehen, dass das nicht im Sinne der Makowskis war. Von »Oh, was für ein Unglück!« bis »Ach, du Scheiße ...« war alles dabei. Auf »Welcher Mensch kann zu so etwas fähig sein?«, antwortete Selina Riemer: »Es ist kein Traum, aus dem man aufwachen und den man negieren kann. Natürlich sorge ich mich um ihr Kind. Auch um ihre Eltern sorge ich mich, denn ich hatte immer einen guten Draht zu ihnen.« Sie beklagte die aufdringlichen Reporter der Zeitungsverlage und schrieb auch, dass sie kurz zuvor bei Suzannes Eltern auf Rügen gewesen sei.

»Ich war nicht erfreut darüber«, sagte Rosa Makowski. »Einige Wochen später hat sie sich dann bei mir entschuldigt.« Sie scrollte die Nachrichten hoch bis zu einem Bild, das Suzanne und Selina in vergnügter Siegerpose zeigte. Abrupt stand sie auf und verließ das Zimmer.

»Es zerreißt sie fast«, sagte Makowski. »Aber ich habe sie schon beobachtet, wie sie das immer wieder auf dem Tablet hochlädt und sich ansieht. Es ist nahezu masochistisch.«

Einen Augenblick dachte Larsson an Monika. Er fragte sich, wie sie es aufnehmen würde, dass er so lange unterwegs war.

»Jeder verarbeitet seine Trauer für sich und jeder etwas anders«, sagte er.

»Da haben Sie recht, Kommissar«, sagte Makowski. »Rosa trauert, indem sie heult. Ich wiederum ziehe mich mit einem Kasten Bier in mein Zimmer zurück. Dabei bin ich verdammt still geworden, noch stiller als ich ohnehin schon war. Ich war nie der aufbrausende, rumschreiende Typ, immer der ruhige, der, der alles mit einem Bier und sich selbst abmacht.«

»Sie sollten gehen und Ihre Frau trösten.«

»Das ist gar keine gute Idee. Sie kommt schon wieder, wenn sie sich beruhigt hat. Glauben Sie mir, das ist besser so.«

Er muss es ja wissen, dachte Larsson. Frauen sind sonderbare Wesen. Manche sehr empfindlich, andere tatkräftig wie eine Walküre. Frau Makowski schien der empfindlichere Typ zu sein, der hin und wieder mit dem Mut eine Walküre gepaart ist. Es war alles eine Frage der eigenen Positionen und der Anschauung, wie diese Einteilung stattfand. Er schaute zur Uhr. Wenn du nicht bald gehst, dachte er, findest du deine Frau nicht mehr vor, wenn du ins Hotel kommst.

»Ihre Tochter Suzanne hat nicht allzu viel Glück mit ihren Männern gehabt«, stellte er fest.

»Nein, das hat sie wirklich nicht. Ich war zwar nicht der leibliche Vater, aber wenn es um die Wahl ihrer

Partner ging, habe ich immer versucht, zusammen mit meiner Frau ihr zu raten oder abzuraten.«

Jetzt öffnet er sich vielleicht ein wenig, dachte Larsson.

»Abzuraten?«

»In der Regel denke ich, war das so.«

»Waren die Kerle denn so schlecht, die sie mitgebracht hat?«

Manuel Makowski hob die Schultern. »Sie wissen ja, es heißt schnell, diese Eltern sind mit keinem Mann zufrieden, der nach ihrer Tochter schielt. Sie hatte einige Jugendaffären hier auf der Insel. Jeder Mensch versucht mehr oder weniger, sich in der Jugend auszutoben. Sie war eher die, die zur ersten Gruppe gehört. Helga, meine andere Tochter, hat es nicht ganz so arg getrieben. Aber versucht, sich sexuell zu erfinden, haben sich alle beide.«

»Ich denke, die sexuelle Neugier gehört zur Jugend dazu.«

»Wenn Sie das so sagen, Kommissar.«

»Waren wir das nicht alle … ein wenig neugierig aufs andere Geschlecht?«, fragte Larsson.

»Doch, schon. Aber bei mir hält sich das in Grenzen. Vielleicht zwei oder drei Versuche. Hängengeblieben bin ich dann sofort bei meiner großen Liebe, bei Rosa.«

»Das ist selten«, gab Larsson zu bedenken. »Ich kann mit einer solchen Genügsamkeit nicht aufwarten.«

»Wenn Sie noch einen mit mir trinken, werde ich Ihnen ein kleines Geheimnis verraten.«

»Nur dann?«

»Nur dann.«

Larsson sah, wie Makowski den Korn in die Gläser goss. Seine Hände zitterten, und natürlich ging ein Teil davon auf den Tisch. Dennoch schob er Larsson das Glas zu.

»Auf dann«, sagte er, hob sein Glas und leerte es in einem Zug.

Wie schon zuvor, hob Larsson sein Glas, nippte daran. Er achtete aber genau darauf, so viel zu trinken, dass sein Gegenüber nicht misstrauisch wurde.

»Jetzt sind Sie am Zug.«

»Es bleibt aber unter uns.«

»Ehrensache.«

»Sie werden gleich verstehen, warum das unter uns bleiben muss. Vor etwa zwei Jahren hat uns Suzanne besucht. Natürlich hat sie mit ihrer Mutter ganz anders gesprochen, als wenn ich dabei war. Ich wusste das, doch mich interessierte, was sie für ein Geheimnis hatten. Dass sie eins hatten, war klar, denn sie tuschelten, wenn ich ins Zimmer kam, brachen das Gespräch ab. Deshalb habe ich mich ein wenig auf die Lauer gelegt. Und was ich dann vernommen habe, hat mein Herz richtig erfreut.«

Larsson war neugierig geworden.

»Sie haben also investigativ ermittelt?«

»Wenn Sie das so sehen.«

Larsson wiegte den Kopf hin und her. »Solange das in der eigenen Familie bleibt, denke ich, ist es nicht ganz so schlimm.«

»Ich hatte vorgespielt, ich ginge hinaus, um die Schaukel im Garten zu reparieren. Für den Fall, dass sie mir nicht trauten, tat ich auch so, als würde ich daran rumschrauben und mir würde plötzlich ein kleines Ersatzteil fehlen. Also ging ich in den Schuppen, um ein solches Teil zu suchen.«

»Und die Frauen sind ihnen auf den Leim gegangen?«

»Ja.«

»Sie waren also nicht misstrauisch Ihnen gegenüber?«

»Absolut misstrauisch. Aber meine Täuschung hatte ich gut vorbereitet. Ich habe den Schuppen an der Seite durchs Fenster verlassen und bin leise ins Haus eingetreten. Da ging es zu wie in einem Entenstall. Sie wähnten sich allein und schnatterten um die Wette. Suzanne erzählte, dass sie zusammen mit ihrem damaligen Lebensgefährten Peter Sockott ihren Erzeuger aufgesucht habe. Sockott habe ihr wohl klargemacht, dass er ein neues Auto brauche, und dass sie verpflichtet sei, ihm dabei zu helfen. Also sind sie zu ihm gefahren und haben ihn so lange bearbeitet, bis er einwilligte, für den Kauf des Autos zu bürgen und einen Teil der Anzahlung zu übernehmen. Es sei gar nicht so schwer gewesen, Gerd Thun davon zu überzeugen, ihnen helfen zu müssen. Es sei seine moralische Pflicht. Zwar habe er immer wieder eingewandt, wie billig doch derzeit sehr gut erhaltene gebrauchte Fahrzeuge zu erwerben seien, doch sie haben sich nicht darauf eingelassen. Schließlich hätten sie ihn zu einem Freund Sockotts gebracht, der in einem namhaften Autohaus als Verkäufer gearbeitet habe. Dort hätte Thun dann, widerwillig zwar, doch letztlich erfolgreich seine Unterschrift unter den Vertrag gesetzt.«

Makowski schwieg einen Moment, um die Dramatik noch zu erhöhen. Als Larsson zu ihm aufschaute, deutete Makowski auf die Gläser, um sie neu mit Korn zu füllen. Larsson verzog sein Gesicht, unterließ es aber, Makowski von seinem Bericht abzuhalten. Deshalb nickte er, woraufhin Makowski bereitwillig die Gläser füllte und weitererzählte, nachdem er einen großen Schluck getrunken hatte.

»Zuvor hatte es mit Suzanne Ärger wegen dieses lausigen Penners Sockott gegeben, der die Großfressigkeit in Person war, immer erfindungsreich, wenn es darum ging, andere zu bescheißen oder auszunehmen, letztlich aber selbst nichts Eigenständiges auf die Reihe brachte. Wir haben ihr beide gesagt, dass der Kerl ein Taugenichts sei, der sie nicht verdient habe.«

»Und?«

»Vielleicht wäre sie ja klug gewesen, wenn wir das Gegenteil behauptet hätten. Aber so war sie, immer voller Widerstand. Alles, was ihre Eltern Gutes für sie wollten, hat sie rigoros abgelehnt. Und prompt ist sie reingefallen, jedes Mal, wenn sie nicht auf uns gehört hat.«

Ein Blick auf seine Armbanduhr zeigte Larsson, dass er schon mehr als zwei Stunden in diesem Haus verbracht hatte. Monika würde ihn würdig empfangen. Blitzschnell malte er sich aus, was sie ihm alles an den Kopf werfen würde.

»Ich glaube, wir sollten hier abbrechen«, sagte Larsson. »Wenn Sie wollen, kann ich am Morgen noch mal kurz bei Ihnen reinschauen.«

Die Wohnung in diesem modernen Haus war seltsam. Die Einrichtung hatte sicher schon die beiden Vorwohnungen überstanden und war nur in geringen Teilen erneuert worden. Dass der Tod in diesem Haus reiche Ernte unter jungen Menschen gehalten hatte, war sicher prägend für das Ambiente gewesen. Es war kein Wunder, dass sich die Menschen, die hier lebten, in einer eigenartigen Verfassung befanden.

»Ich dachte, Sie wollten eine Antwort haben, ob Gerd Thun zur Beerdigung von Suzanne kommen darf.« Manuel Makowski wartete nicht ab, bis Larsson antwortete. »Aus gutem Grunde kann ich es nicht allein entscheiden. Schließlich war Suzanne mehr ihre Tochter als meine. Also werde ich nachsehen, damit Sie eine abschließende Antwort bekommen können.« Er stand auf und ging hinaus.

Larsson hörte, wie er über den Flur schlurfte.

Auf dem Tisch lag noch das Fotobuch. Larsson konnte seinem inneren Drang nicht widerstehen. Er blätterte langsam zurück. Er sah Suzanne mit ihrer Tochter Lillian, als sie noch klein war, später, als sie selbstständig auf der Schaukel stand und Suzanne hinter ihr. Sie sah zufrieden aus. Zwei Seiten weiter zurück zeigte das Bild zwei Pärchen. Suzanne mit einem jungen blonden Mann und eine zweite, jüngere Frau, die sich mit einem schlanken Mann ungeniert in einer sexy Pose rekelte. Eine weitere Seite blätterte er zurück und fand zwei junge Mädchen inmitten einer Schar Halbwüchsiger am Lagerfeuer. Eines der Mädchen hatte Ähnlichkeit mit Suzanne.

Larsson schlug die Mitte des Buches auf. Es gab vier Bilder von Suzanne. Eines, in dem sie einen Säugling in den Armen hielt. Beschriftet war das Bild mit »Malomirs erste Tage auf dieser Welt«. Das zweite Bild zeigte den kleinen Jungen mit seiner Oma Rosa und Suzanne im Hafen von Lohme. Im Hintergrund der Steinwall, der gegen die Wellen der Ostsee als Schutz für die Boote aufgeschüttet worden war. Weiter zurück lag an der Pier ein großes schwarzes Segelschiff. Die beiden Frauen hatten das Kind in die Mitte genommen und hielten es jeweils an der Hand. »Malomirs erster Hafenbesuch in Lohme«, stand unter dem Bild. Das dritte Bild zeigte den Jungen am Sandkasten vor der Schaukel. Neben ihm stand Suzanne, die ihm beim Sandkuchenbacken zusah. »Malomir in glücklichen Tagen«. Das vierte Bild zeigte einen Baum im Friedwald Pandevitz auf Rügen. Es war eine Fotomontage mit dem Bild des Kindes. »Malomirs letzte Ruhestätte«.

Es dauerte nicht lange, da kam Makowski mit seiner Frau zurück. Larsson klappte das Fotobuch zu. Wie nicht anders erwartet, sah Larsson der Frau an, dass sie wieder geweint hatte.

»Sie warten auf eine Entscheidung, ob Gerd Thun an der Trauerfeier für Suzanne teilnehmen darf«, begann Rosa Makowski das Gespräch. »Die Antwort ist ...«

Als sie stockte, sprang ihr Mann ein. »Nein.«

Larsson hatte es bereits befürchtet. »Ist das Ihr letztes Wort?«

»Ja«, sagte Manuel Makowski.

»Schade«, sagte Larsson. »Vielleicht darf ich morgen noch einmal hereinschauen? Vielleicht haben Sie es sich dann anders überlegt.«

Larsson stand auf und gab Rosa Makowski die Hand.

»Ich werde Sie zur Tür bringen«, sagte sie.

Larsson gab nun Manuel Makowski die Hand. »Haben Sie herzlichen Dank, Herr Makowski, dass Sie mich empfangen haben. Ich werde Ihre Entscheidung Herrn Thun überbringen.«

Rosa Makowski brachte Larsson zur Tür. Dort gab sie ihm noch einmal die Hand und lächelte. »Thun hat sich das Kommen selbst versaut, indem er sich Suzanne gegenüber sehr unflätig über unsere sehr kurze Beziehung geäußert hat«, sagte sie so leise, dass es ihr Mann nicht mitbekommen konnte. »Es wäre nicht nötig gewesen, Suzanne so etwas zu sagen. Es hat mich sehr, sehr verletzt. Und deshalb habe ich auch unterbunden, dass er an der Beisetzung teilhaben darf.«

9. Kapitel

Mittwoch, 16. Juli 2008

Für seine Leute war der Umzug von dem beeindruckenden Bürgerhaus in der Seestraße Ecke Sethestraße zur Swinemünder Chaussee 17 vollzogen worden, als er, zusammen mit dem BKA in Berlin, auf der Suche nach dem in der Ostsee verschwundenen Charterboot mit den vier Männern der Kiliwhite Limited war. Doch nach seiner Rückkehr zur Insel musste auch Larsson ein Büro in der Swinemünder Chaussee beziehen. Die Zeiten, in denen er ausschließlich Mordfälle bearbeitet hatte, waren vorbei.

Vor ihm lag nun ein Bericht der örtlichen Polizeikräfte, dass sich bislang unbekannte Diebe zwischen dem 31. Juli und dem 5. August 2008 Zutritt in den Heizungskeller eines zurzeit nicht bewohnten Mehrfamilienhauses in Benz verschafft hatten. Dort bohrten sie zwei Öltanks an, um ca. 5.000 Liter Heizöl im Wert von über 5.000 Euro abzupumpen.

Wie ich mich freue, dachte Larsson verächtlich. Zuerst werde ich mal nach Benz fahren und mit den Besitzern des Hauses sprechen. In der Regel können das nur Täter gemacht haben, die sich in der Umgebung und dem Haus auskennen.

Als er auf den Flur trat, kam ihm Karl Simons entgegen.

»Ich bin unterwegs, Karl«, sagte Larsson. »Wenn man dich fragt, wo, in Benz.«

»Man wird mich nicht fragen. Du fährst nicht nach Benz.«

Larsson lachte auf. »Sagt wer?«

»Im Augenblick ich.« Simons zwinkerte ihm zu. »Reimann hat gesagt, du sollst unverzüglich zu einer Besprechung nach Anklam fahren.«

»Warum?«

Simons hob die Schultern. »Beim letzten Mal haben sie dich befördert. Wenn du Glück hast, wird es diesmal genauso sein. Aber wer hat schon immer Glück?«

»Ich gehe lieber noch mal zu Reimann.«

»Brauchst du nicht. Der Chef will dich sehen. Also mach dich in die Spur.«

»Mälzer?«

»Wenn der Polizeioberrat nach dir ruft, gibt es immer etwas Neues. Ob es dir passt oder nicht, Lasse, du wirst es machen. Glaub mir. Du bist so etwas wie ein ...«

»Springer«, unterbrach Larsson. »Ich springe immer dorthin, wo andere nicht so gerne hinwollen. Benz kann ich auf der Rückfahrt erledigen.«

Auf der Fahrt nach Anklam fragte sich Lasse Larsson, ob das, was auf ihn zukommen würde, interessanter wäre als das, was man zurzeit von ihm verlangte. Er beantwortete sich die Frage selbst. Jeder zusätzliche Auftrag, der von Mälzer bisher direkt gekommen war, gestaltete sich allemal interessanter als alles, was ihm aus der Swinemünde Chaussee angetragen wurde. Eigentlich waren die Kollegen ganz verträglich, mit denen er es dort zu tun hatte. Nur einige meinten, dass Larsson immer eine Extrawurst gebraten würde, und das ließen sie ihn unterschwellig spüren.

Er fuhr den Wagen auf den Hof der Polizeidirektion Anklam in der Friedländerstraße 13, betrat das Haus durch den Seiteneingang, ging durch den langen Flur des Gebäudes, von dem die Treppen in die oberen Geschosse führten und sich auch der Fahrstuhl befand. Er ging flugs die Treppen hinauf bis zum Allerheiligsten, klopfte, wartete aber nicht, bis er aufgefordert wurde, einzutreten. Die Vorzimmerdame Mälzers war neu.

»Nein, ich bin nicht die Vertretung meiner Vorgängerin. Sie müssen jetzt immer an mir vorbei, wenn Sie zum Chef wollen.«

»Und wo ist ...«

»Frau Liesowski ist im Krankenhaus ... Kriminalhauptkommissar Larsson, wenn ich nicht irre.«

Larsson nickte. »Exakt.« Er ging auf die Frau zu und gab ihr die Hand.

»Warten Sie einen Augenblick, bitte«, sagte sie. Sie ging zur Verbindungstür, die in das Büro des Polizeioberrats führte, klopfte kurz und öffnete diese.

»Kriminalhauptkommissar Larsson ist da.«

Die Frau drehte sich ihm zu und machte eine Handbewegung. »Bitte.«

Larsson ging an ihr vorbei, lächelte ihr noch einmal zu. Sie schloss hinter ihm die Tür.

»Ich habe Herrn Reimann gesagt, dass Sie einen Sonderauftrag für mich zu erledigen haben. Ich möchte, dass Sie den Auftrag absolut vertraulich behandeln. Sie sind niemandem Rechenschaft schuldig außer mir. Auch Reimann nicht. Aber wie ich den kenne, wird er sie auch nicht fragen.« Er wies mit der Hand Larsson einen Platz zu.

»Sie haben von dem Koffermord in Stralsund gehört?«, fragte Mälzer.

Es war tagelang das Hauptgespräch nicht nur bei der Polizei, dachte Larsson. Er wusste, dass es eines der schlimmsten Morde in Mecklenburg-Vorpommern seit zig Jahren gewesen war. Morde, in denen Leichen oder Leichenteile in Koffer verpackt aufgefunden worden waren, gab es schon. Er erinnerte sich an die Schlagzeile: Baby ist in Hannover in einem Koffer in einer Wohnung entdeckt worden. Es war das Werk eines pädophilen Mannes, der das Kind erst missbraucht und dann getötet hatte. Dann fiel ihm ein in Baden-Württemberg begangenes Verbrechen ein: Beamte der Spurensicherung hatten im Schlossgarten in Stuttgart zwei Leichen entdeckt, abgelegt in zwei Koffern. Leichenteile in Koffern und eine weitere Leiche am Grund des Traunsees in Oberösterreich fielen Larsson ein und eine Schlagzeile aus Berlin: Spaziergänger finden an der Spree in einem

Koffer eine Frauenleiche. Nun konnte der Leichnam offenbar identifiziert werden. Vom mutmaßlichen Täter fehlt derweil jede Spur – er ist weiterhin auf der Flucht. Und nun hatte Stralsund einen solchen Fall. So ist das Leben.

»Die Zeitungen machten zum Teil die schlimmsten Vermutungen zu Spekulationsobjekten«, sagte Larsson.

»Bei den Ermittlungen stießen die Beamten auf eine Frau namens Ginerva Renzi, die nur in der Beschreibung der Hausbewohner und des beschuldigten Täters existent ist. Es gibt kein Bild und keine Person dieses Namens, die irgendwo im Melderegister auftaucht.«

»Ah, ein Phantom.«

»Larsson.«

»Es wird doch irgendwo in der Wohnung einen Fingerabdruck von diesem Phantom geben.«

»Nach dreieinhalb Jahren? Das wäre in der Tat ein Wunder. Zumindest, wenn die zu Tode gekommene Frau gründlich geputzt hat. Die Leute im Haus kannten den Namen nur, weil er sie manchmal laut zur Ordnung rief.«

»Und der Beschuldigte?«, fragte Larsson.

»Mauert. Er wisse nur, dass die Frau Ginerva Renzi hieß. Einen Ausweis habe er nie gesehen, und angemeldet habe er sie auch nicht. Es sei ein rein sexuelles Verhältnis gewesen. Eines Tages sei sie, so wie aus dem Nichts kommend, plötzlich aufgetaucht war, ebenso plötzlich verschwunden.«

»Vielleicht hat er sie ja ...«

»Möglich. Den Namen haben wir von einem Mitbewohner. Er hörte Günner mehrmals rufen: Renzi, du machst deinem Namen alle Ehre – Ginerva, du nervst!«

»Ich nehme an, ich habe jede Menge Unterstützung zu erwarten«, sagte Larsson.

»Aber natürlich, Larsson, von mir. Ansonsten negativ.«

»Dachte ich mir doch. Es ist wieder mal so ein winziges Ei, wo sich keiner herantraut.«

»Sie werden sich herantrauen. Und ich erwarte, dass Sie erfolgreich sein werden, dass wir in jedem Fall eher zu einem Ergebnis kommen als die Konkurrenz.«

Larsson musste lächeln, bezeichnete doch Mälzer die vorgesetzte Dienststelle in Neubrandenburg als Konkurrenz. Aber er hütete sich wohlweislich, etwas dazu zu sagen.

»Dann werde ich mich jetzt an die Arbeit machen«, sagte er und stand auf. Beim Herausgehen fragte er: »Was hat die Liesowski eigentlich, dass sie hier ersetzt werden muss?«

»Ich kann Ihnen das nicht sagen. Ich weiß aber, dass sie nicht mehr wiederkommt.«

Larsson ging auf die die Frau zu, gab ihr die Hand. »Ich hatte Ihren Namen nicht verstanden«, sagte er. »Doch wenn ich Sie jetzt öfter hier treffe, dann möchte ich Sie auch ansprechen können.«

»Babette Schulze.«

»Wirklich ein exklusiver Name. Bis bald, Babette Schulze.« Damit drehte er sich um und verließ das Allerheiligste im oberen Stockwerk.

10. Kapitel

Als Larsson in der Swinemünde Chaussee 17 eintraf, wurde er schon erwartet. Der Dienststellenleiter, Kriminalhauptkommissar Reimann, hatte seine Tür zum Gang offengelassen, sodass Larsson an ihm vorbeigehen musste.

»Lasse, einen Augenblick bitte.«

Larsson, der schon an der Tür vorbei war, drehte um.

»Den Heizölfall in Benz übernimmt Simons von dir.«

»Wenn du das sagst, Rudi.«

»Der Chef hat mit mir telefoniert. Du bist für eine andere Ermittlung freigestellt. Macht es dir etwas aus, nicht in einen anderen Raum umzuziehen?«

»Hast du Angst, dass ich Karl beim Finden der Öldiebe helfe?«

Reimann lachte. »Mir ist egal, was du machst. Wir haben ein Raumproblem. Ich habe kein einzelnes Zimmer für dich frei.«

»Macht nichts, Rudi. Damit kann ich leben. Ist das alles?«

Reimann machte eine nichtssagende Handbewegung. Larsson winkte zurück und ging weiter, seinem derzeitigen Zimmer entgegen, das er sich mit Karl Simons teilte.

Simons saß am Tisch und strahlte ihn an, als Larsson das Büro betrat.

»Ich muss nicht raten«, sagte Simons. »Ich muss jetzt allein an dem Diebstahl arbeiten.«

»Tut mir leid, Karl.«

»Ich wusste genau, dass es so kommt, als du nach Anklam fahren musstest. Was ist es?«

»Ich darf dir das nicht sagen, Karl. Doch wir bleiben zusammen in diesem Büro.«

»So geheim?«

»Eigentlich nicht. Aber auch nicht wirklich spektakulär. Also bohre nicht. Du kennst mich. Es würde nichts bringen. Und außerdem, wenn du eine Frage zu dem Fall hast, den du jetzt alleine lösen wirst, kannst du mich fragen.«

»Danke, Lasse. Ich bin schon froh, dass wir zusammenbleiben können.«

Larsson setzte sich an seinen Schreibtisch und dachte einen Augenblick nach. Der Polizeicomputer würde über den Namen Ginerva Renzi nichts ausspucken. Das zumindest hatte Mälzer durchblicken lassen. Dennoch loggte sich Larsson in die Personendatei der Polizei ein. Ich will nichts unversucht lassen, dachte er. Dann gab er den Namen Ginerva Renzi ein. Er erwartete kein positives Ergebnis und bekam es auch nicht. Ich muss anders ansetzen, dachte er. Er überflog die Möglichkeiten, die Suchmaschinen anboten. Es kamen mehrere dafür infrage, und er würde sie nutzen. Doch als Erstes entwarf er eine ganz kleine Anfrage, die sich mehrfach gebrauchen ließ.

Hallo miteinander, ich suche meine beste Freundin Ginerva Renzi aus Stralsund. Leider weiß ich nicht, ob sie den Nachnamen noch hat.

Der Text hatte 131 Zeichen. Kurz genug, um auch bei Twitter ungekürzt eingestellt werden zu können. Er würde sie über die Konten seiner Frau einloggen, und da wo sie noch nicht registriert wäre, würde er sie anmelden. Er beschloss, am Abend mit ihr darüber zu sprechen.

Nacheinander gab er die Suchmaschinen ein, um zu sehen, welche für seine Zwecke zu gebrauchen wäre. Argus identcheck, Facebook, Twitter, Xing ... Bildersuchmaschinen mit eingebauter Gesichtserkennung fielen für ihn aus. Leider, aber ein Foto gab es nicht.

Zuerst schaute er sich argus identcheck an. »Zu wissen, was zu einer Person im Internet zu finden ist, kann für Job, Karriere, Freundschaften, private sowie geschäftliche Beziehungen und auch behördliche Recherchen von großer Bedeutung sein. Internetreputation ist heute in aller Munde und wichtiger denn je«, las er. »Argus identcheck ist eine unique Personen-Suchmaschine zum zielgenauen Auffinden von Interneteinträgen zu Personen. Mit einstellbaren Suchkonfigurationen, individuell wählbaren Suchbegriffen und frei wählbaren URL-Filtern steuert der User die Qualität und Quantität der Suchergebnisse selbst. Automatisierbare Update-Suchen liefern neue Ergebnisse in wählbaren Zeitintervallen. Die Suchergebnisse werden gespeichert und stehen jederzeit zum Abruf oder Download bereit.

In Ihrem persönlichen Account bei argus identcheck werden alle Aktivitäten dokumentiert. Komfortabler und zielgenauer ist Personensuche im Internet nicht möglich. Und das alles zu geringen Kosten ohne Abo mit jederzeitiger Kündigungsmöglichkeit für den User. Für die Nutzung von argus identcheck ist eine kostenlose Registrierung erforderlich.

Nutzen Sie die umfangreichen Filtermöglichkeiten, um relevante Ergebnisse zu finden.

Argus identcheck bietet dem User anonyme, kostenfreie und unverbindliche Testmöglichkeiten mit aktuell fünf Freisuchen.«

Unverzüglich machte er sich ans Werk. Er richtete über die Interneteinstellung Monika Landris, den Geburtsnamen seiner Frau, einen Zugang ein, so, wie er das ebenfalls für Twitter machte.

Er arbeitete bis nach Feierabend. Nur Karl Simons war ihm treu geblieben. Und die Kollegin, die zwei Türen weiter saß und an einem Hoteldiebstahl arbeitete. Aber das interessierte Larsson nicht. Er war jetzt wie ein Terrier, der eine Fährte in einem Kaninchenbau aufgenommen hatte und nun eines der Tiere reißen wollte.

Zwischendurch rief Monika an. Sie war wenig beglückt, dass er auch an diesem Tag auch wieder später nach Hause kommen würde. Kurz vor sieben verließ er das Büro. Karl war einige Minuten vor ihm gegangen, was ihn daran erinnerte, dass auch der nächste Tag ein Arbeitstag war.

*

Monika schaute gerade die Zwanzig-Uhr-Nachrichten an.

»Hallo Liebling.« Larsson beugte sich zu ihr herab und küsste sie. Gleich wird sie wieder Vorhaltungen machen, dachte er.

»Ich habe dir ein paar Brote gemacht. Sie stehen in der Küche.«

Er ging hinaus, holte sich den Teller mit den Brotscheiben mit Schinken und Käse. Daneben stand ein zweiter Teller mit einem großen Salat. Sie dachte an alles. Er nahm es mit ins Wohnzimmer, stellte es ab und ging noch einmal hinaus die Küche, um eine Flasche Jever zu holen.

»Ich habe vom Chef den Auftrag bekommen, eine verschwundene Person zu suchen, die praktisch ein Phantom ist.«

Monika machte sich von den Bildern einer Unfallmeldung auf der Autobahn los und schaute ihn lächelnd an. »Du tust ja gerade so, als wäre das etwas ganz Neues. Es gibt immer etwas bei euch, das bei dir hängen bleiben wird. Und da frage ich mich nur, warum. Ihr habt doch einen Haufen gut ausgebildeter Kriminalisten.« Sie atmete tief ein und stieß die Luft deutlich hörbar wieder aus.

»Wir haben keinen greifbaren Namen und auch kein Bild. Über den Namen, den wir haben, kannst du nichts erfahren. Es gibt sie nicht. Du kannst jede mögliche Schreibweise eingeben, und immer ist die Antwort negativ.«

Als sie nicht antwortete, fing er an zu essen.

»Alice im Wunderland«, sagte Monika nach einer Weile.

»Literarischer Nonsens«, stellte Larsson fest.

»Die fiktive Welt, in der Alice im Wunderland angesiedelt ist, Lasse, spielt in solch einer Weise mit Logik, dass sich die Erzählung unter Mathematikern und Kindern gleichermaßen großer Beliebtheit erfreute und noch immer erfreut. Dabei ist sie voller satirischer Anspielungen auf das gesamte 19. Jahrhundert.«

»Was ich sagen will, Monika, ich bitte dich um deine Hilfe.«

»Du bittest mich um meine Hilfe? Bei einer Ermittlung zur Existenz eines Phantoms?«

»Exakt.«

»Ich fasse es nicht. Und wie stellst du dir diese Hilfe vor? Du bist Sherlock Holmes und ich Doktor Watson? Das ist ein schlechter Witz.«

»So, wie du das sagst, wäre das in der Tat ein Witz. Die Sache ist, ich brauche drei oder vier Zugänge zu Anbietern wie Twitter und Facebook. Und das muss über den Namen einer Frau laufen.«

»Da kommst du zu mir? Habt ihr bei der Kripo nicht so viel Gespür dafür, eigene weibliche Zugänge zu diesen Medien zu machen?«

»Ich brauche das außerhalb der Polizei. Dort soll man gar nicht wissen, dass ich dieses Phantom suche.«

»Mein lieber Mann, was du mir erzählst, hört sich illegal an. Und da willst du mich hineinziehen?«

»Es ist nicht illegal, wirklich nicht. Es ist einfach ...«

»Grenzwertig.«

»Nicht einmal das. Jeder könnte dieses Phantom suchen, jeder außer jetzt und durch mich.«

»Ihr braucht diese Person für einen Fall?«

»Ja. Aber frage mich nicht in diesem Moment, für welchen Fall. Ich werde es dir in jedem Fall sagen, wenn ich entweder an diese Aufgabe gescheitert bin oder aber das Phantom entzaubert habe.« Larsson nahm einen großen Schluck aus seinem Glas, während Monika ihn abschätzend musterte.

»Ich liebe dich, Lasse Larsson, ich kenne dich zu gut, als dass du mich in irgendein unsauberes Ding ziehen würdest, aus dem ich nicht herauskäme. Also, wie kann ich dir helfen?«, sagte sie nach einer Weile.

Larsson erzählte seiner Frau, was er vorhatte. Und wie er es nicht anders erwartet hatte, war sie bereit, ihm zu helfen. Er zeigte ihr den Entwurf der Anfrage, die er über die Zugänge verschiedener sozialer Medien zu setzen gedachte.

Nacheinander setzten sie, zuerst bei Facebook: »Ich suche meine beste Freundin Ginerva Renzi aus Stralsund. Leider weiß ich nicht, ob sie den Nachnamen noch hat.« Dann bei Twitter und Argus identcheck. Linkedin und Xing hingegen waren Plattformen für Geschäftsleute. Larsson konnte sich nicht vorstellen, dass die Frau dort zu finden war. Deshalb verzichtete er ebenso auf eine Einstellung der Anfrage wie bei Myspace, dem sozialen Netzwerk, das hauptsächlich von Musikern genutzt wird, und Odnoklassniki, dem sozialen Netzwerk aus Russland, das sich aber auch in bei deutschen Spätaussiedlern, Russlanddeutschen oder sonstigen Russisch sprechenden Menschen in Deutschland großer Beliebtheit erfreut.

11. Kapitel

Sonntag, 20. Juli 2008

Die Nacht war schwül. Zweimal war Larsson aufgestanden, um sich umzuziehen. Jedes Mal war Monika dabei wach geworden, um ihn zu fragen, was er denn habe. Aber als sie beim zweiten Mal wieder eingeschlafen war, verließ er leise sein Bett und das Zimmer und ging leise in die Küche, um sich eine Weißweinscholle zuzubereiten. Schließlich landete er in seinem Arbeitszimmer, das eigentlich ihr gemeinsames Arbeitszimmer war. Er hatte es relativ spartanisch eingerichtet. Monika nutzte es als Bügelzimmer, wenn er unterwegs war.

Draußen brach der neue Tag an.

Larsson stellte die Weinschorle ab, machte die kleine Stehlampe am Schreibtisch an, dimmte sie weitgehend herunter, sodass sie nur ein schwaches Licht erzeugte und keine Mücken anzog, und fuhr seinen Computer hoch. Er rief seine abgespeicherte Musik auf. Normalerweise würde er sich jetzt für Verdis »Requiem« entschieden haben. Das war ein Stück, das den Tod in jeder Phase seiner möglichen Entstehung zu beschreiben imstande war; diese aufregende Musik in der Version, in der die Solisten Leontyne Price, Fiorenza Cossotto, Nicolai Ghiaurov sowie Luciano Pavarotti hießen und Herbert von Karajan dirigierte, war seine Lieblingsaufnahme. Doch in dieser Nacht entschied er sich für die Filmmusik von »Jenseits von Afrika« von John Barry. Geschickt hatte Barry das Adagio aus Mozarts Klarinettenkonzert in A-Dur in seine Musik eingearbeitet. Das Stück würde Larsson die Ruhe geben, über den ganzen Fall nachzudenken. Manchmal bedauerte er, nicht mehr so intensiv in Mordermittlungen eingebunden zu sein wie in seiner Zeit beim LKA1 in Berlin, dem zuständigen Referat für Delikte am Menschen, kurz: der Mordkommission. Aber schon damals war er als einer der Ermittler berüchtigt, die wie ein Terrier vor dem Bau saßen, um den Fuchs zu greifen. Und dieser Jagdeifer hatte ihn ausgerechnet in dieser Nacht überfallen, obwohl er sich völlig außerhalb der Zuständigkeit der Aufklärung der getöteten Frau, die in einem Koffer in der gemeinsamen Wohnung ihres Lebensgefährten aufgefunden wurde, befand. Manchmal, dachte er, geht das Leben eigenartige Wege. Wahrscheinlich wäre er, wenn überhaupt, bestenfalls beim Lesen der Kriminalfälle in der Einflusssphäre der Polizeiinspektion Anklam darauf aufmerksam geworden. Schließlich ist die Kriminalpolizeiinspektion Anklam zuständig für die Bearbeitung von Strafverfahren im Bereich der Schwer- und Schwerstkriminalität, die in verschiedenen Fachkommissariaten realisiert wird. Und manchmal fallen dann auch die Vorkommnisse in den Gebieten außerhalb der Grenzen der KPI Anklam ins Interessenfeld, so wie eben der Mord an der Frau in Stralsund. Die erste Sicherung des Tatortes hatte die KPI Stralsund übernommen, die weitere Ermittlungsarbeit lag bei der Mordkommission an Neubrandenburg.

Er dachte darüber nach, wie ausgerechnet er, rein peripher, an diese Ermittlungsarbeit gekommen war. Es waren zwei Wege, die ihn zu dem Fall geführt hatten – Kai Kruse respektive Gerd Thun, mit der Bitte um Kontaktaufnahme zu der Familie der Ermordeten, bezüglich einer Teilnahme bei der Beerdigung. Zweitens die Vorstellungen von Polizeioberrat Mälzer, jene Frau schneller zu finden als das zuständige Fachdezernat, die vor der Getöteten die Stellung bei dem mutmaßlichen Mörder als Geliebte eingenommen hatte. Obwohl Larsson zu dem Zeitpunkt noch nicht wusste, wie er das erfolgreich bewerkstelligen sollte, sah er das als einen Wink des Schicksals an. Instinktiv hatte er automatisch angefangen, Witterung aufzunehmen.

Larsson fühlte sich plötzlich sehr schwach. Er wollte nach dem Glas mit der Weißweinschorle fassen, hatte aber plötzlich nicht mehr die Kraft dazu. Um ihn herum wurde alles dunkel.

Er wurde wach, als Monika, die sich über ihn gebeugt hatte, über seinen Kopf streichelte und sagte: »Lasse, was machst du denn? Warum liegst du nicht im Bett?«

»Ich weiß nicht, ich war plötzlich so müde. Wie spät ist es eigentlich?«

»Halb neun.«

»Ist denn Elina schon wach?«

»Seit vor sieben, doch ich habe sie noch eine Weile im Bett halten können. Was machst du hier draußen?«

»Ich hab einfach über den Fall nachgedacht.«

»Und darüber hast du deinen Wein vergessen? Willst du mich verarschen?«

»Es ist kein Wein. Es ist eine Weinschorle.«

»Die du nicht angerührt hast. Also Lasse, was ist mit dir?«

»Nichts.«

»Nichts?«

»Nichts von Bedeutung. Kleinere Schwächeanfälle. Wir sollten ein wenig Urlaub machen. Irgendwo in ...«

»Nicht schon wieder in Schweden.«

»Ich mag Schweden.«

»Ich weiß, Håverud und Dalsland Kanal mit den alten Schiffen.«

»Dort liegen schließlich meine Wurzeln.«

Monika sah ein, dass es im Augenblick keinen Sinn machte, mit ihm darüber zu diskutieren.

»Wir frühstücken auf der Terrasse.«

»Reicht die Zeit zum Duschen?«

»Wenn du dabei nicht wieder einschläfst.« So, wie sie es gesagt hatte, ärgerte sich Monika, das überhaupt gesagt zu haben. Lasse war kein Weichei. Sie würde der Sache auf den Grund gehen. »Ich beobachte das jetzt immer öfter bei dir, Lasse. Du solltest dich untersuchen lassen«, sagte sie.

»Was wird ein Arzt finden? Dass ich niedrigen Blutdruck habe. Das haben andere Menschen auch. Also keine Sorge. Ein Kaffee oder ein Piccolo beheben das Problem.«

Larsson ging ins Bad, Monika zurück in die Küche, um das Frühstück vorzubereiten.

Als er schließlich auf der Terrasse auftauchte, spielte Monika mit Elina, die eifrig dabei war, in einer kleinen Form Plätzchen aus dem Sand des Sandkastens auf der Terrasse zu drapieren.

Monika sah seinen missbilligenden Blick.

»Wie wäre es, wir würden unser Kind nehmen und uns etwas in der Umgebung ansehen, das neu für Elina wäre?«, fragte sie, während sie Kaffee in Lasses Tasse goss.

»Hast du eine Idee?«

»Das Wisent-Gehege.«

»Du meinst, das wäre etwas für sie?«

Monika hob die Schultern. »Sie hat noch keine Wisente gesehen. Ich übrigens auch nicht.«

Obwohl ihm sein ganzer Körper wehtat und er sich matt und schläfrig fühlte, merkte er, wie der Kaffee ihn langsam belebte.

»Wenn du glaubst, dass das schon etwas für die Kleine ist, können wir ja nach dem Frühstück hinfahren.«

»Ob es was für sie ist, weiß ich noch nicht. Aber ich bin sicher, wir werden es merken.«

Kurz vor elf trafen sie vor dem Parkplatz vor dem Wisent-Gehege ein. Obwohl bei diesem schönen Wetter die meisten Menschen an den Strand strebten, musste Larsson warten, bis ein Auto den Parkplatz verließ. Monika war mit Elina vorgegangen. Als er schließlich eingeparkt und an der Kasse für die beiden und sich ein Ticket gelöst hatte, bereute er schon, während der Urlaubszeit hierher gefahren zu sein.

»Komm, ich nehme dir Elina ab«, sagte Larsson. Er nahm die Kleine hoch und setzte sie rittlings auf seine Schultern, sodass sie über seinen Kopf hinweg die Tiere sehen konnte, die seelenruhig in ihrem Gehege an einem großen Ast nagten. Andere wiederum standen stoisch in der Sonne.

»Ich glaube, es war nicht so eine gute Idee, ausgerechnet heute hierher zu gehen«, sagte Monika.

»Wir müssen ja hier auch nicht allzu lange bleiben«, sagte Larsson. »Schau, Elina, schau diese großen Tiere.«

»Hallo Herr Larsson.«

Larsson drehte sich um. Im Gedränge hinter ihm stand Gerd Thun.

»Ich denke, Sie wohnen hier, Herr Thun.«

Thun nickte. »Drei Minuten mit dem Auto, zu Fuß fünfzehn Minuten.«

»Und da haben Sie nichts anderes zu tun, als an einem Sonntag hierher zu kommen, wo sich die Leute gegenseitig auf die Füße treten?«

»Ich habe Sie zum Gehege einbiegen sehen. Da dachte ich, Ihnen schnell einen guten Tag zu wünschen.«

»Wir werden hier gleich wieder abhauen. Uns ist der Trubel einfach zu viel.«

»Erinnern Sie sich an unser Gespräch im Café Knatter?«

»Selbstverständlich.«

»Wenn Ihnen das hier zu viel ist, weiß ich, wo Sie sich bestens erholen können.«

Monika hörte interessiert den beiden Männern zu, die versuchten, sich über die allgemeine Schallkulisse hinweg zu unterhalten.

»Wir haben nur zwei Minuten bis zur Frau Schirmer.«

»Wer ist denn Frau Schirmer?«, fragte Monika.

Durch die Menge ging ein Raunen. Der große Bulle der Herde war zu der Aussparung gekommen, an dem die Leute standen. Obwohl es verboten war, die Tiere zu füttern, warf ein Mann einige Kanten trockenes Brot ins Gehege. Damit hatte er die Tiere ein wenig in Bewegung gebracht, denn nun, wo der Bulle anfing zu fressen, kam auch eine der neugierig gewordenen Wisent-Kühe, um einen Leckerbissen abzubekommen.

»Papa, Papa ... Muuuh«, jubelte Elina mit Blick auf die Wisente.

»Frau Schirmer betreibt einen Hofladen, einen Kräutergarten, in dem seltene Kräuter gezogen werden, die sie auch an die Spitzengastronomie der Insel liefert, und veranstaltet interessante Kräuterwanderungen durch den Wald«, nahm Thun das Gespräch wieder auf.

»Aha.«

Monika scheint angebissen zu haben, dachte Larsson.

»Ist das wirklich so nahe?«, fragte Monika.

»Praktisch der nächste Waldweg, anderthalb Kilometer, mit dem Auto etwa vier Minuten. Es gibt parallel zur Straße einen Wanderweg. Dort könnten Sie natürlich auch zu Fuß gehen, dann sind in Sie etwa zwanzig Minuten dort.«

Inzwischen war eine der beiden Frauen gekommen, die Larsson zuvor an der Kasse gesehen hatte, und stritt mit dem Mann, der die Brotkanten in das Gehege geworfen hatte.

»Gehen wir erst einmal hier raus«, sagte Larsson.

»Ein Kräutergarten«, sagte Monika. »Das klingt interessant.«

»Und einen großen Hund gibt es dort auch«, sagte Thun. »Er bewacht das Haus im Wald, das ziemlich einsam liegt.«

Gemeinsam gingen sie zum Parkplatz zurück.

»Ihnen scheint ja wirklich etwas daran zu liegen, mich dorthin zu locken«, stellte Larsson fest.

»In Verbindung mit Ihren hochgelobten Kochkünsten wäre das ein absoluter Gewinn für Sie«, antwortete Gerd Thun.

»Hochgelobt, sagt wer?«, fragte Monika.

»Kai Kruse.«

Sie waren am Parkplatz angekommen, und Larsson sah, dass Thun seinen Wagen vor der Einfahrt auf den Rand des Weges gestellt hatte.

»Das kann Ärger geben«, sagte er.

»Aber nicht für diesen kurzen Moment. Ich werde vorausfahren, folgen Sie mir einfach.« Damit schloss er die Tür seines Wagens auf, startete den Motor und fuhr langsam zum Eingang des Parkplatzes, um dort zu wenden. Dann fuhr er langsam auf die Hauptstraße zu.

Hintereinander fuhren sie bis zur nächsten Einfahrt. An der Ecke stand ein kleines Haus mit einem Schild davor, auf dem ein Pfeil in Richtung Waldweg zeigte, auf dem stand »Käuter-Verbena-Hofladen«. Nach knapp 400 Metern kamen sie zum Haus.

»Möchtest du hier mitten im Wald wohnen?«, fragte Monika.

»Ehrlich?«

»Ich würde mich fürchten, soweit ab der Zivilisation zu leben.«

»Das ist sicher eine Frage der Gewohnheit«, sagte Larsson.

Sie stiegen aus und gingen auf das Haus zu. Rechts neben dem Haus stand ein hölzerner Anbau, der als Hofladen gekennzeichnet war. Haus und Hofladen waren durch einen Zaun getrennt. Hinter diesem Zaun erschien ein Rottweiler, der laut bellend ihre Ankunft verkündete. Die Tür vom Hofladen stand offen.

»Gehen wir hinein«, sagte Gerd Thun. »Es gibt allerhand zu sehen.«

Ein großer runder Korb beherbergte durchsichtige Tüten mit verschiedenen Wohlfühl-Tees unterschiedlichster Richtungen. Zutaten wie Himbeerblätter, Kamille, Pfefferminze, Orangenschalen, Fenchel und Thymian oder Magen-Wohlfühl-Tee aus Anisblättern, Fenchel, Kamille, Kümmel und Pfefferminze, die in einem Weidenkorb hübsch drapiert zur Ansicht kamen. Auf einem chronisch nach oben verlaufenden Kreuz standen kleine Gläser mit Hibiskus-Salz neben Hibiskus-Zucker, Kräutersalze neben Brennnesselsalz, Beifuß-Tee, der bei Magenstörungen oder Galle- und Leberleiden hilft. Gibt man dem Teig gehackte Beifußtriebe zu, lassen sich wunderbar dünne Crêpes ausbacken.

»Hallo miteinander.« Leise war die Frau eingetreten, stand nun hinter ihnen in ihrem Hofladen. »Kann ich irgendetwas für Sie tun?«

»Ich habe Ihnen die Familie Larsson mitgebracht«, sagte Gerd Thun. Sie erkannte ihn erst, als er sich umdrehte.

»Ach, Sie sind es, Herr Thun. Ich habe Sie gar nicht erkannt.«

Gerd Thun lächelte. »Ein schöner Rücken kann auch entzücken, liebe Frau Schirmer. Der Kommissar ist ein begeisterter Koch, der bei seinen Zutaten auch Kräuter verwendet. Vielleicht kann er ja das eine oder andere bei Ihnen erwerben.«

»Mama, Hund ...« Elina zeigte zum Ausgang. Vor der Tür stand plötzlich der Rottweiler und schaute interessiert auf die Eindringlinge.

Ina Schirmer drehte sich um, redete auf das Tier ein und brachte den Hund zurück auf die andere Seite des Zaunes. Als sie zurückkam, sah sie, dass Larsson interessiert ihr Buch »Wildpflanzen auf Usedom – eine Pflanzenkunde« in der Hand hielt. Die Verbena-Publikation zeigte einen rot-schwarz-bunten Falter auf einem Zweig.

Larsson schaute sie fragend an.

»Ein Natternwurz-Perlmuttfalter – Clossiana titania auf einem Gierschzweig. Giersch ist eines der ältesten Wildgemüse. Ich kann Ihnen das im Wald zeigen, wenn Sie sich mal einer meiner Kräuterwanderungen anschließen.«, sagte Ina Schirmer.

»Ein anderes Mal gern«, antwortete Larsson. »Aber ich bin von der Vielfalt beeindruckt.« Er nahm Hibiskus-

Salz und den Wohlfühl-Magentee aus den Ständern. »Das würde ich gern ausprobieren.«

»Gern.«

»Wofür brauchst du das?«, fragte Monika.

»Wir haben Mischpilze in der Kühlung und Lamm. Pilze anbraten, etwas geriebene Tonkabohne und im Mörser gestoßenen Szechuanpfeffer dazugeben und mit dem Hibiskus-Salz abschmecken.«

Als Larsson sich umdrehte, gewahrte er einen Ständer mit einem Packen Flyer. Interessiert nahm er sich einen heraus. »Praxis für Psychotherapie«, las er. »Sie können Menschen hypnotisieren?«

»Wenn die Menschen das wollen und sich vor allem darauf einlassen, dann sicher sehr erfolgreich. Aber wenn sie sich innerlich sperren, klappt das nicht.«

Larsson griff nach dem Büchlein über die Wildpflanzen auf Usedom und sagte: »Das würde ich mir auch gern mitnehmen, um die von Ihnen aufgelisteten Wildkräuter, die ich noch nicht in meiner Küche verwende, im Vorfeld zu analysieren. Vielleicht werde ich das eine oder andere dann bei Ihnen abholen.«

Sie verabschiedeten sich und gingen zu ihrem Wagen, während Gerd Thun sich noch ein wenig mit Ina Schirmer unterhielt.

12. Kapitel

Donnerstag, 24. Juli

Die Woche hatte sich hingezogen, ohne dass jemand auf die Frage nach Ginerva Renzi aus Stralsund auf irgendeinem der angeschriebenen sozialen Netzwerke gemeldet hätte. Larsson war verzweifelt, denn er war nicht in der Lage, seinem Chef eine dementsprechende positive Meldung zu übermitteln. Aber alltäglich stellte er bei Twitter und Facebook erneut die 112 Zeichen kurze Anfrage ins Netz.

Am Donnerstagmittag, den 24., rief Monika ihn an und sagte, es habe sich tatsächlich jemand auf Facebook gemeldet, er solle doch bitte das Portal gleich aufrufen und in den persönlichen Nachrichten nachsehen.

Obwohl ein alter Fuchs in Sachen Ermittlung, war Larsson diesmal aufgeregt wie ein Schuljunge. Er rief Facebook und die persönlichen Nachrichten auf.

Das Profilbild zeigte den Kopf eines spätmittelalterlichen gepflegten Mannes. Daneben wurde der Name mit Roman van der Bildt angegeben. Larsson war überzeugt davon, dass es ein Pseudonym war. Er loggte sich in den Polizeicomputer ein und suchte nach diesem Namen. Tatsächlich wurde er fündig. Es handelte sich um einen Holländer, der eine Bar mit zweifelhaftem Ruf in Hamburg auf St. Pauli betrieb und diverse Vorstrafen, einschließlich der Zuhälterei mit Nicht-EU-Bürgerinnen ohne Aufenthaltsgenehmigung, kassiert hatte. Dann fand Larsson einen gesperrten Link zur AURELIA-Datei. Er würde der Spur nachgehen. Offensichtlich hatte der Mann Monikas Profil komplett aufgerufen, das sie im Vordergrund zeigte, während im Hintergrund der Himmel, das Meer und die Seebrücke von Ahlbeck zu sehen waren.

Hallo Ostseenixe, eine Ginerva Renzi hat Anfang der Neunzigerjahre bei mir getanzt. Da ich den Namen un-

passend fand, haben wir uns auf das Pseudonym Marie Duplessis geeinigt. Vielleicht hilft Dir das ja, Deine Freundin zu finden. Herzlichst, Roman.

Marie Duplessis, dachte Larsson, was haben wir denn da? Einen Zuhälter mit Bildung? Die Duplessis war das historische Vorbild für Alexandre Dumas' Roman- und Bühnengestalt Marguerite Gautier in seinem Roman »Die Kameliendame«, und Giuseppe Verdis Violetta Valery in der Oper »La traviata«. Er suchte den Namen Marie Duplessis im Polizeicomputer, fand aber nichts. Dann beantwortete er die eingegangene Mail.

Hallo Roman,

vielen lieben Dank für Deine Kontaktaufnahme.

Ginerva war eigentlich schon immer ein leicht verrücktes Huhn.

Aber in einem Club zu tanzen, hätte ich ihr gar nicht zugetraut.

Ich kann mir das gar nicht so recht vorstellen. Duplessis. Was für ein wundervoller Name,

Liebe Grüße, Monique.

Am Morgen darauf kam dann die Antwort.

Hallo Ostseenixe.

Ich habe mal in meinen Unterlagen geschaut. In der Tat gibt es ein Bild von ihr.

Sie war hübsch, hatte Talent zum Tanzen, und darüber hinaus zum Geldmachen.

Lieber Gruß, Roman.

Er hatte ein Foto Ginerva Renzis angehängt. Offensichtlich wollte er Vertrauen erwerben. Es zeigte das Mädchen, das in die Kamera lächelte, oben ohne vor einer Stange. Larsson sah ein frisches, jugendliches Gesicht. Er vergrößerte das Bild, so gut er konnte, fand eine personalisierte Tätowierung des Unendlichkeitszeichens, das schwungvoll die beiden Worte »live« und »love« einband und in einer stilisierten Feder endete. Darunter waren die Zeichen Yin und Yang zu sehen. Larsson wusste, was das zu bedeuten hatte. Und das bestätigte seine Vermutungen, dass das Mädchen ins Rotlicht abgetaucht war.

Larsson lächelte. Endlich kam Bewegung in den Fall. Jetzt könnte er über Gesichtserkennungssoftware suchen und letztlich auch über die Tattoos. Er rief noch einmal Roman van der Bildt im Polizeicomputer auf. Dort waren auch einige Querverbindungen zu Frauen, die in seinem Haus gearbeitet hatten und aktenkundig geworden waren. Doch der Name Marie Duplessis war auch hier nicht zu finden. Offenbar war sie nur kurze Zeit in diesem Etablissement tätig, dass sie in keine Routinekontrolle gekommen war. Und so hatte man leider auch keinen Zugriff auf eine Adresse. Er könnte Kollegen in Hamburg bitten, bei Roman van der Bildt vorstellig zu werden. Das schied aber aus, weil das ein offizielles Ersuchen hätte sein müssen. Derzeit war das keine Option. So schrieb er:

Hallo Roman,

obwohl Ginerva ja wohl nicht mehr bei Dir ist, kannst Du mir vielleicht einige Tipps geben, wo sie finde.

Sicher ist sie inzwischen verheiratet und hat gar keine richtige Zeit für mich.

Aber wir waren wirklich sehr gute Freundinnen. Ich hoffe auf Deine Hilfe.

Herzlichst, Monique.

Larsson würde aufpassen. Als Nächstes käme dann sicher eine Aufforderung, dass er Monika kennenlernen wolle. Schon wegen ihres tollen blonden Haars. Aber blond ist nicht gleich blöd, dachte er. Schließlich hat sie dich geheiratet, Lasse Larsson.

Erst am späten Nachmittag des nächsten Tages war die Antwort gekommen, die Larsson Zuhause, zusammen mit seiner Frau ansah.

Hallo Ostseenixe.

Derzeit weiß ich wirklich nicht, wo sich Deine Freundin befindet. Ich will gerne alle meine Verbindung spielen lassen, um Dir zu helfen.

Ich würde Dich aber allzu gern kennenlernen und wäre auch bereit, an jeden Punkt in der Welt zu kommen, um Dich zu treffen.

Bis ganz bald also und ganz lieben Gruß, Roman.

Van der Bildt hatte ein zweites Foto Ginerva Renzis mitgeschickt. Es zeigte das Mädchen, das in die Kamera lächelte, spärlich mit einem nahezu durchsichtigen Seidentuch bekleidet, an der Bar. Im Halbdunkel des Raumes konnte man schemenhaft Männer erahnen, die sich in dem Etablissement vergnügten.

»Hab ich's nicht gestern erst gedacht.«

»Was denn?«

»Jetzt will er an dich ran.«

»Aber Lasse, wie soll das denn gehen? Mit mir ist da gar nichts zu machen. An mich kommt er gar nicht heran. Löschen wir einfach das Facebook-Profil, und schon geht ins Leere.«

»Damit wollen wir noch warten, Liebes. Ich brauche noch ein paar Details, um die junge Frau möglichst schnell zu finden.«

»Du weißt schon, dass er mich über eine Gesichtserkennung finden kann.«

»Wahrscheinlich hat er keine Screenshots gemacht. Warum sollte er das auch tun? Also tausch sofort dein Bild gegen ein Hundebild aus.«

»Und wenn er das nicht schluckt?«

»Dann sagst du ihm, es sei dein Hund, den du abgöttisch liebst und der dich hin und wieder vertritt, bis du beim Friseur warst und das neue Bild eingestellt hast.«

Monika atmete tief durch. »Ganz wohl ist mir dabei nicht.«

»Das kann ich verstehen. Aber sollte er sich hierher bewegen, dann haben wir ihn am Arsch.«

»Du weißt schon, dass diese Typen keine Rücksicht nehmen«, gab Monika zu bedenken.

»Ich würde mich freuen, denn wenn er sich das erlaubt, buchten wir ihn hier ein.«

Gegen Abend verließ Larsson noch einmal das Haus. Von seinem Handy aus rief er seinen Freund Wolfgang Lesser aus gemeinsamer Studienzeit in Hamburg an. Neben ein paar belanglosen Sätzen über das Leben im Allgemeinen, nannte Larsson Bildts Namen und bat seinen Freund darum, einen gesperrten Link einzusehen, den er unter einer AURELIA-Datei gefunden hatte. Eine halbe Stunde später war er wieder im Haus.

13. Kapitel

Montag, 28. Juli

Als Larsson am Montagmorgen kurz vor fünf erwachte, überdachte er die Arbeit der letzten Tage und deren Ergebnisse. Am Wochenende hatte er natürlich dem Polizeioberrat keine Meldung machen können. Aber heute müsste er das wohl unbedingt nachholen. Das Tal der umsonst gestarteten Versuche, eine Fährte Ginerva Renzis aufzunehmen, war durchschritten. Sie hatten einen Anfang – Marie Duplessis, und die galt es nun zu suchen. Er war gespannt, was Mälzer dazu sagen würde.

Er schälte sich aus dem Bett. Monika war wohl davon wach geworden und blinzelte.

»Nein, du musst nicht aufstehen, um etwas zu essen machen. Schlaf einfach weiter, Liebes«, sagte Larsson leise. Er ging ins Bad, putzte sich die Zähne und duschte. Anschließend ging er in die Küche, stellte die kleine Espressomaschine an und würde sich mit dem Weißbrot, das Monika am Sonnabend geholt und eingefroren hatte, gleich ein wundervolles Frühstück bereiten. Er legte zwei Scheiben des Weißbrotes in den Toaster. Während dieser seine Arbeit verrichtete, ließ er sich einen doppelten Espresso in die Tasse laufen, zu dem er reichlich Zucker gab.

Als er schließlich mit seinem Frühstück, das er im Stehen eingenommen hatte, fertig war, ging er in sein Arbeitszimmer. Er zog sich die Ergebnisse der letzten zwei Tage auf einen USB-Stick, den er einsteckte. Schließlich ging er ins Wohnzimmer und schaute die Morgennachrichten, wie an den meisten Tagen vor seiner Abfahrt nach Ahlbeck.

Als der Nachrichtensprecher verkündete: »Die Union für den Mittelmeerraum ist eine Gemeinschaft zwischen den Mitgliedstaaten der Europäischen Union, den Mittelmeeranrainerstaaten sowie den an diese angrenzenden Staaten Mauretanien und Jordanien, die am 13. Juli 2008 in Paris gegründet wurde. Sie baut auf der bereits 1995 eingeleiteten Euro-mediterranen Partnerschaft, dem sogenannten Barcelona-Prozess auf. Sie nahm im März 2010 ihre Arbeit auf. Ursprünglich hatte dies schon im Mai 2009 erfolgen sollen, was jedoch durch einen neuerlichen Konflikt im Gazastreifen behindert wurde«, stellte Larsson das TV-Gerät ab. Die Nachricht kam schon gestern Abend, dachte er. Denen fällt einfach nichts Neues ein. Er ging noch einmal schnell in die Küche, um sich einen zweiten Espresso zuzubereiten. Dabei überflog er prüfend, ob er die Küche in einem einigermaßen sauberen Zustand hinterlassen hatte. Er war's zufrieden.

Larsson fuhr fast gleichzeitig mit Karl Simons auf den Parkplatz. Sein Kollege war gerade ausgestiegen, als er neben dessen Opel parkte.

»Ich sehe, du bist aus dem Bett gefallen, Karl. Wenn ich so bedenke, wie oft du am Anfang unserer gemeinsamen Arbeit morgens zu spät gekommen bist, hast du wirklich einen Riesensprung gemacht.«

»Kein Wunder, denn du hast dich schließlich aus der gemeinsamen Arbeit ausgeschlichen. Also muss ich früh anfangen, damit ich deinen Ausfall auffange«, konterte Simons und zwinkerte.

Sie gingen zum gemeinsamen Büro. Simons startete seinen Computer. »Und?«, fragte er. »Hast du wenigstens etwas zuwege gebracht, großer Meister?«

»Verarschen kann ich mich alleine, Karl.«

»Ich habe das Umfeld von den beiden Besitzern des Hauses untersucht. Ohne das Haus zu kennen und die Umstände, wie man hineinkommt und ungesehen wieder hinaus, kann kein Mensch das in einem Dorf wagen. Also liegt der Schluss nahe, dass es einer aus dem Dorf war, vielleicht sogar ein Nachbar.«

»Oder dass ein solcher zumindest der Tippgeber war«, sagte Larsson.

»Oder so«, sagte Karl Simons. »Also checke ich heute sämtliche Personen im Umkreis von fünfzig Metern durch, ob und welche Vorstrafen bestehen. Dann fange ich bei den unmittelbaren Nachbarn an, Konten abfragen. Möglicherweise gibt das einen Hinweis.«

»Besser könnte ich das auch nicht machen. Du hast wirklich eine Menge gelernt.«

Larsson begann ein Piktogramm zu zeichnen. Er grundierte ein Rechteck. Ins zweite Drittel rechts oben zog er einen Kreis, den er rot grundierte. Er installierte darin einen zweiten, etwas kleineren Kreis, dessen Innenraum er zart rosa schraffierte, sodass der gesamte Kreis dick rot umrandet war. Er schrieb: *Suzannes Vorgängerin – verschwunden Ginerva Renzi – Phantom.*

Links daneben mit einem gewissen Abstand zog er mit dem Polygon einen großen Stern, den er terrakottafarben grundierte. Da hinein schrieb er *Ginerva Renzi alias* darunter noch einmal *alias???*

Mittig schräg über die beiden zog er die Sense, das Symbol des Todes. In die zweite Hälfte, schräg unter den Kreis mit den weiblichen Namen, einen einfachen Kreis, den er blaugrau schraffierte. In den Kreis schob er einen symbolischen Mann und schrieb drunter *Remy Günner*. Einen großen Kreis, dessen Rotschraffierung er durch ein grünes Männchen mit Hut und seinem Namen ergänzte, platzierte er inmitten des Grundrechtecks. Links davon ein Männchen mit Hut, dem er den Namen *Gerd Thun* zufügte. Unter dem Kreis von Remy Günner zog er eine größere Ellipse, in die er *Ermittler Stralsund & MK Neubrandenburg* einfügte. Dann verband er das grüne Männchen mit dem Namen Gerd Thun und seinem eigenen roten Kreis durch einen Strich. Auch das runde Bild bekam einen Strich zu der roten Schnecke Larssons. Die Ellipse mit dem Namen Remy Günner bekam einen Strich zu dem roten Kreis, der mit Suzannes Vorgängerin – *Ginerva Renzi – Phantom*, bezeichnet war. Dieser wiederum wurde mit drei Strichen mit dem Stern verbunden, der in erster Ausführung den Namen *Ginerva Renzi – Phantom* enthielt.

»Wenn ich dich so beobachte, Lasse, weiß ich, dass du wieder an deinem Lieblingsspielzeug bastelst.«

Larsson sah auf. Er hatte schon lange auf eine so kleine Anspielung erwartet, die er allzu gern parierte. »Wenn du dir deine Arbeit erleichtern wolltest, Karl, hättest du längst von mir gelernt.«

»Ich weiß, von Larsson lernen heißt siegen lernen«, sagte Simons in Anspielung an einen ähnlich lautenden politischen Spruch aus der ehemaligen DDR.

Gerade als Larsson darauf antworten wollte, zeigte der Piepton seines Smartphones einen Eingang in einem seiner Mail-Briefkasten an. Er rief die Notiz in den direkten Nachrichten bei Twitter auf, die natürlich für seine Frau bestimmt war.

Hallo, das Bild kommt mir bekannt vor. Ich habe die Frau kennengelernt durch einen Hamburger Begleitservice. Sie war entzückend, unterhaltend, intelligent, belebend und hatte mein volles Vertrauen. Ihr Name war Marie Duplessis. Bevor sie sich selbstständig machte, hatte ich mich unsterblich verliebt in sie. Sie hat ein kleines Apartment bezogen. Dort trafen wir uns. Eines Tages kam ich umsonst hin.

Niemand öffnete. Niemand wusste etwas über sie. Niemand wusste, wo sie geblieben war. Ich dachte, sie wollte »dieses Leben« beenden.

Obwohl ich ihr angeboten hatte, sie aus diesem Milieu herauszuholen, war sie verschwunden. Ich hätte sicher zur Polizei gehen müssen, aber ich bin verheiratet … Vielleicht habe ich einen Fehler gemacht. Wenn ja, möge Gott mir verzeihen.

Der Schreiber mit dem Nicknamen »Till Eulenspiegel« hatte den Text in sechs Nachrichten aufgeteilt. Der Text war nicht unterschrieben, und das Bild am linken

Rand des Accounts bestand aus einem roten Kreis und einer Hand, deren Zeigefinger auf diesen roten Kreis zeigte.

Larsson war sich klar darüber, dass es nicht ganz einfach sein würde, den Mann zu ermitteln. Aber er war gewillt, mit seinem Chef darüber zu sprechen und dessen Einwilligung dafür zu erhalten.

Larsson rief sein Piktogramm wieder auf. Es war Zeit, die Eintragung im Stern zu erweitern. Unter *Ginerva Renzi* schrieb er nun *Roman van der Bildt*, denn die Twitter-Nachricht belegte nun eine Verbindung zum Escort-Service. Und wiederum darunter den Namen *Marie Duplessis*. Hinter den letzten Namen machte er drei Fragezeichen.

Am Vormittag gegen elf Uhr fuhr Simons mit einem Kollegen nach Benz auf Spurensuche bezüglich der Heizöldiebe.

Er war kaum aus dem Zimmer, als Larsson mit seinem Handy die Privatnummer seines Chefs, Polizeioberrat Mälzer, anrief.

»Wir haben eine Spur, die sich festigt, Herr Polizeioberrat«, sagte Larsson.

»Schneller als erwartet. Das ist gut, Larsson, das ist sehr gut.«

»Ich hatte von vornherein das Gefühl, dass einer jungen Frau, die plötzlich verschwindet, alles passieren kann, auch das Rotlicht.«

»Eine junge Frau verschwindet am helllichten Tage und wird dann nicht mehr gefunden? Irgendwo hinterlässt ein Mensch immer Spuren, und diese sind plausibel.«

»Ginerva Renzi arbeitete bei einem Begleitservice. Bereits dort wurde ihr Name in Marie Duplessis geändert. Nach relativ kurzer Zeit hat sie den Begleitservice verlassen und unter eben diesem Namen als freischaffendes Callgirl gearbeitet.«

»Und das ist belegt?«, fragte Mälzer.

»Nein, noch nicht wirklich. Ich muss das noch einmal gegenchecken. Aber in einer Twitter-Nachricht behauptet ein Mann, sich in die Duplessis verliebt und sie regelmäßig besucht zu haben. Doch eines Tages sei sie, trotz seiner Bemühungen, nicht mehr aufzufinden gewesen.«

»Sie werden den Mann finden.«

»Natürlich, Herr Polizeioberrat. Aber ich mache darauf aufmerksam, dass das wahrscheinlich nicht ganz so einfach wird.«

»Schauen wir mal. Sie haben natürlich den Namen des Begleitservice«.

»Wenn Sie in der Hamburger AURELIA-Datenbank den Namen Roman von der Bildt aufrufen, finden Sie eine komplette Akte.«

»AURELIA?«, fragte Mälzer irritiert.

»LKA 7, Staatsschutz Hamburg«, sagte Larsson kurzerhand.

»Da kommt man nicht rein.«

»Natürlich nicht.«

»Sie wollen mir doch nicht sagen, dass Sie da reingeschaut haben.«

»Es ist eine Datei gegen Nazis. Sie wurde Ende der neunziger Jahre auf politisch missliebige Linke sowie natürlich Ausländerkriminalität ausgeweitet und vom Verfassungsschutz bearbeitet. Zwei Jahre später wurde ein Teil in die CRIME-Plattform überführt. Formell dient sie zur Bekämpfung extremistisch politisch motivierter Kriminalität.«

»Ist dieser Bildt ein Nazi?«

»Eher wohl nicht. Er verkehrte mit einer Größe aus dem Hamburger Nazi-Milieu und ist deshalb in den Fokus des Verfassungsschutzes gekommen und, wie gesagt, wurde genau diese Datei 2001 zum Staatsschutz geschoben. In diesem Zusammenhang wurde wohl auch sein Laden gründlich beleuchtet.«

»Ist was rausgekommen?«

»Die üblichen Probleme. In den Bordellen findet man immer mehr Frauen aus dem Ausland ohne Registrierung. Einige gibt es überhaupt nicht. Aber letztlich ist wohl Bildt immer mit einer Geldstrafe davongekommen.«

»Immer das Gleiche, die Kerle haben windige Advokaten und Justiz ohne Arsch in der Hose. Soll ich das, was wir haben, an die Kollegen in Neubrandenburg weiterreichen?«

Larsson wusste genau, dass Mälzer nicht in jedem Fall auf ihn hören würde. Wenn er weitermachen wollte, und das wollte er offensichtlich, musste er vorsichtig zu Werke gehen.

»Das zu entscheiden, überlasse ich ganz allein Ihnen. Aber wenn Sie mich schon so fragen, ich würde weitermachen.«

»Warum?«

»Weil wir eigentlich ganz dicht daran sind, die Frau zu finden.«

»Lebend?«

»Für das Leben gibt es keine Garantie«, sagte Larsson. »Doch ich bin überzeugt davon, wir finden sie, so oder so.«

Er hörte, wie Mälzer schwer atmete. »Machen Sie weiter, Larsson. Wir werden am Mittwoch darüber entscheiden, wie wir weiter verfahren.«

Als die Verbindung abgebrochen war, rief Larsson sein Piktogramm wieder auf. Sein Blick blieb an dem kleinen grünen Männchen hängen, welches er links neben der roten Schnecke, die er für sich installiert hatte, mit dem Namen *Gerd Thun* eingestellt hatte. Er fragte sich, was dieses kleine Männlein, völlig für sich allein gestellt, eigentlich darstellte. Und da ging ihm ein Licht auf. Er hatte vergessen, die Verbindung zu Rosa Makowski zu manifestieren. Mittels eines Polygons zog er ein symbolisiertes Haus auf die Seite. Dann schrieb er die Namen *Rosa Makowski, Helga Makowski, Suzanne Makowski und Manuel Makowski* untereinander und schob sie in das Häuschen. Er fragte sich, ob er diese Kontakte ordnungsgemäß ausgeleuchtet hatte, und musste das verneinen. Die Entscheidung der Makowskis, Gerd Thun nicht an der Beerdigung Suzannes teilnehmen zu lassen, hatte er ihm telefonisch mitgeteilt. Und Thun hatte reagiert, wie jeder Mann in seiner Situation reagiert hätte. Es hatte ihn betrübt.

Er wählte die Nummer Thuns. Er hörte, wie der Ruf rausging und immer wieder unterbrochen wurde. Gerade als er auflegen wollte, hörte ein Knacken in der Leitung.

»Thun, hallo.«

»Larsson, guten Tag, Herr Thun. Sie sind ja ganz außer Atem.«

»Ich hatte gerade die Freude, meine aufgeregten Pferde wieder einzufangen. Einer der Holzpfosten war abgefault und umgefallen.«

»Da kann man schon ganz schön ins Schwitzen kommen«, sagte Larsson.

»Vor allem wenn drei Pferde mit einem Mal abhauen. Ich habe nur Glück, dass die Stute, wenn ich sie rufe, zu mir kommt und sich widerstandslos das Halfter anlegen lässt. Sie kommt, weil sie weiß, dass sie dann ein Leckerli kriegt. Und die anderen beiden laufen automatisch da hin, wo die Stute hinläuft. Aber was verschafft mir die Ehre Ihres Anrufes?«

»Als wir uns in Ückeritz am Café Knatter trafen, haben Sie mir relativ wenig von Ihrer verstorbenen Tochter erzählt.«

»Sie haben mich auch nichts gefragt«, sagte Thun.

»Recht haben Sie. Aber es war auch keine Befragung Ihrerseits, sondern eine Gefälligkeit, die Sie von mir erbeten haben.«

»Ich wusste damals nicht, was ich Ihnen hätte erzählen können. Übrigens, ich weiß das auch jetzt noch nicht.«

»Wie lange war Ihre Tochter mit dem Mann in Stralsund zusammen?«

»Dreieinhalb Jahre.«

»Dass Ihre Tochter Suzanne, übrigens wie jeder andere Mensch auch, ein Vorleben hatte, habe ich ja inzwischen erfahren. Doch wie steht es mit dem Mann, mit dem sie zusammenlebte?«

»Darüber weiß ich eigentlich sehr wenig. Ich habe ja nur einmal kurz mit Suzanne über ihn sprechen können. Da schien alles zwischen den beiden ... in Ordnung zu sein.«

Larsson merkte, wie Thun mitten im Satz stockte.

»Wirklich?«

»Mir fällt gerade ein Gespräch ein. Suzanne sagte, sie hätten Besuch von seiner Verwandtschaft, und es habe Ärger gegeben.«

»Sagte sie auch, was für Ärger es gewesen ist?«

»Sie sagte sinngemäß: ›Es ist eine Streitigkeit, wie sie in jeder Beziehung vorkommt. Ich kriege das schon wieder in den Griff.‹ Auf meine Frage, wie sie das wohl in den Griff kriegen wird, sagte sie: ›Mit meiner Vagina.‹«

Larsson musste lächeln. »Ihre Tochter war da sehr direkt.«

»Das waren sicher die Gene, die sie von mir hat.«

»Kommen wir auf den Mann zurück. Dieser ...«

»Günner ...«

»Ja, Günner. Er muss doch ein Vorleben gehabt haben, zum Beispiel eine Frau, mit der er vor Ihrer Tochter zusammengelebt hat.«

»Natürlich. Er war von Suzanne mit einer jüngeren Frau zusammen gewesen.«

»Hat Suzanne einen Namen der Frau genannt?«

»Nein.«

»Gut, einen Namen hat sie nicht genannt. Hat sie irgendeinen anderen Hinweis gegeben?«

»Das wurde ich schon von einer Kommissarin in Anklam gefragt.«

»Und?«

»Es ist mir damals nicht gleich eingefallen, irgendwann hatte Suzanne einmal erwähnt, dass ihr ihre Vorgängerin bekannt sei. Sie hätte einige Tattoos.«

»Tattoos?«

»Ja. Und Piercings. »

Larsson notierte sich das gleich.

»Natürlich haben Sie das nachträglich der Kommissarin berichtet.«

»Nein.«

»Habe ich das richtig verstanden, Sie sind direkt danach gefragt worden?«

»Ja.«

»Na, eine Glanzleistung ist das eben nicht.«

»Ich hatte es einfach vergessen, tut mir leid«, sagte Thun.

»Nun haben Sie mir das ja gesagt, ich werde das weiterleiten. Machen Sie sich also keine Sorgen. Erinnern Sie sich sonst noch an irgendetwas? Auch die kleinste Sache könnte uns bei den Ermittlungen weiterbringen. Nichts ist so unwichtig, dass es nicht irgendwo ein Puzzle gibt, das uns fehlt.«

»Haben Sie noch eine Frage, Herr Larsson? Ich bekomme gleich Besuch und muss vorher noch ein Schriftstück bearbeiten.

»Im Augenblick wäre es das, aber sollte Ihnen noch etwas einfallen, rufen Sie mich bitte an.«

Als Larsson aufgelegt hatte, machte er sich eine Notiz bezüglich einer Anfrage bei dem Kontakt, der über Twitter eingelaufen war. Er fragte sich, ob die Frau, die Thun gerade beschrieben hatte, Ginerva Renzi war. Da war er skeptisch.

Doch zuerst formulierte er seine Fragen. Dazu reichten natürlich die 140 Zeichen, die man bei Twitter einsetzen kann, nicht aus. Deshalb stückelte er den Text.

Hallo Till, ich danke Dir sehr für deine Nachrichten. Da ich jedoch sichergehen muss, dass es wirklich meine Freundin ist, würde ich allzu gern wissen, ob Dir eine Besonderheit bei Ginerva aufgefallen ist. Sie hatte rechts neben dem Bauchnabel ein kleines Muttermal. Ist Dir das aufgefallen? Oder ist Dir etwas anderes aufgefallen, an das ich mich augenblicklich nicht erinnere. Ich würde mich freuen, von Dir zu hören. Du weißt doch, die Hoffnung stirbt zuletzt. LG Monique

Nacheinander gab er diese Dateien in den privaten Bereich des Twitter-Accounts des Schreibers ein. Es war eine homogen zu lesende, zusammenhängende Nachricht. Nun würde er sich gedulden müssen, um zu erfahren, ob der Mann neugierig genug war, ihm zu antworten oder seine Anfrage ins Leere verlief. Sicherheitshalber machte er einen Screenshot von dem Account, den er jetzt bedient hatte. Sollte sich der Mann nicht mehr melden, würde er seine Beziehungen spielen lassen, um ihn in jedem Falle zu finden.

Larssons Gedanken gingen zurück zu Gerd Thun. Ein Mann wird von einer Kommissarin zu Besonderheiten seiner Tochter, die ihm bekannt sein müssten, befragt, und er erinnerte sich nicht an einen Fakt, der ihm bekannt war. Für sich selber konnte er sich so etwas gar nicht vorstellen. Irgendetwas musste er übersehen haben. Automatisch rief er sein Piktogramm noch mal auf. Sein Blick fiel auf die letzte Einstellung, die er gemacht hatte, das Polygon-Haus mit den Namen der Familie Makowski. Er versuchte sich an das Gespräch zu erinnern, das er vor einigen Tagen mit dem Ehepaar Makowski geführt hatte. Es hatte ihn schon eigenartig berührt. Obwohl sie ja in dem neuen Haus der Makowskis miteinander gesprochen hatten, war die Atmosphäre, nicht zuletzt wegen der drei dicht nebeneinanderstehenden Häuser, mehr als gespenstisch. So jedenfalls hatte er es empfunden. Die Frau, die innerlich völlig kaputt war, zerstört von den Todesfällen ihrer beiden Töchter und dem kleinen Malomir, und von dem Mann, der sich in sein Schneckenhaus zurückgezogen hatte, um mittels Alkohol die Endlosschleife des Unglücks, das über die Familie gekommen war, zu ertragen.

Larsson hatte eine Idee.

»Hast du dein Bildbearbeitungsprogramm dabei?«, fragte Larsson, als Simons von seiner Recherchetour aus Benz zurückkam.

»Du willst mich nicht etwa fragen, ob ich dir wieder einmal ein Bild bearbeiten kann?«

Obwohl Larsson sich über die Süffisanz dieser Frage ärgerte, bestätigte er diese Frage. »Ich könnte mir vorstellen, dass du aus einem normalen Bild den Kopf einer Frau herauskopieren und diesen auch noch ein wenig vergrößern kannst.«

»In der Tat könnte ich das ja einmal probieren. Doch zuerst müsste ich das Bild überhaupt einmal sehen.«

Larsson zeigte ihm die beiden Bilder, die er von Ginerva Renzi besaß.

»Es sind zwei Bilder«, mäkelte Simons.

»Ich brauche nur ein Kopfbild, das aber ausgezeichnet sein muss. Such dir also eins aus.«

Simons schaute eine Weile auf die beiden Bilder. »Ich nehme das, wo sie vor der Stange steht.«

»Siehst du das Tattoo?«

»Ich bin doch nicht blind.« Simons grinste Larsson herausfordernd an. Doch der ging gar nicht darauf ein.

»Das bitte auch rauskopieren und vergrößern. Aber bitte nicht so, dass es verpixelt ist. Was macht deine Ermittlung in Benz?«

»Du musst das Thema nicht wechseln, Lasse. Ich werde dir die Bilder schnell bearbeiten. In einer halben Stunde kannst darüber verfügen.«

»Machst du das hier?«, fragte Larsson.

»Wo sonst?«

»Jetzt?«

»Ich nehme jetzt meine Mittagspause, Lasse. Und da kann ich eigentlich doch machen, was ich will.«

Larsson fuhr seinen Computer herunter und verließ das Zimmer. Er ging zur Kantine, holte sich eine Bockwurst mit Kartoffelsalat. Der Raum bot eine leise Atmosphäre der Unterhaltung, während die Kollegen aßen.

Als er gerade angefangen hatte zu essen, gesellte sich Reimann zu ihm. Auch er hatte sich etwas zu essen geholt, Kartoffelsalat mit einem Stück Bratfisch.

»Kommst du mit deiner Ermittlung voran?«

Larsson nickte und kaute weiter. Als er heruntergeschluckt hatte, sagte er: »Du weißt ja, Rudi, mühsam ernährt sich das Eichhörnchen.«

Reimann lachte, bohrte aber nicht nach. Soweit kannte er Larsson, dass er wusste, von ihm nichts zu hören. »Ich weiß, dass dein Auftraggeber dich nur holt, wenn es etwas Ernstes ist.«

»Etwas sehr Ernstes, Rudi.«

Er hatte den letzten Rest seiner Bockwurst runtergewürgt und stand auf. »Ich muss dann mal wieder.«

Auf dem Gang standen drei Kolleginnen beim Rauchen und schienen sich prächtig zu unterhalten, denn sie gackerten munter vor sich hin. Er wusste, dass zwei von ihnen aus verschiedenen Zimmern kamen. Sie verfolgten ihn mit ihren Blicken und fingen wieder an zu lachen.

»Ich möchte dich nicht fragen, wer das ist«, sagte Simons, als Larsson wieder ins Zimmer kam.

»Das ist gut so, Karl«, sagte Larsson und schaute auf das Konterfei des Mädchens, das ihn vom Bildschirm Simons' anschaute. Sie hatte ein ebenmäßiges, schönes Gesicht, und augenblicklich wurde er sich klar darüber, dass er dieses Gesicht schon einmal gesehen hatte. Zwar war er sich nicht hundertprozentig sicher, weil das Bild sie in einem jugendlicheren Alter gezeigt hatte. Hier sah sie gereifter aus, verführerisch und durchaus begehrenswert.

»Du kannst es mir auf meinen Mail-Zugang stellen«, sagte er.

Karl Simons grinste. »Ja, das kann ich.« Er schob Larsson ein ausgedrucktes Foto zu. »Und was hältst du von dem?«

»Karl, du bist ein Zauberer. Jedenfalls was die digitale Bearbeitung von Bildern und Videos angeht. Ich habe noch keinen gesehen, der das so kann wie du.«

Simons genoss das Lob sichtlich. »Wir haben eine nicht mehr ganz frische Autospur an einem Haus in Benz gefunden«, sagte er dann.

»Das würdest du mir sicher nicht erzählen, wenn dir dazu nicht etwas einfallen würde«, sagte Larsson.

»Nimm einmal an, jemand wäre mit einem Auto mitten in der Nacht vor das Haus gefahren. Punkt ...«

»Dann wäre die Möglichkeit, durch das anfallende Geräusch aufzufallen und entdeckt zu werden, größer als der zu erwartende Nutzen.«

»Da stimme ich dir absolut zu.«

»Dann ist das Thema ja so gut wie vom Tisch.«

Larsson sah Simons an. Der grinste, ohne etwas zu sagen. Das ärgerte ihn.

»Also sag schon, was du entdeckt hast, oder glaubst, entdeckt zu haben.«

»Es hat in der letzten Woche zwei Regentage gegeben. Wäre die Spur in der ersten Nacht hingekommen, wäre sie wahrscheinlich schon gar nicht mehr da«, sagte Simons. »Nehmen wir einmal an, diese Spur wäre in der zweiten Regennacht entstanden, und zwar so, dass sie zum Teil erhalten blieb.«

»Hast du denn die Spurensicherung mitgenommen?«

»Ich habe sie nachgefordert. Die Jungs haben eine interessante Feststellung gemacht. Es ist eine außergewöhnliche Achsabmessung.«

»Das wäre eine mögliche Spur.«

»Siehst du, Lasse.«

»Doch selbst bei Regen wäre das Fahrzeug nicht ohne Geräusche dorthin gekommen.« Er schüttelte bedächtig den Kopf.

»Und wenn doch?«

»Wie soll das denn gehen?« Larsson merkte, dass er mit seinen Gedanken gar nicht bei der Sache war, sondern längst wieder bei seinem Fall, der jungen Frau, deren Konterfei ihn von seinem Schreibtisch aus voll in Anspruch nahm.

»Es war ein Fahrzeug mit Elektromotor, das völlig geräuschlos vor das Haus gefahren ist.«

Mit einem Schlag war Larsson wach.

»Nehmen wir mal weiter an, die Diebe waren so raffiniert, einen Wasserschlauch mitzubringen, den sie an eine kleine Elektropumpe im Keller hängten, und von dort aus in aller Ruhe die 5.000 Liter Heizöl in einen Tank auf dem Fahrzeug pumpten. Das wäre natürlich völlig geräuschlos vonstattengegangen. Und ebenso leise, wie sie gekommen waren, sind sie dann wieder abgefahren.«

»Karl, das wäre geradezu genial. Doch die Frage ist, gibt es hier in der Nähe ein Fahrzeug, das man für eine solche Aktion benutzen könnte?«

»Das werde ich in den nächsten Tagen untersuchen. Und ich gehe eine Wette mit dir ein, die ich gewinnen werde.«

Larsson fiel die Wette ein, die er mit Andresen eingegangen war, als er ganz frisch aus Berlin zu dem Haufen in Heringsdorf dazu gestoßen war, und die er gewonnen hatte. Sie waren nur zu dritt im Raum. Andresen, Simons und er.

»Erinnerst du dich, Karl, an meine ersten Tage bei euch in Heringsdorf?«

»An jeden einzelnen Tag, Lasse.«

»Auch an die Wette?«

»Auch an die Wette, von der ich schon im ersten Augenblick wusste, dass Andresen sie verlieren würde.«

Karl erinnert sich tatsächlich daran, hätte ich nicht geglaubt, dachte Larsson.

»Andresen. Weißt du noch, worum die Wette ging?«

»Natürlich, um eine Schlussfolgerung, die man aus der Haartonsur eines Mannes hatte ziehen können. Andresen und du, ihr wart sehr unterschiedlicher Meinung.«

»Na gut, sagte ich damals, fassen wir zusammen, was wir haben. Wir haben eine männliche Leiche. Wie alt mochte der Mann sein?«

»Um die sechzig oder älter, sagte ich damals«, sagte Simons. »Und Andresen bestätigte das.«

»Also gut, wir haben einen Mann, etwa sechzig Jahre alt, mit einer Tonsur, wie ein Mönch ...«

»Genau das waren deine Worte. Und Andresen fuhr dazwischen, dass er daran zweifle.«

»Wieso Tonsur?, waren seine Worte.«

»Exakt. Daran kannst du dich noch erinnern?«

»Tust du das nicht auch, Karl?«

»Oh doch.« Simons schien Spaß an dem Spiel der Sätze zu haben. »Weil die Haare ausrasiert worden sind!, sagtest du.«

Larsson lächelte.

»Das haben Sie in der kurzen Zeit gesehen. Ich glaube, das nicht, waren Andresens Worte«, fuhr Simons fort.

Und ich sagte wörtlich: Dann warten Sie den Bericht der Rechtsmedizin ab. Sie werden erstaunt sein, was der alles zutage fördern kann, auch eine Tonsur«, sagte Larsson. »Weißt du noch, wie's weiterging?«

»Wollen wir eine Wette eingehen?, hatte Andresen gefragt.«

Larsson nickte. »Und ich fragte: Sind Sie Spieler?«

»Andresen schäumte damals«, sagte Simons. »Er glaubte einfach an seine Beobachtungsgabe, und dabei übersah er mein warnendes Kopfschütteln.«

»Weißt du noch, wie das ausgegangen ist, Karl?«

»Andresen hat die Wette verloren. Es war der Ritualmord, die durch die Tonsur der Haare des Mannes belegt werden konnte.«

Larsson lächelte immer noch.

»Gehst du jetzt immer noch die Wette mit mir ein, dass du mit deiner These vom Elektrokarren recht hast, der beim Diebstahl benutzt wurde?«

»Absolut.«

»Einen Hunderter?«

Simon schien zu überlegen.

»Hast du so wenig Vertrauen zu dir selbst?«, bohrte Larsson.

»Nein, aber ich erinnere mich, wie sicher Andresen damals war, dass du im Unrecht wärest.«

»Du bist nicht Andresen. Also? Hast du so wenig Vertrauen zu deinen Ermittlungen und deiner Einschätzung?«

»Ich setze dagegen, Lasse. Wir können das schriftlich machen.«

Larsson schüttelte den Kopf.

»In meiner ganzen sechsjährigen Zeit, die ich mit dir zusammen war, habe ich mich immer auf dich verlassen können. Und genau das werde ich auch jetzt.«

Larsson wandte sich wieder seiner Arbeit zu. Mit dem Smartphone fotografierte er das Bild, das Simons von Ginerva Renzis Gesicht gemacht hatte. Dann wählte er die Telefonnummer der Makowskis. Er ließ es eine Weile klingeln und wollte es gerade aufgeben, als sich die Frau meldete.

»Makowski.«

»Lasse Larsson, guten Tag, Frau Makowski. Sie werden sich vielleicht an mich erinnern.«

»Natürlich erinnere ich mich an Sie.«

»Ich hoffe, Sie haben die Beerdigung ohne Komplikationen hinter sich bringen können.«

»Es war schmerzhaft, sehr schmerzhaft.«

»Ich weiß. Ich erinnere mich sehr genau an Ihre Erinnerung an die beiden Mädchen«, sagte Larsson.

»Was wollen Sie, Herr Hauptkommissar?«

»Als ich bei Ihnen war, zeigten Sie mir das Album mit einer Anzahl von Bildern Ihrer beiden Töchter und dem Enkel Malomir.«

»Und die Bilder, die aus der Freundschaft zwischen meiner Tochter Suzanne und Selina Riemer entstanden sind.«

»Ja, die auch.«

»Alles was ich über die Verbindung von Selina Riemer wusste, habe ich Ihnen bereits gesagt.«

»Ich weiß, es geht aber auch gar nicht um Selina.«

»Sondern?«

»Ich habe ein Bild von einer jungen Frau, von der ich annehme, dass sie möglicherweise in Ihrem Album vertreten ist.«

»So, Sie glauben das?«

»Die Frau auf meinem Bild scheint mir Ähnlichkeit mit einem jungen Mädchen aufzuweisen, das Sie in diesem Album haben.«

»Warum haben Sie mich danach nicht gefragt, als Sie hier waren?«

»Damals war ich noch nicht im Besitz dieser Fotografie.«

»Und Sie glauben, sie bei mir gesehen zu haben?«

»Es ist eine Vermutung, eine vage Hoffnung sozusagen.«

Als die Frau eine Weile nichts sagte, bohrte er nach.

»Das junge Mädchen, an das ich denke, muss ziemlich weit vorne, nahezu auf den ersten Seiten gewesen sein.«

»Die habe ich Ihnen noch gar nicht gezeigt.«

Genau das war die Feststellung, die Larsson gefürchtet hatte. Jetzt hieß es, aufzupassen, denn wenn er etwas falsch sagte, würde sie dichtmachen.

»Sie erinnern sich, dass Sie draußen waren, um Ihren Mann zu holen.«

»Ach so. Da haben Sie ...«

»Die Aufnahme wurde nicht in Ihrem Garten gemacht. Im Hintergrund gab es ein Lagerfeuer.«

»Na ja, Sie wollten halt die Zeit totschlagen«, ließ sich die Frau vernehmen.

»Ich weiß, dass ich hätte warten sollen, bis Sie wieder im Zimmer waren. Sie haben recht, eigentlich wollte ich die Zeit überbrücken. Um ehrlich zu sein, ich wusste an dem Tag gar nicht, wie ich mit dem ganzen Vorgang umgehen sollte.«

»Ich werde sehen, ob ich finde, was Sie suchen.«

»Wie soll ich Ihnen das Bild schicken?«, fragte Larsson.

»Als Mailanhang.«

»Haben Sie ein Smartphone?«

»Ja.«

»Dann würde ich Ihnen gerne das Bild direkt auf Ihr Smartphone setzen. Da haben Sie es in weniger als einer Minute.«

Rosa Makowski stimmte zu und gab Larsson ihre Handynummer.

Als er das Gespräch unterbrochen hatte, sagte Simons: »Warst wohl wieder investigativ unterwegs, wo das gar nicht angezeigt war?«

»Wie wär's, du würdest dich um deinen Kram kümmern?«

Karl Simons kannte Larsson zu genau, um weiter zu insistieren.

Als Larsson von dem Smartphone wieder aufschaute, sagte er: »In der Liebe und im Krieg sind alle Mittel recht.«

Simons konterte: »In der Liebe und im Krieg ist alles erlaubt, heißt es richtig ... Aber warum denn, frage ich mich? Ist die Liebe denn ein Schlachtfeld?«

»Eigentlich müsstest du in deinem Alter wissen, Karl, dass die Liebe in der Tat manchmal ein Schlachtfeld ist.«

»Wie bei dir und Monika?«, fragte Simons spitz.

»Du willst nicht etwa, dass ich dir die langjährige Freundschaft kündige? Erstens geht dich das nichts an, und zweitens ...«

Simons erinnerte sich, dass er gerade dran gedacht hatte, aufzuhören, Larsson zu attackieren. Auf seinem Computer wurde angezeigt, dass eine Nachricht für ihn eingegangen war. Er zeigte es Larsson mit der Hand an. Gleichzeitig klingelte sein Telefon.

»Wer hat es gedacht?«, sagte Simons, nachdem er eine Weile dem Anrufer gelauscht hatte.

Larsson schwieg, hörte aber interessiert zu.

»Ach, es gibt einen umgebauten ... Was für ein Ding?« Simons rief die Nachricht auf, die für ihn eingegangen war. Es war ein Bild dabei.

»Und da sind Sie sich sicher? ... Haben Sie vielen Dank.«

Simons drehte sich Larsson zu, während er langsam und genüsslich sprach. »Wenn du jetzt errätst, was ich gerade gehört habe, werde ich zwar immer noch die Wette gewinnen, so oder so, doch du musst mir vielleicht den Hunderter nicht zahlen.«

»Du willst nur von unserem vorigen Gespräch ablenken.«

»Von welchem Gespräch?«, fragte Simons mit einem Engelsgesicht.

Larsson lachte.

»Im Garten des Hauses, in dem das Öl abgepumpt wurde, stand ein Fahrzeug, das 1957 in der DDR das Licht des Lebens erblickt hat. Einige Jahre später wurde das Gerät umbenannt und mit der Nummer 21 versehen. Wenn du mir jetzt sagst, was für ein Fahrzeug das ist ...«

»Karl«, mahnte Larsson vorwurfsvoll.

Simons wiegte den Kopf. »Mein großer Meister hat einmal danebengelegen. Und der kleine Simons hat ein wundervolles Bauchgefühl, das ihn nicht betrogen hat.«

»Es gibt also ein Fahrzeug, das eine solche Last transportieren kann und mit Elektrizität betrieben wird. Ist das so?«

»Das ist der erste Teil, der so gut wie bestätigt ist und somit grundsätzlich meinen Gewinn gesichert hat.«

»Ich hatte dich ja schon immer für einen schnellen Jungen gehalten und auch für einen klugen Kopf, aber dass du mich jetzt so reinlegst, finde ich alles andere als lustig.«

»Und es ist auch nicht lustig, dass jetzt der zweite Teil zu erkennen fällig wird, der von dir den Hunderter erhält. Um was für ein Fahrzeug handelt es sich?«

»Karl, du hast den Hunderter gewonnen. In Gottes Namen! Aber nun sag mir endlich, worum sich das dreht.«

»Ich werde dir ein wenig helfen. In den 1950er- und 1960er-Jahren wurde in der Deutschen Demokratischen Republik ein Nutzfahrzeug gebaut«, kam es genussvoll von Simons' Lippen. »Die Präsentation des vom Thüringer VEB Fahrzeugwerk Waltershausen hergestellten Fahrzeugtyps erfolgte im Rahmen der Leipziger Herbstmesse 1957. In der achtjährigen Produktionsdauer von 1956 bis 1964 wurden rund 14.000 Exemplare in fünf Grundtypen produziert, von denen eine Vielzahl weiterer Aufbauten abgeleitet wurden.«

»Und was hat das mit der Zahl 21 zu tun?«, fragte Larsson unwirsch.

»Das ist der Joker, den ich dir zugespielt habe.«

Larsson lachte. »Joker? Die 21?«

»Von der Dieselkarre DK 4 verwandelte sich das hässliche Entlein in ein sechseinhalb Pferdestärken starkes Arbeitsgerät, das im Dezember 1959 mit dem neuen Namen Multicar M21 als Schutzrecht angemeldet wurde. Klingelt es nun bei dir, Lasse?«

»Karl, ich bekenne, du bist genial. Aber dieses Fahrzeug war beim besten Willen nicht am Abtransport des Öls beteiligt. Ein Dieselmotor hätte so viel Krach gemacht, dass es einen Aufstand in diesem Wohngebiet gegeben hätte.«

»Als Dieselfahrzeug wurde der Multicar abgemeldet. Man baute ihn um, rüstete ihn mit einem Elektromotor aus, fährt künftig damit ausschließlich Mutterboden in einer Gärtnerei.«

Larsson stand auf und ging zu Simons' Platz. »Und das hast du alles in dieser kurzen Zeit herausbekommen? Wie ich schon sagte, Karl, du bist genial.«

Larsson gab Simons die Hand, und beide fingen herzlich an zu lachen.

»Morgen bekommst du das Geld«, sagte Larsson.

»Ist doch nicht nötig«, sagte Simons.

»Das sehe ich anders. Andresen musste damals auch zahlen.«

»Aber er tat das sehr widerwillig«, sagte Simons.

»Glaubst du, dass ich das nicht widerwillig bezahle? Aber eine Spielschuld ist eine Ehrenschuld. Morgen ist Zahltag.«

14. Kapitel

Mittwoch, 30. Juli 2008

Zwei Tage war es nun her, dass der Polizeioberrat angekündigt hatte, an diesem Mittwoch zu entscheiden, ob er die bisher gesammelten Informationen über die Frau, die vor Suzanne Makowski an der Seite Remy Günners gelebt hatte, an die Mordkommission in Neubrandenburg weitergeben, oder selbst weiterermitteln wollte. Noch hatte der Mann, der in seinem Account-Bild einen roten Kreis und eine Hand verwendete, auf Larssons Anfrage bezüglich eines Muttermals am Körper Marie Duplessis alias Ginerva Renzis nicht geantwortet. Freilich war das Muttermal von Larsson erfunden und ausschließlich dazu da, jedwede Informationen über mögliche Körpersignifikanzen Ginerva Renzi zu erhalten. Je länger er nachdachte, umso mehr wurde ihm klar, dass er in die Offensive gehen musste, damit der Polizeioberrat keine einsame Entscheidung treffen würde. So unsicher der Erfolg auf den ersten Blick auch aussah, Larsson war vom Jagdeifer eines Terriers angesteckt. Und so wie ein Hund nicht von einer Schweißfährte zu trennen war, so würde auch er nicht so ohne Weiteres seine bisher gemachten Ergebnisse freiwillig herausgeben.

Am frühen Nachmittag rief er seinen Chef auf dessen privatem Handy an.

»Kriminalhauptkommissar Larsson ... Was gibt's Neues an der Front?«

»Eigentlich eine ganze Menge«, antwortete er. »Wir haben aus den beiden Fotos, die wir von Roman van der Bildt bekommen haben, eine tadellose Darstellung des Gesichts herauskopieren können. Gleichzeitig haben wir mit diesem Grundfoto, das die junge Frau kurz vor ihrem Auftritt an der Stange eines eindeutigen Etablissements stand, den Beweis dafür, dass es sich bei Marie Duplessis um Ginerva Renzi handelt. Es gibt auf der rechten Seite neben ihrem Nabel ein Unendlichkeitszeichen, das die Namen live und love einband und in einer stilisierten Feder endet.«

»Das ist schon mal eine ganze Menge«, warf Mälzer ein.

»So ist es. Es ist aber noch nicht alles. Das Unendlichkeitszeichen ist nur durch Striche gekennzeichnet, die die vielen möglichen Lieben im Karussell des Lebens darstellt. Darunter waren die Zeichen Yin und Yang zu sehen.«

»Das ist ein interessanter Hinweis. Wir wissen beide, was das bedeutet.«

»Ich habe jetzt mit dem Bild bei der Familie der Toten eine Anfrage gestellt, ob ihnen die Person bekannt ist.«

»Gibt es da etwas, das ich unbedingt wissen muss?«

»Ich glaube eher nicht.«

»Manchmal ist es wirklich besser, über Ihre unkonventionellen Machenschaften nichts zu wissen, Larsson.«

»Die Frage ist nur, Herr Polizeioberrat, machen wir nun weiter, oder wollen Sie den Fall abgeben?«

»Ich fahre heute nicht nach Neubrandenburg, also werden wir noch ein wenig weitermachen.«

»Ich werde mich bemühen, dass wir nicht ins Leere laufen.«

»Tun Sie das.«

Larsson verabschiedete sich von seinem Chef.

Nun würde er versuchen, etwas positive Bewegung in seine Arbeit zu bringen. Er wählte die Nummer der Makowskis.

Dieses Mal war Manuel Makowski am Telefon.

»Ja.«

Larsson hätte das eigentlich gern umgangen. Doch nun war es nicht mehr zu ändern.

»Larsson. Guten Tag, Herr Makowski.«

»Sie sind ein deutliches Beispiel dafür, dass die Polizei an einem klebt wie Hundescheiße, in die man getreten ist.«

Larsson lachte. »Sie bringen es deutlich auf den Punkt. Aber manches Mal ist es besser, wenn man miteinander redet.«

»Ich gebe Ihnen meine Frau, mit ihr haben Sie ja gestern schon telefoniert.« Larsson hörte, wie Makowski den Namen seiner Frau rief. »Der Kommissar. Er kann's einfach nicht lassen.«

Es knisterte ein wenig, dann meldete sie sich.

»Herr Larsson.«

»Ich grüße Sie, Frau Makowski.«

»Ich habe nachgeschaut. Es ist durchaus im Bereich des Möglichen, dass Ihr Foto und das in meinem Fotobuch ein und dieselbe Person ist. Doch sicher bin ich mir da keinesfalls.«

»Ist es das Bild mit dem Lagerfeuer im Hintergrund?«

»Ja. Die meisten Kinder damals, wie meine Kinder auch, waren bei den Jungen Pionieren und später in der Freien Deutschen Jugend. Anlässlich des XI. Parteitages der SED hat es 1986 ein Treffen der Mitglieder der Freien Deutschen Jugend unserer Insel in Ralswiek gegeben. Dort hat Suzanne die Bekanntschaft des Mädchens gemacht.«

»Erinnern Sie sich an den Namen dieses Mädchens?«

»Wenn ich mich recht entsinne, aber es ist ja nun schon eine Weile her, sprach sie von Elfi, wenn sie über dieses Treffen und das Mädchen auf dem Bild sprach.«

»Elfi? Und Ihnen fällt wirklich nicht ein, wie sie weiter hieß?«

»Wirklich nicht. Nur dass sie erheblich jünger war als Suzanne.«

»Würden Sie so freundlich sein, mir ein Foto mit Ihrem Smartphone von diesem Bild zu machen?«

»Aber sicher doch. Ich kann es gleich machen und Ihnen schicken.«

Larsson bedankte sich. Es ist zu ärgerlich, dachte er, aber mit Elfi allein kann man wenig anfangen. Es ließ eine Menge von Schlüssen zu, auf denen diese Bezeichnung zuträfe. Zum Beispiel Elfe. Oder es war eine Abkürzung für Edeltraud. Nein, dafür doch nicht. Die Mädchen würden dann vielleicht Eli sagen.

Er wurde in seinen Gedanken unterbrochen, als das Bild ankam, das ihm Rosa Makowski schickte. Er setzte sich an seinen Bildschirm. Dann verglich er es intensiv mit dem, das Karl Simons aus dem Foto von Ginerva Renzi hergestellt hatte.

Larsson rief sein Piktogramm auf und trug in den Stern ein: *Hinweis Makowski – Elfi.*

Auf dem Gang vor seiner Tür wurden einige Stimmen laut. Die Tür wurde aufgestoßen, Simons kam herein.

Larsson machte ein missmutiges Gesicht.

»Sag erst einmal nichts, Karl, dem Krach nach hörte sich das an wie ein Siegeszug.« Larsson nahm den Hundert-Euro-Schein aus der Tasche und legte ihn sorgsam auf den Tisch. »Hier ist dein Wettgewinn. Wenn du ihn eingesteckt hast, kannst du über deinen Erfolg berichten.«

»Wenn du das so willst«, Simons kam zum Schreibtisch und steckte den Schein ein. »Danke. Mit dir wette ich in Zukunft gerne.«

»Non quia difficilia sunt, non audemus, sed quia non audemus, difficilia sunt.«

»Non was?«

»Nicht weil die Dinge schwierig sind, wagen wir sie nicht, sondern weil wir sie nicht wagen, sind sie schwierig.«

»Lasse Larsson.«

»Nee, Seneca, Karl, Seneca.«

»Oder so.«

»Doch Seneca hat nichts dazu gesagt, dass man sich auch verdammt überheben kann«, sagte Larsson und kniff ein Auge zu. Dabei hatte sich seine Miene wieder aufgehellt.

»Keine Sorge, ich erinnere mich noch sehr gut daran, wie Andresen gegen dich verloren hat. Ich werde also nicht allzu leichtsinnig sein.«

»Und nun berichte mir mal, weshalb du mit einem solchen Triumphmarsch hier eingezogen bist?«

»Wir wollten heute zum Besitzer des Betriebes, in dem der Multicar eingesetzt wird.« Simons zuckte mit den Schultern. »Der Mann ist nachweisbar seit zwei Tagen in Wolgast im Krankenhaus. Ich habe das nachgeprüft, habe kurz mit der Station telefoniert. Er hatte einen Leistenbruch, der operiert wurde. Also fällt er für die Tat aus.«

»Da kommt sicher nur der Mitarbeiter infrage, der an den Schlüssel kommt«, warf Larsson ein.

»Das ist derzeit nur eine junge Frau, eine gewisse Helena Weigel, 27 Jahre alt, ein hausbackener Typ.«

Larsson lachte auf.

»Was gibt's da zu lachen?«

»Das klingt wie Helene Weigel, und die war, trotz ihrer Intelligenz auch ein wenig hausbacken im Aussehen.«

»Sie hat natürlich alles abgestritten, musste aber die Durchsuchung der Garagen nach Paragraf 102 StPO über sich ergehen lassen. Leicht ist ihr das jedenfalls nicht gefallen.«

»Aber sie hat natürlich ein Alibi.«

»Natürlich. Sie wohnt praktisch auf dem Gelände«, sagte Simons und grinste.

»Allein?«

»Mit einem großen Rottweiler zusammen. Und der Köter ist verdammt scharf.«

»Also hat sie gar kein Alibi. Der Köter hätte jeden Fremden zerfleischt, der sich unangemeldet auf dem Gelände befindet«, stellte Larsson fest.

»Die Jungs von der KT haben dann auch Bilder von dem Fahrzeug gemacht und Proben von den Ölresten, die sie auf der Ladefläche gefunden haben. Nun werden sie prüfen, ob es von der gleichen Tranche stammt wie der Rest in den Tanks im Haus. Sowohl der Wagen als auch die Garagen sind verplombt worden.«

»Wollen wir wieder wetten, dass die Frau in den Fall verstrickt ist?«, fragte Larsson.

»Lass mal, das ist mir zu durchsichtig.«

»Du hast sie natürlich nicht mitgenommen.«

»Bei dem relativ geringfügigen Schaden würde kein Richter uns einen Haftbefehl ausstellen. Außerdem wäre dann der Rottweiler ohne Versorgung.«

»Ist sie denn die Einzige, die bei Abwesenheit ihres Chefs für den Hund sorgen kann?«

»Die Einzige, die sich an das Untier herantraut«, sagte Simons. »Ich habe sie für morgen Vormittag hier einbestellt.«

»Sie wird kommen, Karl, mit einem Rechtsanwalt, der sicher darstellen wird, dass sie ein armes unschuldiges Lamm ist, das in eine Falle getappt ist.«

»Das ist gut möglich.«

Neben der Unterhaltung hatte Larsson das Bild, das ihm Rosa Makowski geschickt hatte, noch einmal aufgerufen. Es war genau das, welches Larsson bei seinem Besuch in Lohme gesehen hatte. Für ihn stand fest, dass eine Ähnlichkeit zwischen den beiden Bildern vorhanden war.

»Ich brauche deine Hilfe noch einmal, Karl. Ich habe ein Vergleichsfoto zu Ginerva Renzi bekommen. Es zeigt die Frau als junges Mädchen. Würdest du mir freundlicherweise das Gesicht des Mädchens noch einmal rauskopieren?«

Simons schaute auf das Bild. Er fragte sich, ob sie beide in der Lage sein würden, auf die Frage, ob die Aufnahme wirklich diese Frau zeigte, eine präzise Antwort zu geben. Das war eher etwas für Spezialisten.

»Wenn ich das aber so machen soll, dass wir zumindest eine Chance haben, uns ein glaubhaftes Urteil darüber zu bilden, ob die beiden Bilder dieselbe Person darstellen, muss ich das in Ruhe zu Hause machen. Das Bild ist schon recht alt. Ich muss es sicher mit einem Spezialprogramm bearbeiten. Es jedoch nahezu sicher herauszufinden, dazu bedarf es forensische Spezialisten. Und die gibt es bei uns ausschließlich beim BKA. Ich bin mir sicher, dass du keine Anfrage beim BKA stellen wirst.«

Larsson wusste, dass Karl Simons recht hatte. Deshalb widersprach er ihm nicht.

»Würdest du es trotzdem machen?«

»Selbstverständlich. Morgen früh bringe ich ein Ergebnis mit, das dich hoffentlich befriedigen wird. Wenn es das nicht tut, musst du doch sehen, ob es der Polizeioberrat zur Identifikation zum BKA gibt.«

Larsson gab Simons einen Stick mit dem zu bearbeitenden Bild.

Kurz vor Feierabend meldete sich Till Eulenspiegel.

Hallo Monique, ich war unterwegs, konnte deswegen nicht antworten. Marie Duplessis, wie Du sie nennst, Ginerva Renzi, hatte kein Muttermal. Sie hatte aber ein Tattoo – ein Unendlichkeitszeichen und ein Yin und Yang. Ist das Deine Freundin?

Larsson war fasziniert, aber gleichzeitig leuchteten bei ihm alle Warnlampen. Zusammen hatte die Nachricht in zwei Teilen nur 239 Anschläge. Eine so knappe Mitteilung ließ ihn sehr nachdenklich werden. Nun hatte er zum einen die Gewissheit, ein Stück des Weges von

Ginerva Renzi gefunden zu haben. Die Frage war nur, wie würde diese Suche weitergehen?

Er begann die Nachrichten des Mannes genauer zu analysieren.

In den ersten beiden Posts bestätigte dieser Till Eulenspiegel, Marie Duplessis zu kennen, sie beim Begleitservice gebucht zu haben. Als sie sich schließlich in einem Apartment selbstständig gemacht hatte, war er regelmäßiger Besucher, der bei ihr sicher eine Stange Geld gelassen hatte. So weit, so gut, dachte Larsson. Im nächsten Post hatte er deutlich gemacht, dass er eines Tages umsonst kam, weil sie nicht öffnete. Der fünfte Post ließ erkennen, dass er sie aus dem Milieu herausholen wollte, aber dass sie plötzlich nicht da war. Hinter diesem Post schrieb Larsson: *Warum war sie nicht da? Oder war sie nicht mehr da, weil sie ihn nicht mehr sehen wollte?* Dass er verheiratet war, war eine Möglichkeit, aber ob sie stimmte, war für Larsson fraglich. Denn in den letzten beiden Sätzen – *Vielleicht habe ich einen Fehler gemacht. Wenn ja, möge Gott mir verzeihen* – deutete Till Eulenspiegel an, einen Fehler gemacht zu haben. Larsson fragte sich, welchen. Ebenso wie er sich fragte, warum der Mann die Andeutung eines Fehlers mit einem Zusatz *wenn ja, möge Gott mir verzeihen* beendet hatte. Lange saß er vor diesen beiden Sätzen, sodass Simons, mit dem er noch immer das Zimmer teilte, glaubte, Larsson sei möglicherweise eingeschlafen. Doch das täuschte. In dem Kontext der beiden letzten Twitterposts war die Mitteilung enthalten, dass es sich bei Marie Duplessis um Ginerva Renzi handelte. Der Hinweis auf das fehlende Muttermal und die Tattoos des Unendlichkeitszeichens und Yin und Yang bekräftigten das noch. Doch *Gott möge mir verzeihen?* Was wollte Eulenspiegel damit sagen. Dass er einen Fehler gemacht hatte? Gut. Aber welchen? Hatte er vielleicht gesehen, wie und wodurch Ginerva Renzi verschwunden war?

Larsson war klar, dass der Mann mehr wusste, als er hier angedeutet hatte. Er musste ihn finden. Er würde wieder bei seinem Studienfreund Wolfgang Lesser in Hamburg anrufen, der beim Verfassungsschutz arbeitete. Er war sicher, ihn dort zu finden.

Larsson überlegte sich, ob er die letzte Nachricht mit den beiden Posts noch einmal beantworten sollte. Es könnte natürlich auch sein, dass er Eulenspiegel damit warnte und der Twitter kurzfristig verließ. Aber wenn er sehr vorsichtig vorginge und ebenso kurz schrieb, würde bei dem Mann möglicherweise die Neugier siegen. Er musste es versuchen.

Hallo Till, jupiduhhh, das ist meine Freundin Ginerva Renzi. Ich danke Dir sehr. Vielleicht kannst Du mir noch einen Tipp geben, wo ich sie finde. Ich hätte mich auch gern bei Dir persönlich bedankt. LG Monique.

Larsson wollte plötzlich gar nicht warten. Till Eulenspiegel sollte nicht auf den Gedanken kommen, dass eine Antwort sorgsam vorbereitet worden wäre. Also stellte er den Entwurf sofort in Tills Privatnachrichten bei Twitter ein.

15. Kapitel

Donnerstag, 31. Juli 2008

Am Tage darauf brachte Simons wie versprochen die Bearbeitung des Fotos mit, das Larsson von Rosa Makowski bekommen hatte. Und er wartete gleich mit einer Überraschung auf.

»Ich habe gestern bis nach 22 Uhr an den Bildern rumgefummelt. Ich weiß gar nicht, Lasse, ob du das je wiedergutmachen kannst.«

Er schob Larsson zwei Bilder über den Schreibtisch.

»Ja, das könnte eventuell ein und dieselbe Person sein.«

»Nein.«

»Nicht? Ich denke, es sieht aber so ähnlich aus.«

»Die Frage ist nicht, ob es ähnlich aussieht, dass es sich hier um ein und dieselbe Person handelt. Die Frage ist, ob es ein und dieselbe Person ist oder nicht.«

Larsson hob die Schultern und macht ein bedenkliches Gesicht.

»Du hast doch gestern gesagt, dass das gar nicht so einfach ist, eine solche Aussage zu treffen.«

»Was interessiert mich mein Geschwätz von gestern«, sagte Simons. »Ich habe das Bild von gestern größenmäßig so aufbereitet, dass man die Bilder übereinanderlegen kann.« Er schob sie übereinander und hielt sie gegen Licht. »Voilà ... Es ist ein und dieselbe Person.«

»Chapeau, Karl. Eigentlich bist du eine solche Fachkraft, dass deine Person an diesem Platz hier in Heringsdorf völlig vergeudet wird. Ich bin ehrlich überrascht.«

»Na, das ist ja wenigstens eine Aussage von dir, Lasse. Es ist wie ein Ritterschlag.« Simons grinste Larsson an. »Zumindest ein sehr imaginärer.«

»Du hast etwas gut bei mir.«

»Da kommt doch am Vormittag noch die Vernehmung mit Helena Weigel«, stellte Simons in den Raum.

»Du weißt genau, dass ich für einen Spezialauftrag abgestellt bin. Wenn ich also mit dir zusammen diese Vernehmung übernehme, wird es Probleme geben, wenn das entdeckt wird. Und dass es entdeckt wird, ist sicher.«

Larsson dachte an Reimann. Der würde überhaupt nichts decken, das, wenn es schiefginge, seiner Karriere schaden könnte. Und er selbst würde aller Wahrscheinlichkeit eine schriftliche Abmahnung kriegen.

»Aber niemand wird etwas unternehmen, wenn ich in der Cafeteria einen Kaffee nehme und anschließend durch den Spiegel schaue, wie es bei dir läuft. Und wenn es dann gar nicht läuft, Karl, wird mir schon was einfallen, um einzugreifen.«

Simons strahlte. Vielleicht würde ihm das schon helfen, wenn er wüsste, dass sein einstiger Mentor die Hand über ihn hielt.

»Ich weiß, mehr kann ich nicht erwarten.«

Larsson fiel plötzlich auf, wie antriebslos er seit einiger Zeit war. Arbeiten, die für den früher selbstverständlich waren, nötigten ihm eine Menge Kraft ab, mehr, als er im Augenblick hatte. Monika hat recht, dachte er, als sie ihn in letzter Zeit öfter erinnerte, dass seine letzte Generalsuntersuchung schon einige Jahre zurücklag. Doch nun war er sich im Klaren darüber, dass er das nicht mehr lange würde aufschieben können.

Er überdachte seine Ansätze, die verschwundene Ginerva Renzi zu finden. Dass er Roman van der Bildt so schnell gefunden hatte, war ein Glücksfall. Offensichtlich hatte der bei allen seinen Facebook-Kontakten ausschließlich die Werbung für seinen Begleitservice und das Etablissement im Sinn. Nur weil er sicher geltungssüchtig war, hatte er das unter seinem eigenen Namen veröffentlicht.

Weiterhin Glück hatte er, weil ihm sein alter Freund Wolfgang Lesser einen Einblick in die AURELIA-Datei gewährt hatte. Auch bei dem zweiten Kontakt würde er auf Wolfgang zurückgreifen müssen. Doch vordergründig musste er selbst versuchen, den Kontakt mit dem Pseudonym Till Eulenspiegel soweit herzustellen, dass er den Mann identifizieren konnte.

An diesem Donnerstag rührte sich nichts. Till Eulenspiegel blieb unsichtbar.

Larsson fuhr enttäuscht nach Hause.

16. Kapitel

Freitag, 1. August 2008

Als seine Frau aufstand und leise das Schlafzimmer verließ, wachte Larsson kurz auf. Nur jetzt die Augen nicht aufmachen müssen, dachte er.

Er hat eine schlechte Nacht hinter sich, war insgesamt sechsmal draußen gewesen, um sich abzutrocknen, so sehr hatte er geschwitzt. Gegen zwei in der Nacht nahm er sich eine Flasche Jever aus dem Kühlschrank und dachte darüber nach, ob er im Fall Ginerva Renzi etwas falsch gemacht hatte. Doch ihm fiel nichts ein.

Auch nach diesem kleinen Ausflug in die Küche war an einen ruhigen Schlaf nicht zu denken gewesen. In dem Augenblick, als er ganz deutlich den »March from River Kwai« hörte, das Pfeifen der Männer, das Marschieren und die furchtbaren Blicke der japanischen Kriegsgegner spürte, welche die Gruppe britischer Kriegsgefangener in einem japanischen Lager in Burma begleitete, fand er sich in dem Pulk der Männer wieder. Die Gefangenen sollten eine hölzerne Eisenbahnbrücke über den Mae Nam Khwae Yai errichten. Damit die Brücke termingerecht fertiggestellt wird, teilte der japanische Lagerkommandant, Oberst Saito, auch die britischen Offiziere zur Arbeit ein. Der Kommandeur des gefangen genommenen Bataillons, der Offizier Lieutenant Colonel Nicholson, widersetzte sich diesem Befehl. Larsson stand direkt neben ihm, als das Donnerwetter Saitos auf sie niederprasselte. Er schreckte zusammen, als er einen Gewehrkolben an seinen Rippen fühlte.

»Lasse, wach auf ... Lieber, geht es dir nicht gut?«

»Was ist denn los?«

»Du hast geträumt, oder?«

Larsson drehte sich auf den Rücken, versuchte krampfhaft, seine Augen zu öffnen, und schob sich im

Bett etwas hoch. »Es war eine furchtbare Nacht. Warum pfeifst du denn, wenn du mich weckst?«, fragte er stockend.

»Ich habe nicht gepfiffen.«

Langsam holte Larsson die Erinnerung an den Traum ein. »Krieg ist etwas Schauriges«, sagte er leise.

Auf dem Weg zurück zur Küche blieb Monika stehen. »Du hast recht, Lasse, ich habe kurz gepfiffen, aber in der Küche. Das kannst du doch gar nicht gehört haben.«

»Nein. Ich habe dich nicht gehört. Es war in meinem Traum.«

»Ich habe gepfiffen, weil Till sich gemeldet hat.«

Larsson war mit einem Mal hellwach.

»Er will sich am Wochenende mit mir in Stralsund treffen.«

Obwohl er einen stechenden Schmerz im Kopf verspürte, setzte er sich auf die Bettkante. »Er will sich tatsächlich mit dir am Wochenende treffen?«

»Exakt.«

»Und das sagst du so ganz nebenbei? Seit wann weißt du das denn?«

»Seit ich auf meine Twitter-Seite geschaut habe.«

»Und das war …?«

»Kurz bevor ich zu dir gekommen bin, um dich zu wecken.«

Am Wochenende ist nichts anders, als morgen oder übermorgen, dachte Larsson. Er stand endgültig auf und ging in die Küche. Monika hatte bereits einen Becher Kaffee für ihn eingegossen, den er sich hastig griff.

»Gut, dann werden wir ihm eine Falle stellen. Und die wird nicht in Stralsund sein, sondern du wirst ihm mitteilen, dass du ihn in Greifswald treffen möchtest.«

»Du hast einen Plan?«

»Mourad Askri, Inhaber des Restaurants Olive. Ich kenne ihn seit etwa vier Jahren, das weißt du doch. Ich habe ihn über meine Tochter Lara kennengelernt.«

Natürlich konnte sich Monika daran erinnern. Damals hatte Lasse dort das erste Mal seine Tochter getroffen. Vorher hatte er noch nicht einmal gewusst, dass es sie gab.

»An das Restaurant angeschlossen ist ein kleines Hotel, bestehend aus acht Zimmern.«

»Und das möchtest du nutzen?«

»Wenn du mitziehst?«

»Ich bin keine Nutte.«

Monika schaute ihn einen Augenblick unschlüssig an. Ihr war nicht ganz wohl bei der Sache, einen Mann zu treffen, dem sie noch nie zuvor begegnet war.

»Ich kann durchaus verstehen, wenn dir das zu gefährlich erscheint«, sagte Larsson. »Aber ich habe wirklich niemanden, der dich ersetzen könnte.«

»Du hast nie jemanden, der mich ersetzen könnte. Seid ihr denn bei der Kripo so knapp an einigermaßen passablen Frauen, um einen Köder zu präparieren?«

Larsson hob die Schultern, sagt aber nichts.

»Wenn ihr schon keine Frau aus der Verwaltung nehmen könnt, so nehmt doch eine der Kripobeamtinnen, die ich kenne. Zum Beispiel Inge Mohaupt. Sie würde sich bestimmt dafür eignen.«

»Inge ist dunkelhaarig«, warf Larsson ein.

»Es gibt fantastische Perücken.«

»Eine einzige Unachtsamkeit, Monika, und das ganze Unternehmen platzt. Wir haben dann nichts, rein gar nichts, um den Mann festzunehmen.«

Larsson nahm seinen Kaffee und ging ins Arbeitszimmer, wo Monikas Laptop stand.

Hallo Monique, vielleicht kannst Du gleich noch mal jupiduhhh schreien. Ich bin am Wochenende in Stralsund im Hotel Kontorhaus. Ein Freund hat dort eine Jacht liegen. Damit können wir einen Ostseetörn machen. Ich habe schon mit ihm gesprochen. Aus dem Hotel können wir über den imposanten Sportboothafen sehen, pompös, es wird Dir sehr gefallen, wir könnten wundervolle Tage verbringen. Was meinst Du? Till

»Der geht ja ganz schön ran«, sagte Larsson. »Es wird nicht einfach sein, diesen Till ins Olive zu locken. Wir werden es versuchen, aber wir müssen zweispurig fahren, und dazu brauchen wir eine ganze Armada. Mal sehen, was der Chef dazu sagt.«

Monika antwortete ihm nicht.

»Ich werde sehen, ob ich Inge Mohaupt für diesen Job begeistern kann.«

»Die Antwort kann ich dir jetzt schon sagen. Sie ist alleinerziehende Mutter. Das sagt alles.«

Bei genauer Betrachtung musste Larsson seiner Frau recht geben. Doch er hütete sich davor, das laut zu sagen.

Er sah zur Uhr. Eigentlich müsste er schon unterwegs nach Ahlbeck ins Büro sein. Für einen Einsatz in Greifswald würden die Kräfte aus Anklam durchaus reichen. Sollten aber gleichzeitig das Hotel Kontorhaus und der Sportboothafen überwacht werden müssen, wäre eine große Kavallerie vonnöten. Er war sich im Klaren darüber, dass er das nicht allein entscheiden konnte.

Larsson wählte Mälzers Nummer. Nach einigen Sekunden meldete sich die neue Sekretärin.

»Büro Polizeioberrat Mälzer, Babette Schulze.«

»Hallo Frau Schulze. Larsson am Apparat. Ich muss dringend mit dem Chef sprechen.«

»Er ist in einer Besprechung mit den Kriminaltechnikern.«

»In seinem Büro?«

»Ja, aber wir können ihn jetzt nicht stören.«

»Es ist eine Sache, bei der Gefahr im Verzug ist, ich kann das nicht allein entscheiden. Sagen Sie ihm das bitte. Können Sie ihn fragen, ob er bereit ist, mich schnellstens zu empfangen?«

»Jetzt?«

»Jetzt! Sehen Sie meine Telefonnummer?«

»Sind Sie zu Hause?«

»Ja.«

»Ich werde das erledigen und rufe zurück, sobald ich etwas für Sie erreichen konnte.«

Larsson rief über Google-Earth Am Querkanal 1 in Stralsund auf. Erschaute auf das Hotel Kontorhaus und die Umgebung. Er würde mindestens drei bis vier Fahrzeuge brauchen, um die Zufahrt des Hotels überwachen zu können. Eins in der Nähe des Ozeaneums. Dort würde es nicht auffallen, weil dort vor dem Gebäude und dem Parkplatz immer reichlich Betrieb ist. Eins vor der alten Zugbrücke. Auch das würde kein Problem sein, dort unauffällig zu parken. Unmittelbar vor dem Hotel würde es nicht gehen. Dort würde ein Wagen sofort auffallen. So recht schmecken wollte ihm das nicht. Doch zuerst musste man sehen, welche Fahrzeuge mit Hamburger Registrierung dort unterwegs waren.

Er notierte sich die Stellen, an denen die Kollegen mit ihren Autos positioniert werden müssten. Er stellte fest, dass er dafür mit drei Teams auskommen würde. Team eins würde an der Hafenstraße, Ecke Am Querkanal, positioniert sein oder bereits vor der Brücke, das müsste man vor Ort klären. Team zwei müsste Am Querkanal, Ecke Am langen Wall, stehen, Team drei schließlich an der Gabelung Am langen Kanal zur Hafenstraße. Das Glück war, dass das Hotel Kontorhaus praktisch auf einer Insel stand.

Das Telefon klingelte.

»Hallo Herr Larsson. Frau Schulze hat mir mitgeteilt, dass Sie mich sehr dringend sprechen müssten. Ich nehme an, dass sich etwas in unseren Nachforschungen bewegt hat.«

»Exakt, Herr Mälzer.«

Larsson berichtete ihm von den Twitter-Nachrichten, die zwischen ihm und dem Mann, der sich hinter dem Nicknamen Eulenspiegel verbarg, hin und her gegangen waren.

»Es wird eine Ewigkeit dauern, Herr Polizeioberrat, bis wir seine Identität kennen, nehmen wir ihn nicht unter die Lupe, wenn er in unseren Gefilden ist.«

»Wie stellen Sie sich das vor?«

Larsson berichtete ihm von dem Plan, Till Eulenspiegel nach Greifswald zu locken und ihn dann im Restaurant Olive durchzuchecken.

»Im Olive?«, fragte Mälzer.

»Das Hotel verfügt über acht Zimmer, ich werde dafür Sorge tragen, dass ein Zimmer für uns reserviert wird. Die KT müsste es dann verwanzen, damit wir jedes Wort mithören können.«

»Und wie wollen Sie den Mann zum Reden bringen?«

»Durch meine Frau. Sie ist schließlich Polizistin.«

»Da tue ich mich aber sehr schwer, das zu genehmigen«, sagte Mälzer. »Was sagt sie denn selbst zu einem solchen Einsatz?«

»Sie ist nicht sonderlich begeistert«, sagte Larsson wahrheitsgemäß. »Aber wer ist das schon. Auf der anderen Seite kann nichts passieren, solange wir das im Griff haben.«

»Und wenn er darauf besteht, das Stelldichein im Hotel Kontorhaus abzuhalten?«

»Um ehrlich zu sein, ich bevorzuge die Operation im Olive. In Stralsund würde es möglicherweise Probleme mit den Kollegen geben.«

»Ich könnte diese Probleme aus dem Weg räumen«, sagte Mälzer.

»Es ist gleich Freitag Mittag. Ich weiß nicht, ob wir uns darauf verlassen sollten.«

»Und nun?«

»Geben Sie mir drei Teams mit je zwei Mann, dann haben wir die Sache im Griff.« Larsson erklärte ihm die Insellage des Hotels und die drei Knotenpunkte, die zur Überwachung vonnöten wären. Gleichzeitig zeigte er auf, dass für die Observation vor dem Hotel die jeweiligen Beifahrer zuständig sein könnten.

»Sie bekommen die Leute. Ich werde dafür sorgen, dass darüber hinaus ab Sonnabendmorgen ein MEK für Sie zur Verfügung steht. Ich will keine Komplikation, Larsson, haben wir uns verstanden?«

»Es wird keine geben«, sagte Larsson.

»Ihr Wort in Gottes Ohr. Ist das nicht der Fall, haben wir beide riesige Probleme.«

Larsson wusste, dass Mälzer alles daransetzen würde, dass es nicht zu einer Konfrontation mit seiner vorgesetzten Behörde und dem Innenministerium käme. Und er selbst wiederum würde alles unternehmen, damit die Operation relativ ruhig abliefe.

»Ich nehme an, Sie brauchen darüber hinaus weitere Hilfe«, sagte Mälzer.

»Zur Verwanzung des Zimmers im Olive«, sagte Larsson. »Aber ich muss erst mit dem Besitzer sprechen. Erst dann kann ich der KT-Bescheid geben.«

»Tun Sie das. Ich werde dafür sorgen, dass die Leute hier in Anklam in Bereitschaft stehen. Sie können also jederzeit darauf zurückgreifen. Ich werde Hauptkommissar Selge anweisen, Ihnen jede Unterstützung zukommen zu lassen.«

Als Larsson aufgelegt hatte, wählte er die Nummer des Restaurants Olive in Greifswald.

»Hallo Mourad«, sagte Larsson, als Mourad Askri sich gemeldet hatte. »Ich brauche deine Hilfe.«

Er erklärte ihm die Situation und bat darum, eines der Zimmer für die Nacht vom Sonnabend auf Sonntag für ihn zu reservieren. Obwohl das Hotel ausgebucht war, versprach Mourad, eine der Reservierungen woanders unterzubringen.

Larsson bedankte sich. Er rief umgehend die Kriminaltechnik in Anklam an und bat die Kollegen, mit ihren Utensilien, die sie für die Operation brauchten, nach Greifswald ins Olive zu kommen.

»Lass uns schnell noch eine Antwort für deinen Freund Till Eulenspiegel formulieren«, sagte Larsson. »Bevor der Kerl sich das noch anders überlegt.«

Hallo Till, ich freue mich sehr. Der Vorschlag, auf der Ostsee zu segeln, reizt mich. Die einzige Sorge, die ich habe, ich bin nicht seefest.

Aber dagegen gibt es ja Tabletten. Und es gibt ein kleines Problem. Mein Wagen ist zur Reparatur. Du müsstest mich schon in Greifswald abholen. Wäre das ok für dich? Monique

Inzwischen war der Frühstückskaffee kalt geworden. Monika Larsson setzte die Maschine noch einmal in Bewegung. Er hingegen ging ins Bad, um sich nun endlich für den Tag zurechtzumachen.

Eine Stunde später traf Larsson in Greifswald ein. Vor dem Olive standen bereits die Kollegen. Sie warteten in ihrem T4 auf ihn.

»Bitte wartet noch einen Augenblick, Paul«, sagte Larsson. »Ich spreche noch einmal kurz mit dem Besitzer, und dann könnt ihr ans Werk gehen.« Er verschwand im Restaurant.

Das war noch nicht geöffnet. Larsson sah Mourad Askri in der nur durch eine Glaswand getrennten Küche hantieren. Neben ihm war ein junger Mann damit beschäftigt, seinem Chef anzureichen.

»Einen Augenblick, Lasse, wir machen nur den Couscous fertig.«

Askris Renner war mediterranes Fischduett – gebratenes Filet von der Dorade, Rotbarbe und Scampi auf Couscous und mediterranem Gemüse.

Larsson brauchte nur daran zu denken, und schon lief ihm das Wasser im Munde zusammen. Kurz darauf kam Mourad Askri aus der Küche, und sie setzten sich an einen der leeren Tische. Larsson erklärte ihm, was das Problem sei, und dass die Kosten für das Zimmer selbstverständlich auf Staatskosten gingen. Askri war mit der Verwanzung einverstanden. Er brachte Larsson aufs Zimmer. Dann ging er wieder hinunter zur Küche des Restaurants. Larsson wiederum holte die Kollegen von der KT hinauf.

Noch während die beiden Kollegen tätig waren, klingelte Larssons Handy.

»Till hat geantwortet«, sagte Monika. »Ich soll ihm meine Telefonnummer geben, damit es sich mir verabreden kann. Was soll ich machen?«

»Kannst du mir vorlesen, was er geschrieben hat?«

»Natürlich kann ich das, warte einen Augenblick ...«

Hallo Monique, endlich werden wir ein erfreuliches Wochenende haben. Ich freue mich. Ich würde gern mit Dir telefonieren.

Schick mir bitte Deine Telefonnummer. Ich rufe Dich dann an. Herzlichst Till.

»Was soll ich denn jetzt machen?«

»Zuerst einmal Ruhe bewahren.«

Larsson drehte sich seinen Männern zu. »Wie lange habt ihr noch zu tun?«

»Zehn Minuten. Wir sind gleich fertig.«

»Dann müssten wir schnell zu mir nach Hause fahren. Wir brauchen eine Fangschaltung zu einem Telefon, womit meine Frau angerufen wird. Gleichzeitig müssen wir das Gespräch aufzeichnen.«

Larsson sagte zu Monika: »Ich bin in vierzig Minuten zu Hause. Dann sehen wir weiter.«

»Gib mir die Handynummer deiner Frau«, sagte Paul Maier, der Leiter der KT Anklam. »Wir werden versuchen, herauszufinden, wer sie anruft.«

Larsson schrieb Maier die Telefonnummer auf einen Zettel, den er von dem Block abriss, den der Hotelier in jedem der Zimmer für seine Gäste samt Stadtbeschreibung und Ausflugsziele bereitgelegt hatte. Maier setzte sich mit seinem Büro in Anklam in Verbindung, um den Auftrag zur Überwachung der Handynummer zu geben und den Anruf zu verfolgen.

Sie waren beim Zusammenpacken, um das Hotelzimmer im Olive zu verlassen, als Larssons Handy wieder klingelte.

»Ja, Monika?«

»Till hat noch einmal nachgelegt. Soll ich's dir vorlesen?«

»Aber natürlich.«

Liebe Monique, bitte schick mir Deine Telefonnummer. Ich habe mich entschlossen, schon heute nach Stralsund zu fahren. Ich kann es kaum erwarten, mit Dir zusammen zu treffen. Willst Du nicht schon nach Stralsund kommen?

Werde gegen 18 Uhr im Hotel eintreffen. Till

»Hast du was zu schreiben bei der Hand?«, fragte Larsson. »Wenn du zu schnell auf seine Forderungen eingehst, wird er misstrauisch werden. Also werden wir etwas schreiben, was ihn anködert.«

»Fang endlich an.«

Larsson dachte einen Augenblick nach.

Lieber Till, auch ich möchte Dich sehr gern kennenlernen und ein schönes Wochenende mit Dir verbringen. Aber so geht es mir zu schnell.

Wie ich Dir schon mitteilte, ist mein Wagen in Reparatur. Und außerdem bin ich verheiratet. Mein Mann fährt morgen früh für zehn Tage zu einer Schulung. Ich möchte nicht, dass er etwas davon merkt. Also schicke mir Deine Telefonnummer, ich werde Dich in einem passenden Augenblick anrufen. LG Monique

»Ich mache mich jetzt auf den Weg nach Hause. Suche eins von den Bildern, auf denen man dich heute gar nicht mehr identifizieren könnte, und hänge es dran. Dann wird er hungrig genug sein. Aber verlange ja keins von ihm. Das würde ihn misstrauisch machen.«

»Du altes Schlitzohr, solltest dich mal selbst daran erinnern und selbst ein wenig hungriger sein.«

Die Männer der KT packten ihre Gerätschaft ein und gingen hinunter zu ihrem T4. Larsson brachte Mourad Askri schnell noch den Schlüssel des Zimmers.

Während die beiden Wagen Greifswald verließen und wenig später zielstrebig durch Wolgast fuhren, telefonierte Larsson mit Ottmar Selge, der die Einsatzzentrale in Anklam leitete. Selge war bestens von Polizeioberrat Mälzer instruiert worden. Sie einigten sich darauf, dass Selge ein Fahrzeug in der Nähe des Hotels Kontorhaus abstellte. Der Mann würde mindestens drei Stunden von Hamburg nach Stralsund brauchen. Wenn die Observation glücklich verliefe, würden sie noch heute wissen, wer dieser ominöse Till Eulenspiegel in Wirklichkeit war. Doch sie wussten genau, dass die Ankündigung, heute noch zu kommen, auch eine Falle sein konnte. Möglicherweise war der Mann ja bereits vor Ort. Vielleicht wurde die Umgebung beobachtet, und man würde einen dort parkenden Wagen einer Zivilstreife möglicherweise bemerken. Deshalb hatte Selge den Wagen mit drei Personen besetzt, zwei Frauen und einem Mann. Alle waren in Zivil. Außerdem hatte er angewiesen, dass abwechselnd jeweils eine Person zu Fuß am Hotel zur Observierung vorbeilaufen sollte. Larsson hatte ihm noch eingeschärft, dass die Kollegen alle Kfz-Kennzeichen der Fahrzeuge aufschreiben sollten, die in unmittelbarer Nähe des Hotels parken. Gleichfalls sollten sie Halterabfragen von Fahrzeugen machen, die aus Hamburg oder der näheren Umgebung identifiziert werden konnten.

Als die beiden Fahrzeuge in Loddin ankamen, war es früher Nachmittag. Monika Larsson richtete ein paar

Brote für die Männer an, während Paul Maier ein Mikrofon in ihr Handy montierte, das die Gespräche auf ein kleines Aufzeichnungsgerät übertrug, sobald man es einschaltete.

Kurze Zeit später traf wieder eine Nachricht von Till Eulenspiegel ein.

Hallo Monique, ich werde mich gleich auf die Reise machen. Da Du nicht nach Stralsund kommen kannst, werde ich Dich morgen Vormittag abholen. Wäre Dir das recht? Wir können dann irgendwo gemütlich essen, bevor wir in mein Hotel nach Stralsund fahren. Das Bild von Dir ist wirklich wunderschön. Ich freue mich sehr auf Dich. LG Till

»Er schreibt kein Wort mehr über eine Telefonnummer. Er fragt weder nach deiner, noch gibt er seine.«

»Was, glaubst du, hat das zu bedeuten?«

Larsson dachte einen Augenblick nach. »Wahrscheinlich hat er den Köder geschluckt. Aber ich bin sicher, dass er später noch versuchen wird, dich zu erreichen.«

»Wir wären so weit, Lasse«, meldete sich Paul Maier. »Wir wollen jetzt zurück zur Polizeidirektion und dann nach Hause.«

Larsson brachte die Kollegen zur Tür und kam dann zurück.

»Vielleicht versucht er ja, dich heute noch zu einem Rendezvous zu bewegen, wenn dein Mann abgefahren ist.«

»Das ist das, was du machen würdest, Lasse«, warf Monika ein.

»Das ist das, was jeder Mann machen würde, der dreihundert Kilometer gefahren und heiß auf eine Frau ist.«

Sie grinste ihn herausfordernd an. »Ihr Kerle seid doch alle gleich. Du hast vergessen, dass du erst morgen früh zur Schulung fährst.«

»Was natürlich für euch sehr einfach ist, weil ihr nicht lange nachzudenken braucht, in welche Tüte ihr uns steckt.«

*

Gegen sieben erhielt Larsson von der Einsatzzentrale Anklam die Nachricht, dass ein weißes Rolls-Royce-Cabriolet vor dem Hotel Kontorhaus in Stralsund eingeparkt hatte. Das Fahrzeug war dem Kennzeichen nach im Herzogtum Lauenburg registriert. Wenig später machte sich sein Handy bemerkbar.

»Ja, Larsson.«

»Polizeimeister Jörg Schweizer. Die Halterabfrage hat ergeben, dass das Fahrzeug auf eine Stephan Kirsch GmbH in Einhaus bei Ratzeburg gemeldet ist.«

»Gute Arbeit«, sagte Larsson und notierte sich die Mitteilung. »Wo haben Sie eigentlich meine Telefonnummer her?«

»Von der Einsatzzentrale in Anklam. Ich könnte ja mit einer Kollegin in das Hotel gehen«, sagte Polizeimeister.

»Hat das Hotel ein Restaurant?«, fragte Larsson.

»Ein relativ kleines und eine Bar. Aber die Bar ist derzeit in Betrieb, Kaffee und so.«

»In Ihrem Team sind zwei Frauen. Ist eine altersmäßig dabei, mit der zusammen Sie ein Paar abgeben könnten?

»Polizeimeisterin Anna Kohler.«

»Dann versuchen Sie mal, zu zweit dort einen Kaffee zu trinken. Vielleicht können Sie ja etwas eruieren. Und bleiben Sie mit mir in Verbindung.«

»Wir sind unterwegs.«

Larsson überdachte, wie er in diesem Fall weiter vorgehen müsste, um zum Erfolg zu kommen. Monika müsste ein wenig Zugeständnisse machen. Nur ein ganz klein wenig, das könnte förderlich sein. Aber seine Frau war mit dem anderthalbjährigen Töchterchen Elina beschäftigt. Kinder sind schon was Gutes, dachte er, würden sie nicht dann stören, wenn man sich um einen Fall kümmern müsste.

»Hast du die Möglichkeit, die Kleine ein wenig zu beschäftigen?«

»Warum?«

»Wir könnten noch eine ganz kleine Mitteilung an Till schicken.«

»Kannst du das nicht allein? Ich kann sie nicht allein den ganzen Nachmittag auf der Terrasse stehen lassen. Das ist sie nicht gewöhnt.«

»Du weißt, ich gehe nicht gern allein an deinen Laptop.«

Monika lachte auf.

»Von ganz großen Ausnahmen abgesehen«, beeilte sich Larsson zu beschwichtigen.

»Mach einen Vorschlag.«

»Wir müssen noch irgendeine Kleinigkeit nachschieben. Hast du noch ein Bild aus der Zeit, die dein Aussehen auf dem ersten Bild unterstreichen würde? Ich meine, ein besonders vorteilhaftes.«

»Aber sicher doch. Wie wär's mit dem Foto zur BALTIC FASHION AWARD auf der Seebrücke? Das macht sich doch ganz gut, zumal ich an dem Tag ganz besonders gut aussah.«

Larsson dachte kurz nach. Auf der BALTIC FASHION AWARD präsentieren alljährlich zehn Designerinnen und Designer ihre Kollektionen in den Kategorien Prêt-à-porte, Avantgarde und Céremonia/Couture. Zu der Veranstaltung wird die Seebrücke von Heringsdorf für die Models zum Laufsteg über die Wellen der Ostsee. Die Brücke wird zur einen Hälfte zum Catwalk, auf der anderen Seite sitzen die Zuschauer. Der Vorschlag Monikas war gar nicht so übel. Das Ambiente machte etwas her.

»Kannst du's schnell raussuchen?«

»Wenn du zwei Minuten zu Elina gehst. Sie hätte dann wenigstens die Möglichkeit, ihren Vater für einige Minuten aus der Nähe zu betrachten. Schließlich ist sie auch deine Tochter.«

Er hasste es, wenn sie so sprach, fühlte sich irgendwie unter Druck gesetzt, Vater spielen zu müssen. Aber schließlich tat er, was sie verlangte, denn er brauchte unbedingt ihre Mitarbeit.

»Ich habe die Bilder alle eingescannt. Wir suchen schnell eins raus, das du benutzen kannst.« Monika ging zum Laptop und rief die Bilder aus dem letzten Jahr auf. Sie suchte das passende heraus, eines, was die Modenschau zeigte, sie im Vordergrund sitzend, während ihre Umgebung nebulös verhüllt schien.

Larsson war aus der offenen Terrassentür hinausgegangen, wo Elina ihn schon zu erwarten schien. Kaum wurde sie seiner ansichtig, streckte sie die Arme nach ihm aus. Er nahm sie aus dem Laufgitter und auf den Arm.

»So, mein Gebieter«, sagte Monika. »Schau dir das Bild an, wenn es dir gefällt, schicke es. Wenn nicht, such ein anderes aus. Aber wir sollten vorher besprechen, was du dazu schreibst.«

Larsson ging wieder ins Haus. Irgendwie hatte Monika immer das richtige Gespür. Das Bild, das sie ausgesucht hatte, fand er absolut passend. Der Mann würde in ihr Gesicht schauen, ihre Figur und ihr Kleid bewundern und hätte nicht die Möglichkeit, andere Menschen auf dem Bild zu erkennen.

Hallo Till, hier kommt noch ein kleiner Gruß von mir. Das wird Dir das Warten etwas leichter machen. LG Monique

Er ging mit dem Laptop hinaus auf die Terrasse und las Monika vor, was er geschrieben hatte. Er hoffte, dass sie einverstanden damit war. Darauf legte er großen Wert, denn sie musste sich mit dem, was er schrieb, identifizieren können.

»Es ist sehr kurz«, sagte sie.

»Ja, das ist es wohl. Es soll kurz sein. Aber hast du noch einen Vorschlag?«

»Ich sollte wenigstens noch schreiben, dass ich mich sehr auf morgen freue.«

»Das hast du doch bei der letzten Nachricht schon geschrieben.«

»Nein, das habe ich nicht. Er hat das geschrieben. Männer. Sie können sich nicht mal hineinversetzen, was eine Frau einem Mann schreiben würde, wenn sie sich in einer gewissen Erwartung auf besonders zärtliche Stunden befände.«

Larsson scrollte die Nachrichten zurück. Seine Frau hatte recht.

»Entschuldigung«, sagte er.

»Du tust gerade so, als wäre ich ein kleines Dummchen. Ich weiß sehr wohl, wie man mit einer solchen Situation umgeht. Und wenn du mich schon als Lockvogel benutzt, sollten wir das auch richtig angehen.«

Ihre Logik war immer wieder verblüffend. Larsson war sich klar darüber, dass sie eine starke Persönlichkeit war, die er in sein Leben geholt hatte. Nun musste er damit umgehen. Viele Ehen scheiterten daran, dass Männer eine zu starke Frau geheiratet hatten. Für Larsson kam das nicht infrage. Neben ihm hätte keine Gleichwertige niemals Bestand gehabt. Er akzeptierte nicht nur eine starke Frau neben sich; es hatte sicher, wie in jeder Ehe, Höhen und Tiefen gegeben, und wenn er eine Rechnung mit Plus und Minus aufmachte, so war das Plus immer noch reichlich der Beschlussgeber, diese hier fortzusetzen.

»Gut, setzen wir noch einen Satz dazu, und schreiben: *Hallo Till, hier kommt noch ein kleiner Gruß von mir. Das wird Dir das Warten etwas leichter machen. Freue mich auf morgen. LG Monique* – Ist das so für dich in Ordnung?«

»Ja.«

Larsson ging zurück ins Arbeitszimmer. Er hängte das Foto an den Post an und schickte es an Till Eulenspiegel.

Kurz darauf bekam er eine SMS mit Bild von Jörg Schweizer. Das Bild zeigte einen gepflegten Mann, der um die vierzig Jahre alt war. Darunter stand: *Er wird gerade von einem anderen Mann abgeholt, der mit einer S-Klasse von Mercedes vorgefahren ist. Ich schicke gleich die Registrierungsnummer nach.*

So also sah der Mann aus, der sich mit Ginerva Renzi getroffen hatte und sich nun auf ein Treffen mit seiner Frau vorbereitete. Larsson bestätigte den Erhalt der SMS und schrieb dazu: *Pkw vorsichtig observieren.*

Wenig später schickte Schweizer die Registriernummer des Mercedes.

Larsson machte sofort eine Halterabfrage. Der Wagen war auf einen Zossima Pokrovskii in Berlin-Dahlem zugelassen. Also ging Larsson INPOL-Datei des Bundeskriminalamtes, auf die auch die Polizei auf Länderebene Zugriff haben. Er gab den Namen ein, fand aber den Datensatz Zossima Pokrovskii auf der INPOL-Datei gesperrt.

Das muss eine große Nummer sein, wenn die Daten auf einer BKA-Suchdatei gesperrt ist, dachte Larsson. Er rief den Namen in der AURELIA-Datei auf, fand aber auch diese gesperrt.

Larsson reif Schweizer an: »Observation des PKW sofort abbrechen.«

»Verstanden, Observation wird sofort abgebrochen.«

Larsson war klar, dass die Person Zossima Pokrovskii eine geheime Kommandosache war, an der man sich nur die Finger verbrennen konnte.

17. Kapitel

Samstag, 2. August

Bis zum späten Abend des Freitags hatte Larsson umsonst gehofft, dass Till Eulenspiegel die letzte Twitter-Nachricht von Monique beantworten würde. Er war an diesem Morgen schon gegen fünf Uhr an Monikas Laptop, um zu erfahren, ob inzwischen etwas eingegangen sei. Das war nicht der Fall. Um sechs Uhr ließ er sich von seinem Handy-Wecker wecken. Auch da machte er die gleiche Erfahrung, Till Eulenspiegel hatte sich nicht gerührt. Erst gegen 8:30 Uhr kam die Nachricht.

Hallo Monique, bei mir ist es gestern doch etwas spät geworden. Wo soll ich Dich abholen und wann? LG Till

Larsson antwortete umgehend.

Guten Morgen Till, schlage vor 11:30 Uhr in Greifswald, Restaurant Olive. Freue mich. Monique

Zwanzig Minuten später kam die Antwort.

Habe die Adresse gegoogelt. So werden wir es machen, schöne Frau. Till

Larsson setzte sich umgehend mit der Einsatzzentrale in Anklam in Verbindung. Ottmar Selge hatte seinen Kollegen Polizeihauptkommissar Dieter Richter auf die Operation gut vorbereitet, sodass Larsson mit ihm den Einsatz schnell in Gang setzen konnte.

»Die KT ist mit ihrem Wagen bereits unterwegs«, sagte Richter. »Ab zehn Uhr werden alle Zufahrtsstraßen gesperrt sein. Sowie der Rolls dort auftaucht, werden wir es wissen. Gleichzeitig stationiere ich ein MEK dort.«

»Ich werde dort sein. Zugriff nur auf meine Anweisung«, sagte Larsson.

»Die Leute wissen bereits Bescheid, dass Sie dort das Kommando haben.«

Larsson bedankte sich für die reibungslose Zusammenarbeit.

Monika hatte für den Tag eine Kinderfrau engagiert, die immer dann Elina beaufsichtigte, wenn beide außer Haus waren. Anja Bayer kam, als Monika gerade ins Bad gegangen war. Sie kümmert sich sofort um das Kind.

Larsson ging zu Monika ins Badezimmer. »Anja ist da. Beeile dich bitte, wir müssen nach Greifswald.«

»Dass ich einen guten Eindruck mache, ist Teil meiner Strategie, lieber Lasse. Aber keine Sorge, ich bin gleich fertig.«

Kurz vor elf charterte Larsson am Bahnhof in Greifswald ein Taxi, das so lange mit seiner Fracht warten müsste, bis er seine Frau telefonisch davon verständigte, dass sie sich zum Restaurant Olive fahren lassen sollte. Dann fuhr er ins Parkhaus in die Rakower Straße. Er ging die wenigen Meter zum Olive zu Fuß. Etwa sechzig Meter vor dem Restaurant stand der Wagen der Kriminaltechnik. Die hinteren Fenster waren abgedunkelt. Wer von außen hinein schaute, konnte nur feststellen, dass der Wagen leer war.

Larsson klopfte an die Tür. Die Tür öffnete sich einen Spalt, und er schlüpfte in den Wagen. Er begrüßte die Kollegen und entnahm einer großen Tüte diverse Schminkutensilien, einen Bart und eine Perücke. Sogleich begann er, sein Äußeres zu verändern. Die Kollegen schauten ihm amüsiert über die Schulter.

Exakt in dieser Minute schrieb Monika Larsson eine letzte Nachricht an Til Eulenspiegel.

Hallo Till, ich setze mich jetzt in Bewegung. Werde in einer halben Stunde etwa vor Ort sein

Sie setzte hinter ihren Post ein Smiley.

Till antwortete prompt.

Das werde ich schaffen. Freue mich. Till

»Wir haben noch einmal alles durchgeprüft. Die Leitungen stehen«, sagte Paul Maier.

»Ich verlasse mich wie immer auf euch.« Larsson ließ sich noch zeigen, wie auch die leisesten Geräusche aus dem Zimmer aufgezeichnet werden konnten.

»Ich hoffe, dass das von dir installierte Mikrofon im Handy meiner Frau funktioniert. Wenn das versagt, sind wir absolut angeschmiert.«

»Wir haben es gestern noch einmal probiert, ob wir in unserem Wagen etwas empfangen können, wenn ihr euch unterhaltet. Und ich garantiere dir, wir haben jedes Wort verstanden.« Maier grinste ihn unverschämt an. Als Larsson nichts sagte, fuhr er fort: »Vielleicht versucht er ja, dich heute noch zu einem Rendezvous zu bewegen, wenn dein Mann abgefahren ist, waren deine Worte. Und deine Frau sagte: Das ist das, was du machen würdest, Lasse.«

Überzeugt von Maiers Gedächtnis und der Arbeit seiner Truppe, verließ Larsson das Fahrzeug und ging ins Restaurant Olive.

Larsson saß an dem für ihn reservierten Platz am Fenster, sodass er alle Fahrzeuge, die am Restaurant vorbeifuhren, sehen konnte.

Wenig später hielt der weiße Rolls-Royce vor dem Olive.

Larsson telefonierte kurz mit seiner Frau. »Losfahren, jetzt sofort.« Als er wieder hochschaute, sah er, wie der Fahrer des Rolls-Royce zurücksetzte und dann das Fahrzeug in eine gerade freigewordene Parktasche schräg vor dem Restaurant einfädelte. Bei der Größe des Wagens war das nicht so ganz einfach. Doch der Fahrer schien damit gut zurechtzukommen. Als der Mann, den

Larsson schon vom Bild her kannte, zur Tür hereinkam, wurde ihm gerade ein Glas Weißwein kredenzt.

Larsson schaute kurz auf, so wie es alle Menschen zu tun pflegen, wenn ein Neuzugang in ein Restaurant kommt. Man taxiert, wägt ab, ordnet ein. Das hatte nicht langer als zwei Sekunden gedauert. Dann widmete er sich seinem Weißwein.

Askris Kellnerin Doreen Schernau kam und fragte den neuen Gast: »Haben Sie reserviert, mein Herr?«

»Nein, leider.«

»Werden Sie allein speisen?«

»Ich erwarte einen Gast.«

»Dann habe ich momentan nur den Platz hier nahe dem Ausgang. Der Vorteil davon ist, Sie können genau in die Küche sehen.«

»Der Platz ist in Ordnung.«

Kaum saß der Neuankömmling, als vor dem Haus ein Taxi vorfuhr. Monika stieg aus. Larsson musste zugeben, sie sah in ihrem geblümten rosa Sommerkleid aus reiner Seide, das sie auf der letzten BALTIC FASHION AWARD in Heringsdorf erstanden hatte, umwerfend aus.

Als Monika den Gastraum betrat, schien es augenblicklich still zu werden. Nahezu alle Augen richteten sich auf sie. Selbst das Kichern an einem der hinteren Tische, das von zwei jungen Mädchen kam, verstummte. Monika schaute sich suchend um. Sie sah den Mann und ging, sich immer noch suchend umsehend, an dem Tisch vorbei. Dabei schaute sie irritiert auf ihren Mann, den sie kaum erkannte. Nur der höhnisch herabgezogene Mundwinkel, die graue Hose und die braunen italienischen Schuhe identifizierten ihn als Lasse Larsson.

Er wiederum dachte, dass ihr Auftritt ein raffinierter Schachzug war. Ob sie das wohl schon früher so gemacht hatte?

Sie war einige Schritte an dem Tisch vorbeigegangen und kam nun eindrucksvoll zurück. Der Rolls-Roys-Fahrer war artig aufgestanden.

»Ich hoffe, Sie sind mit mir verabredet. Sind Sie Monique?«

»Till?«

Der Mann nickte. »Sie sehen bezaubernd aus, exakt so, wie ich es mir erträumt habe. Wollen Sie sich bitte setzen?«

Als er ihr den Platz anbot, sodass sie mit dem Rücken zu Larsson sitzen würde, bat sie Till, ihr den anderen Platz zu überlassen, was er gern tat. So saß er nun mit dem Rücken zu Larsson, was überaus von Vorteil war.

»Wir haben eine ganze Zeit Verstecken gespielt«, hörte Larsson Monika sagen. »Nun sollten wir eigentlich damit aufhören. Mein Name ist aber in der Tat Monique. Ich nehme an, Till Eulenspiegel ist ein Fake, damit nicht jeder gleich weiß, wer Sie sind.«

»Wie recht Sie haben, Monique. Mein Name ist Sven. Sven Kirsch.«

»Monique Landris.«

Die Kellnerin kam und brachte die Karten, in die sich beide einen Augenblick vertieften.

»Was bevorzugen Sie? Fisch oder Fleisch?«, fragte Sven Kirsch.

»Ich würde gegrillte Doradenfilets auf Ratatouille-Gemüse und Rosmarinkartoffeln bevorzugen«, flötete sie. »Und Sie?«

»Mir gefällt der gebratene Lammrücken unter der Kräuterkruste auf provenzalischem Gemüse und Charlotten-Kartoffeln.«

»Oh ja, das klingt auch sehr verlockend.«

»Sie können ja immer noch anders entscheiden, Gnädigste«, sagte Sven Kirsch jovial.

Monika tat, es könne sie sich nicht recht entscheiden.

Die Kellnerin kam wieder an den Tisch. »Haben die Herrschaften gewählt?«

»Wir brauchen noch einen Augenblick«, sagte Sven Kirsch.

»Warum? Wollen Sie sich doch mal umorientieren?«, fragte Monika.

»Nein, eigentlich nicht.«

»Ich auch nicht.«

»Also dann«, sagte Kirsch. »Bringen Sie bitte einmal die gegrillten Doradenfilets auf Ratatouille-Gemüse und Rosmarinkartoffeln und einmal den gebratenen Lammrücken unter der Kräuterkruste auf provenzalischem Gemüse und Charlotten-Kartoffeln.« Mit einem Klack ließ er die Karte wieder zusammenschnappen.

»Und was trinken die Herrschaften?«

Sven Kirsch schaute Monika herausfordernd an.

»Zum Tisch bitte einen trockenen Weißwein. Am liebsten einen Chablis.«

»Chablis Premier Cru haben wir nicht als offenen Wein anzubieten. Nur in einer ganzen Flasche«, sagte die Bedienung. »Offene Weißweine haben wir natürlich auch. Einen leicht moussierend, herrlich frisch und spritzigen Trebbiano d'Abruzzo, einen Cheval d'Or Sauvignon mit festem Bouquet und eleganter Blume oder einen Cheval d'Or Chardonnay aus dem Jahre 2012.«

»Dann nehmen wir eine Flasche von dem Chablis Premier Cru«, sagte Kirsch und schaute Monika lächelnd an. »Ich werde mich ein wenig mit daran beteiligen und als Ausgleich auf meinen Rotwein verzichten.«

Die Kellnerin entfernte sich, um die Bestellung auszuführen.

»Ich hätte auch einen anderen Weißwein nehmen können«, sagte Monika leicht verschnupft. »Dann hätten Sie nicht auf den Rotwein verzichten müssen.«

Kirsch lachte auf. »Es ist überhaupt kein Verzicht, Monique. Wenn Ihnen der Chablis schmeckt, dann wird er auch mir schmecken.« Er nahm ihre Hand, beugte sich über den Tisch und küsste sie.

Es wird ihr gefallen, wie er sie umgarnt, dachte Larsson. Aber der Spuk würde bald ein Ende haben. Dieser Gedanke gefiel ihm.

Die Bedienung kam an Larssons Tisch und brachte mediterranes Fischduett, gebratenes Filet von der Dorade, Rotbarbe und Scampi auf Couscous und mediterranem Gemüse, so wie es Larsson mit Mourad Askri besprochen hatte.

»Mit einer Empfehlung vom Chef«, sagte sie.

»Danke, das sieht wieder ausgezeichnet aus, Doreen. Es ist immer wieder eine Freude, mich gerade dafür bei euch zu entscheiden«, sagte er.

Sven Kirsch drehte den Kopf und schaute kurz auf das Essen, das die Bedienung an den Nebentisch gebracht hatte.

»Es sieht wirklich gut aus, was der Mann isst«, sagte Kirsch leise zu Monika. »Hoffentlich ist das, was wir bestellt haben, ebenso gut.«

»Ich bin überzeugt davon«, sagte Monika. »Wir sind immer noch beim Sie, ist Ihnen das schon aufgefallen, Herr Kirsch?«

»Das können wir schnell ändern. Wollen Sie?«

»Ich denke wir sollten die Anstandszeit einhalten und bis nach dem Essen warten«, sagte Monika.

Ihr Girren drang bis an Larssons Tisch. Eigentlich war er es zufrieden, dachte aber daran, dass es nicht übermäßig klug wäre, es zu überspannen. Aber nun konnte er ohnehin nicht mehr eingreifen. Er musste sich darauf verlassen, dass Monika immer noch das Gespür einer Löwin hat, die bereit ist, den Versuch zu wagen, einen Büffel zu schlagen.

»Das ist ja anachronistisch«, sagte Kirsch lachend. »Aber solange werde ich mich ja wohl noch gedulden können.«

»Aber ich warne Sie«, sagte Monika in flockigem Ton. »Wer mich duzen will, muss schon mit mir eine Flasche Champagner trinken.«

»Ich bin nicht sicher, dass ich mir das leisten kann. Aber notfalls kann ich ja mein Auto verpfänden.«

»Das Auto? Das müsste schon etwas ganz Besonderes sein. Nicht jede Rostlaube wird in Zahlung genommen.«

»Meine Rostlaube schon«, sagte Kirsch. »Sie ist zwar nur weiß und hat ein Faltdach, wo andere Autos ein versenkbares Blechdach haben.«

»Das Auto ist ... weiß?«

»Ja.«

Monika schaute aus dem Fenster und sah schräg gegenüber den eingeparkten Wagen Kirschs.

»Mit einem faltbaren Dach?«

»So ist es.«

»Wenn das das Fahrzeug ist, das schräg gegenübersteht, bekommen wir sicher etwas mehr als eine Flasche Champagner«, sagte Monika lässig, als plaudere sie über ein Kleid von Dior.

»Davon kann man wirklich ausgehen.«

Monika Larsson war froh, dass ihr Essen gebracht wurde, sodass das leidige Gespräch über den Rolls-Royce vorüber war. Ihr war nicht klar gewesen, dass das teure Fahrzeug Sven Kirsch alias Till Eulenspiegel gehört. Sie würde sich augenblicklich etwas zurücknehmen.

Während des Essens sprachen sie über das Wetter, über die Sonne, die vom wolkenfreien blauen Himmel strahlte, und über den derzeit fehlenden Wind, den sie zum Segeln unbedingt brauchten. Und natürlich übers Essen, das wohl mindestens so gut war wie das von dem Mann am Nebentisch.

Larsson war klar, dass er noch etwas bestellen müsste, würde er nicht auffallen wollen. Und genau das wollte er nicht, auffallen. Also rief er die Bedienung noch einmal zu sich.

»Was können Sie mir als Nachtisch empfehlen, Doreen?«

»Alles ist hervorragend. Wir haben heute gratinierten Naturjoghurt mit Honig gesüßt und Spekulatius-Eis,

Vanille Creme Brûlee mit hausgemachtem Fruchtsorbet, Tartufo oder Schokoladen- oder Zitroneneis auf hausgemachter Fruchtsoße.«

»Und was würden Sie mir besonders empfehlen?«

»Vanille Creme Brûlee mit hausgemachtem Fruchtsorbet.«

»Essen Sie das auch?«

»Immer, wenn ich denn überhaupt in Ruhe hier zum Essen kommen würde.« Doreen lächelte ihn an, und er fragte sich, ob sie ihn in seiner Verkleidung in diesem Augenblick erkannt hatte.

»Na, wenn Sie das so warm empfehlen ... Ich nehme die Vanille-Creme-Brûlee.«

»Gern.« Doreen eilte wieder zur Küche. Sie musste sich sputen, denn inzwischen war nicht nur das Restaurant bis auf den letzten Platz besetzt. Auch der Sommergarten erfreute sich großer Beliebtheit. Einige Gäste mussten inzwischen schon warten, bis einer der Plätze frei wurde. Der Sommergarten des Olive war *der* Greifswalder Geheimtipp. Mitten im Stadtzentrum aber trotzdem ruhig und beschaulich gelegen, konnte man während des Sommers bei einem Glas Wein und schönem Essen direkt unter den Weinreben die Seele baumeln lassen, vom Alltag abschalten oder ein paar romantische Stunden genießen. Larsson hatte das hin und wieder mit Monika gemacht, aber auch mit Lara, seiner Tochter aus seiner ersten festen Beziehung.

Als die Bedienung sah, dass die beiden Gäste am Nebentisch Larssons mit dem Essen fertig waren, kam sie, um die leeren Teller abzuholen.

»Waren Sie zufrieden mit dem Essen?«

»Es war köstlich«, sagte Sven Kirsch. Und Monika unterstrich seine Feststellung mit einem »Wirklich, ein tolles Essen.«

»Haben Sie noch einen Wunsch?«

»Wollen wir noch einen Espresso nehmen?«, fragte Kirsch, und schaute Monika lächelnd an.

»Gerne.«

»Zwei Espressi«, wiederholte die Kellnerin Doreen und entfernte sich mit dem Geschirr.

Inzwischen musterte Larsson die Gäste im Restaurant. Er wollte herausfinden, ob irgendjemand von den Besuchern ein besonderes Interesse an Kirsch hatte. Er stellte fest, dass es keinen einzelnen Herrn an einem der Tische gab, auch keine zwei Männer, die interessiert zu dem Paar hinüberschauten. Es waren meist Einzelpaare, die mit anderen Gästen kombiniert worden waren, um die Plätze zu füllen.

Als die Kellnerin Doreen die beiden Espressi an den Nebentisch brachte, verlangte Larsson die Rechnung.

»Haben Sie noch einen Wunsch?«

»Nein, eigentlich nicht.«

Am Nebentisch fragte Monika: »Vorher oder nachher?«

Ohne, dass sie eine Absprache getroffen hätten, schien Sven Kirsch sofort zu verstehen, was Monika meinte.

»Ich fühle mich im Moment zu müde, um zu fahren«, sagte Kirsch. »Ich habe mich so vollgefressen, dass ich am liebsten eine halbe Stunde ruhen würde.«

Larsson war elektrisiert. Sein Plan schien aufzugehen. Jetzt käme es darauf an, wie Monika reagieren würde. Schon die Einleitung von ihr, *Vorher oder nachher?* war ein guter Anfang. Kirsch hatte angebissen. Als er bezahlt hatte, stand er auf, winkte noch einmal zu Doreen und zur Küche hinüber und verließ das Restaurant. Er beeilte sich, zum T4 der Kriminaltechnik zu kommen. Er klopfte dreimal, zweimal kurz an die Tür des Wagens, die dann einen Spalt weit aufgemacht wurde.

»Wir dürfen Fremde nicht reinlassen.« Paul Maier grinste Larsson entgegen.

»Lass den Unfug, Paul.«

»Deine Verkleidung ist zumindest perfekt.«

Larsson schlüpfte in den Wagen und schnappte sich seine Tüte mit den Ersatzsachen. Er zog sich schnell ein anderes Hemd und eine andere Hose an, nahm den Bart vom Gesicht und die Perücke ab.

Egon Bremer, der zweite Mann im Einsatzwagen der KT, reichte Larsson ein Headset. »Die Verbindung zum MEK«, sagte er. »Die Männer sind jetzt schon vor dem Haus. Sie warten auf deinen Einsatzbefehl.«

»Kenne ich den Einsatzleiter des MEK?«

»Robert Melchior.«

Larsson nickte. Es waren also Leute aus Anklam. Das beruhigte ihn.

»Einsatzleiter MEK, hören Sie mich?«

»Ich kann Sie gut verstehen, Larsson.«

»Wo seid ihr?«

»Verteilt an beiden Seiten des Eingangs. Wir warten nur auf den Einsatzbefehl.«

»Negativ. Aber haltet euch bereit.«

»Verstanden.«

»Du kommst gerade im richtigen Augenblick, Lasse. Kirsch ist zielstrebig vorgegangen. Er hat bei der Kellnerin ein Zimmer für 24 Stunden gebucht und ist gerade dabei, seinen Schatz die Treppe hochzuführen«, sagte Paul Maier.

Larsson war zufrieden. Es spielte sich exakt so ab, wie er es geplant hatte.

Sie hörten in der Übertragung, wie Doreen die Gäste zu ihrem Zimmer brachte und den Schlüssel in die Tür steckte. Dabei bedankte sich Kirsch bei der Frau, die sich ihrerseits für das bedankte, was er ihr zusteckte.

»Jetzt hat er ihr ein Trinkgeld gegeben«, stellte Paul Maier fest.

»Sieh ja zu, Paul, dass die Leitung steht.«

»Vielleicht ist es ja das Einzige, was steht«, frotzelte Maier.

»Sei nicht so lüstern«, sagte Bremer.

Sie konnten die Geräusche genau unterscheiden, hörten, wie die Tür zugeschlagen wurde und der Mann sagte: »*Endlich sind wir allein.*«

»Nicht so schnell, Sven. Das verstört mich. Oh, was ist denn das?«

»Eine Flasche Moët & Chandon.«

»Champagner?«

»Champagner, des weltweit größten Champagner-Hauses überhaupt«, schwärmte Kirsch.

Larsson sagte zu den Männern im Wagen: »Was ist mit der Kamera, Paul?«

»Und des besten Champagners der Welt?«

»Dom Pérignon Oenotheque und Limited Editions sind ...«, begann Kirsch den Satz.

»Gleich«, sagte Paul Maier und strahlte Larsson an.

»Besser!«

»Zumindest teurer.«

»Also besser?«

»Dom Pérignon ist ebenfalls eine Abfüllung des Hauses Moët & Chandon.«

»Jetzt«, sagte Paul Maier.

Larsson schaute auf den Monitor, der nach anfänglich ein wenig schlechter Bildqualität besser wurde, als Maier ihn nachgestellt hatte.

»Zufrieden?«

»Warum nicht gleich so«, sagte Larsson.

»Jetzt verstehe ich gar nichts mehr«, sagte Monika.

Ein Ploppen bestätigte den Männern im T4, dass Kirsch die Flasche geöffnet hatte. Und jetzt sahen sie es auch.

»Trinken wir auf einen unvergesslich schönen Tag.«

Die Männer hörten, wie die Gläser wieder auf den Tisch gestellt wurden.

»Und nun kommen wir zur Sache, den Bruderschaftskuss!«

Larsson stand hinter Paul Maier, der direkt vor dem Monitor saß. Er schaute ihm über die Schulter. Er sah, wie seine Frau sich zierte, als sie von dem Mann an sich gezogen wurde.

»Stell dich nicht so an. Du hast vorhin gefragt: vorher oder nachher. Und nun ist nach dem Essen, also nachher, und vor dem Spaß, also vorher!«

»Du reißt es aus dem Zusammenhang, Sven.«

Der Monitor flimmerte wieder. Den Geräuschen nach zu urteilen, schien sie sich zu wehren.

»Hör endlich auf, Sven. Ich habe keine Lust auf ein solches Spiel.«

»Was glaubst du eigentlich, wozu ich hergekommen bin?«

»Um mich kennenzulernen.«

»Und genau das wollen wir jetzt machen.«

»Hör auf! Du sollst aufhören!«

»Sei nicht so spießig«, sagte Kirsch und lachte laut.

Die Männer sahen, wie Kirsch ihr in den Ausschnitt des Kleides langte, das Kleid zerriss.

»Jetzt reicht's. Hör endlich auf, oder ich schreie!«

»Das solltest du lieber nicht tun«, drohte Kirsch.

»Sonst?«

»MEK.«

»MEK hört.«

»Haus betreten, leise die erste Etage zum Zimmer vier vordringen.«

»MEK verstanden.«

»Sonst zeige ich dir, was es heißt, einen Mann erst heißzumachen und ihn dann auflaufen zu lassen.«

Monika lachte, was gequält klang.

»Du wirst es nicht wagen, mich zu schlagen«, sagte sie.

Kirsch holte aus und schlug ihr hart ins Gesicht.

Monika fing an, sich an das zu erinnern, was sie mit Larsson ausgemacht hatte.

»Du Schwein! Hilfe … Hilfe! Hiiilfe.«

Wieder schlug Kirsch zu.

»MEK, Zugriff!«

In dem Augenblick, als Kirsch begann, Monika zu würgen, rammten die MEK-Beamten die Tür auf und nahmen den Mann fest.

»MEK, Festnahme beendet.«

»Nehmt ihn mit nach Anklam.«

18. Kapitel

Sonnabendabend, 2. August 2008

Larsson dachte über das Gespräch nach, das er soeben mit seinem Chef, Polizeioberrat Mälzer, geführt hatte. Er hatte nicht erwartet, Mälzer so spät in der Polizeiinspektion vorzufinden. Offensichtlich war die Erwartung, die mit der Festnahme Kirschs verbunden war, so groß, dass der Polizeioberrat die ersten Ansätze der Vernehmung des Festgenommenen durch Larsson beobachten wollte.

Es hatte fast drei Stunden gedauert, bis die Erkenntnisse und Fotos, die aufgezeichnet wurden, soweit bearbeitet waren, dass Larsson sie würde verwenden können. Was noch nicht fertig war, war das Auslesen und Bewerten der Mitteilungen, die man auf dem Handy Kirschs gefunden hatte. Das würde sicher noch einige Stunden in Anspruch nehmen. Aber man arbeitete im Haus bereits fieberhaft daran.

Nun betrat er, eine Mappe unter dem Arm, den Vernehmungsraum in Anklam. Vor einem Tisch saß Sven Kirsch. Neben der Tür stand einer der Beamten, der Bereitschaft hatte, und achtete darauf, dass Kirsch sich nichts antat.

Larsson schaltete das Aufzeichnungsgerät ein.

»Guten Abend, Herr Kirsch. Mein Name ist Lasse Larsson. Ich bin Kriminalhauptkommissar und führe mit Ihnen die ersten Gespräche über den Vorfall, der sich heute Mittag im Hotel Olive in Greifswald zugetragen hat. Ihr Name ist Sven Kirsch?«

»Ja.«

»Nennen Sie Ihren Geburtstag und Ihr Alter.«

»Ich bin am 14. August 1966 geboren.«

»Also 42 Jahre alt«, sagte Larsson.

»Exakt.«

»Wie ist Ihr beruflicher Hintergrund?«

»Ich bin Geschäftsführer der Stephan Kirsch GmbH mit Sitz in Einhaus.«

»Einhausen am Rhein?«

»Nicht Einhausen. Nur Einhaus, praktisch gehört der Ort zu Ratzeburg im Herzogtum Lauenburg in Schleswig-Holstein mit 381 Einwohnern.«

»Da kennt ja jeder jeden?«, stellte Larsson fest.

Kirsch macht ein vielsagendes Gesicht. »Wir arbeiten gern von dort aus.«

»Meinen Sie die Stephan Kirsch GmbH?«

»Ja.«

»Ist die Adresse in Einhaus gleichzeitig Ihre Wohnadresse?«

»Exakt.«

»Nennen Sie mir bitte die Mitarbeiterzahl im Betrieb.«

»Zwei.«

»Zwei?«

»Meine Frau und ich. Es ist eine Zwei-Mann-GmbH, die sich mit dem Vertrieb von Finanzanlagen beschäftigt.«

»Interessant. Kann ich davon ausgehen, dass sich das rentiert?«

Zum ersten Mal, seit Larsson den Raum betreten hatte, lächelte Kirsch. »Geringfügig.«

Larsson blätterte noch einmal in seiner Mappe.

»Gegen Sie wird wegen des dringenden Verdachts einer versuchten Vergewaltigung ermittelt, wobei noch zu klären sein wird, ob eine beabsichtigte Tötung einbezogen werden muss. Natürlich steht es Ihnen nach dem Gesetz zu, die Aussage zu verweigern und nach Paragraf 140 Strafgesetzbuch Absatz 1 und 2, unmittelbar einen Verteidiger an Ihre Seite zu holen.«

»Ich kenne mich damit aus«, sagte Kirsch. »Warten wir erst einmal ab, was Sie gegen mich in der Hand haben.«

»Das steht Ihnen natürlich frei.«

»Es gab keine versuchte Vergewaltigung. Es war der Versuch, einer einvernehmlich stattfindenden sexuellen Beziehung nachzugehen.«

»So so, eine einvernehmliche sexuelle Beziehung. Deshalb hat die Frau ja auch um Hilfe geschrien.«

Larsson holte einige Fotos hervor, die von Monika gemacht wurden, nachdem Kirsch festgenommen worden war. Eins zeigte Würgemale am Hals, ein zweites ihr Gesicht mit aufgeplatzter, blutender Lippe. Er schob die beiden Fotos über den Tisch.

»Sieht so ein einvernehmlicher Sex aus?«

»Sie waren wohl noch nie in der SM-Szene unterwegs?«, fragte Kirsch.

»SM?«, fragte Larsson lapidar.

»Sadomasochismus, eine sexuelle Devianz.«

»Eine Devianz also.«

»Ein abweichendes Verhalten. So werden in Soziologie und Psychologie Handlungen bezeichnet, die gesellschaftlichen Regeln und Erwartungen widersprechen.«

»Ich weiß«, sagte Larsson. »Ich frage nur, ob diese Frau«, er schaute umständlich in seiner Akte, »diese Frau Landris mit dem Würgen einverstanden war.«

»Aber selbstverständlich. Wir brauchen Lust oder Befriedigung durch die Zufügung oder das Erleben von Schmerz, Macht oder Demütigung«, erklärte Kirsch ruhig.

»In der SM-Szene bin ich nicht so bewandert«, sagte Larsson. »Meinen Sie damit eine Potenzierung der Lust durch zum Beispiel Würgen eines der Teilnehmer, bis er die Besinnung verliert?«

»Ja. Man kann das auch mittels einer über den Kopf gezogenen Plastiktüte herbeiführen. Aber das ist nur eine der Praktiken. Es gibt Dutzende andere.«

»Das glaube ich Ihnen gern.«

»Im Augenblick ist Frau Landris noch nicht vernehmungsfähig. Ich hoffe, dass das morgen oder spätestens

Montag der Fall sein wird. Solange werden Sie unser Gast sein.«

»Das ist doch wohl nicht Ihr Ernst«, protestierte Kirsch.

»Absolut.«

»Meine Frau erwartet, dass ich sie heute anrufe. Sie wird sich schon Sorgen machen.«

»Das können wir gern für Sie übernehmen.«

Kirsch schäumte. »Ausgerechnet jetzt ist mein Anwalt unterwegs in Chile.«

»Dann nehmen Sie sich entweder einen anderen Anwalt, oder das Gericht wird Ihnen einen Pflichtverteidiger bestellen. Ganz wie Sie wollen.«

»Ich kann keinen anderen Anwalt nehmen. Keiner ist so gut wie Berg.«

Larsson ahnte, warum das so war. »Berg kommt aus demselben Verein?«

»Ja, deshalb kennt er sich damit richtig aus.«

»Kennt Ihre Frau Ihre Neigung zu SM?«

»Ja.«

»Toleriert sie das?«, fragte Larsson.

»Solange ich diese Neigung woanders auslebe, ja.«

»Haben Sie Kinder?«

»Zwei«, sagte Kirsch einsilbig.

»Wie alt sind die Kinder?«

»Zwölf und vierzehn Jahre.«

»Da befinden sie sicher mitten in der Pubertät?«

»Es ist nicht immer leicht, damit fertig zu werden. Aber das hat uns ja alle früher oder später einmal getroffen.«

»Da kann ich Ihre Frau gut verstehen. Es würde sich auch sicher nicht so gut machen, wenn die pubertieren Kinder dazukämen, würden Sie gerade Ihre Frau würgen.« Larsson war sich klar darüber, dass dieser Einwurf nicht der Kompetenz einer Vernehmung entsprach.

»Es gibt eine schriftliche Vereinbarung zwischen uns, die das ausschließt.«

»Haben Sie nie den Versuch gestartet, Ihre Frau für Ihre Neigung zu begeistern?«

»Natürlich, im Anfang unserer Beziehung. Aber sie ist die Seele des Geschäfts. Also werde ich tunlichst die Finger von ihr lassen.«

»Was meinen Sie damit?«

»Sie akquiriert die Kunden hauptsächlich telefonisch, und ich übernehme dann die Verhandlung bis zum Abschluss.«

»Das ist natürlich eine Win-Win-Situation. Eine Zwei-Mann-GmbH, die so viel Gewinn abwirft, dass man gut davon leben kann.«

»Eben. So etwas setzt man nicht aufs Spiel.«

Larsson nickte. »Schon gar nicht wegen einer kleinen sexuellen Devianz.«

»Was mich wundert, ist, dass die Polizei beim ersten Mucks der Frau ...«

»Hilfeschrei«, verbesserte Larsson.

»... vor Ort war. Das riecht nach einer Falle. Da neidet uns jemand unseren Lebensstil.«

Larsson lachte auf. »Das kann schon sein. Sozialneider gibt es überall. Ich denke aber, die Polizei gehört nicht dazu. Und ich glaube auch nicht, dass es um Ihren Rolls-Royce geht. Wäre das so, würde ein anderes Fachdezernat den Fall bearbeiten.«

»Was heißt das?«

»Wir suchen eine junge Frau, die spurlos verschwunden ist. Und Sie kennen die Frau, nicht nur ihren Namen.«

»Ich?«

»Marie Duplessis.«

Larsson beobachtete, wie sich Kirschs Gesicht verfärbte. Es wurde mit einem Mal kreidebleich.

»Ich kenne Marie Duplessis.«

»Daran können Sie sich so genau erinnern?«

Kirsch nickte.

»Ich habe Sie nicht verstanden«, sagte Larsson.

»Ja.«

»Woher?«

»Das werden Sie wohl schon wissen«, sagte Kirsch.

»Kennen Sie den Namen van der Bildt?«

Kirsch nickte. »Roman. Bei seinem Begleitservice habe ich Marie gefunden.«

»Ein Duzfreund?«

»Ja.«

»Was verband Sie, dass sie sich duzten?«

»Ich mochte seine Mädchen und die Vielzahl der Möglichkeiten, die er anbot.«

Larsson dachte an Zossima Pokrovskii. Er beschloss, diesen Trumpf noch nicht auszuspielen. Zuerst wollte er die Querverbindungen Roman van der Bildts via Zossima Pokrovskii und auch die zwischen Kirsch, Zossima Pokrovskii und der SM-Szene überprüfen.

»Marie Duplessis hatte noch einen anderen Namen.«

»Ginerva Renzi. Unter dem Namen habe ich sie kennengelernt«, antwortete Kirsch.

»Eine Italienerin?«

»Wohl eher nicht.«

»Wie und wo haben Sie sie kennengelernt?«

»In van der Bildts Büro. Wir pflegten dort hin und wieder einen kleinen Drink einzunehmen und uns über Neuigkeiten in seinem Etablissement und dem Begleitservice zu unterhalten. Er widmete sich mir, um mir einen Neuzugang im Begleitservice schmackhaft zu machen, zeigte mir eine jungen Frau, die er mir schließlich als Ginerva Renzi vorstellte.«

»Waren Sie von der jungen Frau angetan?«

»Ja. Das war ich. Sehr sogar.«

»Können Sie etwas zu ihrer Namensänderung sagen?«

»Es war genau bei dieser Vorstellung, als van der Bildt feststellte, dass sie unter einem anderen, einem aufregenderen Namen bei ihm zu buchen sein sollte. Er fragte mich, ob ich einen Vorschlag hätte.«

»Hatten Sie einen?«

»Nicht so recht. Ich sagte ihm nur, er könne ja unter im Netz unter berühmte Kurtisanen nachschauen.«

»Offensichtlich hat Bildt das ja auch gemacht.«

»Er hat mir einige Namen genannt, zum Beispiel die Pariser Kurtisane Longeau oder Thelma Furness.«

»Doch dafür hat er sich nicht entschieden. Wieso für Marie Duplessis?«, fragte Larsson.

»Ich machte ihm den Vorschlag, Ginerva Renzi schließlich Maria Duplessis zu nennen.«

»Aus welchem Grund?«

»Sie war das historische Vorbild für Alexandre Dumas' Roman ›Die Kameliendame‹. Das hatte eine bestimmte Aura, die van der Bildt bevorzugte.«

»Kommen wir zurück zu den vielen Möglichkeiten, die Sie in van der Bills Etablissement erwähnten«, sagte Larsson. »Wie muss ich mir das vorstellen?«

»Für Kunden wie mich, die hauptsächlich in der SM-Szene verkehrten, hatte er dann so Leckerbissen, bei denen man nicht Nein sagen konnte. Leckerbissen wie Studentinnen, die sich ein Zubrot zu ihrem Studium verdienen mussten, um zu überleben. Und einige von denen fanden dann auch Männer, die sie komplett aushielten. Doch van der Bildt sah das nicht so gern. Und wenn, dann hatte man ihm eine gehörige Portion Abstand zu zahlen.«

Larsson dachte einen Augenblick nach. Er wusste, dass Mälzer zuhörte.

»Haben sich Studentinnen tatsächlich für SM-Spiele hergegeben?«

»Einige wenige.«

»Haben diese jungen Mädchen gebracht, was eine SM-erfahrene Frau geleistet hat?«

»In der Regel eher nicht. Sie haben's mehr oder weniger über sich ergehen lassen, nur einige ganz wenige waren überhaupt dafür zu gebrauchen.«

»Maria Duplessis?«

Kirsch schüttelte den Kopf. »Mit ihr konnte man so was überhaupt nicht machen. Bei den ersten beiden Malen unseres Zusammentreffens haben wir ausschließlich miteinander gesprochen. Und dabei habe ich mich in sie verliebt.«

»Wir machen eine kurze Pause«, sagte Larsson und stellte das Aufzeichnungsgerät ab.

»Können Sie mir etwas zu trinken mitbringen?«, fragte Kirsch.

»Kaffee, Cola oder Mineralwasser?«

»Mineralwasser wäre gut.«

Larsson nickte dem Beamten zu. Dann verließ er den Raum.

*

Als Larsson zurückkam, brachte er einen Laptop und eine Flasche Mineralwasser mit, die er vor Kirsch hinstellte. Er schaltete das Aufzeichnungsgerät wieder an.

»Es hat ein wenig länger gedauert, doch dafür habe ich ein paar kleine Überraschungen mitgebracht.«

»Und nun erwarten Sie, dass ich gespannt darauf bin«, sagte Kirsch.

»Ich bin ganz überzeugt davon, dass Sie schon jetzt sehr darauf gespannt sind, was ich denn so mitbringen könnte. Eine Übertragung aus Ihrem iPhone.«

Larsson klappte den Laptop auf. »Schauen Sie gut hin, Herr Kirsch. Denn dafür brauche ich von Ihnen einige Erklärungen.« Er drückte auf eine Taste.

Auf dem Laptop begann eine eigenartige Szenerie. Ein Zimmer lag im Halbdunkel. Durch das Bild lief eine junge Frau splitternackt, die sich auf das Sofa setzte. Danach kamen Bilder, die jeweils einige Sekunden stehen blieben, dann dem nächsten Platz machten. Sie zeigten jeweils Ginerva Renzi, auf einem Schiff, vor dem Haus, in dem ihre Wohnung lag, vor einem schwarzen Smart-Sportwagen, vor einem exklusiven Textilgeschäft an der Binnenalster, vor dem Feuerschiff LV13, einer Hamburger Attraktion, das Veranstaltungsort, Restaurant und gediegenes Hotel in einem war.

»Sie haben Ginerva Renzi ausspioniert«, stellte Larsson kurzerhand fest. »Das ist ein Straftatbestand.«

Er klickte die Bilder wieder rückwärts. »Der Smart, ist der von Ihnen?«

»Sie fand ihn wunderbar. Er war zwar schon gebraucht, aber fast wie neu. Ich musste die Karre dem Besitzer einfach abkaufen.«

»Ist das das Haus, in dem Ginerva Renzis Wohnung ist?«

»Im ersten Stock.«

Larsson klickte das nächste Bild an und ließ das Bild mit dem Schiff ein wenig stehen.

»Der rote Schornstein des Schiffes ...«

»Stena Germanica ... Kiel Göteborg«, sagte Kirsch. Wir sind mit ihrem kleinen Wagen gefahren und haben im Elite Plaza in der Västra Hamngatan gewohnt. Sie bestand darauf. Ich fand das gar nicht so schlecht. Sie war schließlich meine Geliebte. Ich habe sie in allen Situationen fotografiert und mich daran erfreut.«

Larsson nickte und lächelte ihn zweideutig an. Er ließ die Bilder wieder bis zu dem Feuerschiff laufen.

»Reden wir mal über das Schiff. Sie waren vor gut vier Wochen dort nicht nur angemeldet, haben dort mit Ginerva Renzi übernachtet, sondern Sie sind auch sehr spektakulär mit einem Hubschrauber auf dem Deck des Schiffes gelandet. Wir wissen sogar, dank Ihrer guten Buchhaltung, die Sie im Handy gespeichert haben, was Sie verzehrt haben. Gebratene Riesengarnelen mit Papaya, Mango, Kiwi und Kirschtomaten als Vorspeise, argentinisches Rinderfilet mit gebackenen Bohnen-Bündchen, Fingermöhren und Kartoffelgratin als Hauptgang.«

»Stimmt nicht ganz«, sagte Kirsch. »Kartoffelgratin gab's nur einmal, für mich hatte ich Bratkartoffeln bestellt.«

»Was so ein iPhone doch alles kann«, sagte Larsson. »Und der Rest des Bildmaterials hat sich ausschließlich mit der jungen Frau befasst, die nun spurlos verschwunden ist. Sie haben also ein wahnsinniges Problem. Wenn die Frau nicht auftaucht, wird man versuchen, genügend Material für eine Mordanklage zusammenzubringen.«

Larsson ließ den Film weiterlaufen, den man aus den einzelnen Teilstücken des iPhones Kirschs zusammengestellt hatte. Wieder lief die junge Frau in ihrem Wohnzimmer durchs Bild, schaute sich ängstlich um und kniete sich vor den kleinen antiken Schreibtisch nieder. Sie zog eine Schublade raus, drehte sich um und klebte etwas unten dagegen. Dann packte sie die herausgefallenen Sachen wieder in die Schublade und steckte diese wieder in den kleinen Schreibtisch hinein.

»Und? Was hat das zu sagen?«

»Es waren Liebesbriefe, die ich an sie geschrieben habe, die sie gesammelt hat. Sie wollte es fremden Menschen nicht gestatten, sie zu lesen. Also versteckte sie die Briefe.«

»Da wird Ihnen die Fortsetzung gleich gefallen«, sagte Larsson.

Wieder lief der Film weiter. Man sah, wie zwei Männer die Wohnung von Ginerva Renzi durchsuchten. Dabei stellten sie alles auf den Kopf, schmissen Gegenstände aus den Schubladen der Schränke auf den Fußboden und fanden schließlich die Briefe, die die junge Frau unter eine der Schubladen des kleinen Schreibtisches geklebt hatte. Dann verließen sie den Raum.

»Haben Sie dazu etwas zu sagen?«

Als Kirsch nichts sagte, fasste Larsson noch einmal nach. »Sie kennen die Männer?«

Kirsch nickte. »Einen davon.«

»Und?«

»Er arbeitet für Roman van der Bildt.«

»Die Frage ist nun, hinter wem war Roman van der Bildt eigentlich her? Hinter Ihnen? Oder hinter Ginerva Renzi?«

»Ich denke, hinter uns beiden. Wir hatten ein Problem mit der Ablösesumme. Er forderte 70.000 Euro. Ich bin zwar nicht arm, aber wenn ich diese Summe auf einmal von meinem Konto abgehoben hätte, wäre meine Ehe am Ende gewesen.«

»Hat van der Bildt Sie mit diesen Briefen erpresst?«

»Ja.«

»Was stand in den Briefen, dass Sie dadurch erpressbar wurden?«

»Ich hatte ihm 35.000 Euro für die Auslösung Ginerva Renzis geboten, davon 20.000 Euro angezahlt. Den Rest wollte ich ihm in zwei Raten geben.«

»Das war van der Bildt nicht genug?«

»Nein.«

»Er wollte sie meiner Frau zukommen lassen, damit sie die 50.000 Euro für die Auslösung meiner Geliebten aufbringen sollte. Schließlich wolle ich mich ja mit ihr aus dem Staub machen.«

»Woher wusste er das? Aus den Briefen?«

»Ja.«

»Sagten Sie nicht, dass Roman van der Bildt und Sie Freunde wären, Duzfreunde?«

»Spätestens beim Geld hört die Freundschaft auf.«

»Waren Sie Feinde?«

»Freunde bestimmt nicht mehr«, sagte Kirsch.

»Sie sind Anlageberater?«

»Das sagte ich bereits.«

»In welcher Größenordnung bewegt sich Ihr Jahresumsatz?«

»Das muss ich Ihnen nicht zwangsläufig erklären.«

»Natürlich nicht. Doch würde ich mir das an Ihrer Stelle sehr überlegen, denn kommen wir miteinander nicht weiter, werde ich dort das Fachdezernat OK einschalten. Und die finden das ganz bestimmt heraus. Also frage ich Sie noch einmal, in welcher Größenordnung bewegt sich Ihr Jahresumsatz?«

Kirsch wusste, dass die Abteilung Organisierte Kriminalität immer etwas finden würde. Schließlich fragte er seine Kunden nicht, woher sie ihr Geld bekamen, das sie über ihn anlegten.

»Das ist sehr unterschiedlich. Zwischen 30 und 50 Millionen Euro«, sagte er.

Larsson stieß einen leisen Pfiff aus. »Das sind nicht eben Peanuts.«

»Nein.«

»Geben Sie mir mal einen kurzen Abriss über Ihren Kundenstamm. Ich meine jetzt nicht die Kunden, die Sie in Deutschland haben.«

»Die Stephan Kirsch Finanzberatung GmbH ist international tätig.«

»Das heißt?«

»Weltweit. Im Augenblick ist Dr. Berg für uns in Chile unterwegs. Dort wird für einige solvente Kunden aus China unter anderem eine große Farm gesucht, die käuflich zu erwerben ist.«

»Aus China? Das ist beachtlich. Haben Sie auch Kunden aus Russland?«

»Ja.«

»Und der Ukraine?«

Kirsch zuckte mit den Achseln. »Aus der Ukraine, aus Griechenland, Italien und Norwegen.«

Larsson dachte daran, dass er irgendetwas in diesem Leben falsch machen musste. Er würde auch nie dazu kommen, einen Rolls-Roys zu fahren. Doch das wollte er letztlich auch gar nicht. Und ein total sorgenfreies Leben gab es auf dieser Welt nicht. Also würde er weiterhin auf der Seite der Guten stehen wollen und das Böse bekämpfen. Einen Augenblick lang war er wieder versucht, nach Zossima Pokrovskii zu fragen, um Kirsch damit in

Schwierigkeiten bringen zu können. Doch erst wollte er am Wochenende mit seinem Kollegen in Hamburg telefonieren. Er war sicher, dass man beim Verfassungsschutz etwas über diesen Ukrainer vorliegen hatte. Wenn es ihm gelänge, eine Querverbindung zwischen diesem Pokrovskii, Kirsch und der SM-Szene herstellen zu können, hätte er mehr in der Hand, als Kirsch ohne deftigen Hintergrund zugeben würde.

»Ich lasse jetzt das Protokoll aus dieser Vernehmung schreiben, danach werden wir heute fürs Erste Schluss machen.«

19. Kapitel

Montag, 4. August 2008

Am Montag führte der erste Weg in der Polizeiinspektion in Anklam Larsson zu seinem Chef, Polizeioberrat Mälzer.

Babette Schulze begrüßte ihn mit den Worten: »Der Chef wartet schon seit einer halben Stunde auf Sie, Herr Hauptkommissar. Ich hoffe, Sie haben sich gut auf diese Besprechung vorbereitet.«

Polizeioberrat Mälzer saß an seinem Schreibtisch und studierte Satz für Satz das Vernehmungsprotokoll.

»Setzen Sie sich, Larsson. Ich lese das Protokoll schnell noch zu Ende. Das entwickelt sich ja wirklich dramatisch«, sagte er. »Ich glaube, es ist nun an der Zeit, der Sache einen offiziellen Anstrich zu geben.«

Larsson wusste genau, was Mälzer damit meinte. Er wollte den gesamten erarbeiteten Komplex nicht nur nach Neubrandenburg abgeben, sondern aller Wahrscheinlichkeit nach zum LKA nach Schwerin.

»Das ist Ihre Entscheidung, Herr Polizeioberrat«, stellte Larsson sachlich fest. »Ich gebe nur zu bedenken, dass ich nur noch einige Tage brauche, um den Mann so weit zu haben, dass wir nicht nur über den Verbleib von Ginerva Renzi Bescheid wissen, sondern darüber hinaus ein Wespennest der Korruption und der OK dem LKA zum Fraß vorwerfen können.«

»Ich hatte am Sonnabend noch einen Termin«, sagte Mälzer. »Deshalb war ich auch nicht in der Lage, bis zum Schluss Ihrer Vernehmung zuzuhören. Meine Frage ist nun, wie wollen Sie weiter verfahren?«

»Ich werde Kirsch mit drei Dingen festnageln. Erstens seine Einlassung einer Twitter-Nachricht, in der er in Verbindung mit dem Verschwinden Ginerva Renzis über sich sagt, *vielleicht habe ich einen Fehler gemacht. Wenn ja, möge Gott mir verzeihen.* Ich werde aus ihm herausbekommen, was Gott ihm verzeihen möge. Als Zweites werde ich ihn mit seiner Bekanntschaft zu Zossima Pokrovskii in die Enge treiben, denn dieser ist nicht nur ein Verbindungsmann eines unserer Dienste, sondern auch aktiv in der SM-Szene tätig ist. Alle gecheckten Querverbindungen sagen drittens, dass wir damit ganz dicht vor dem Erfolg stehen.«

*

»Nachdem wir am Sonnabend ausführlich über ihre Person gesprochen haben«, sagte Larsson zu Kirsch, »möchte ich mich heute gerne mit Ihnen dem Fall aus der Sicht der verschwundenen Frau Ginerva Renzi widmen. Wann haben Sie sie das letzte Mal gesehen?«

»An dem Tag, an dem man ihre Wohnung durchsuchte und die brisanten Briefe von mir gefunden wurden.«

»Wann war das genau?«

»Das ist erst wenige Tage her.«

»Wusste Ginerva Renzi, dass Sie sie mit Videoaufzeichnungen überwachen?«

»Natürlich nicht.«

»Was hat sie Ihnen erzählt, als Sie sich mit ihr trafen?«

»Sie sagte, sie sei aus der Stadt gekommen und habe ein Schlachtfeld vorgefunden. Als ich kam, war die Wohnung noch immer nicht völlig aufgeräumt. Sie sagte mir, dass ich vorsichtig sein solle, weil man die Briefe gefunden habe, die ich ihr während unserer Liebschaft schrieb.«

»Haben Sie irgendjemanden gesehen, als Sie in das Haus gingen?«

»Nein. Aber ich habe auch nicht sonderlich darauf geachtet.«

»Das wird nicht das Einzige sein, was sie Ihnen erzählt hat. Wie ging es weiter?«, fragte Larsson.

»Sie sagte, dass sie wisse, was die Kerle eigentlich gesucht haben.«

»Und? Lassen Sie sich bitte nicht jedes Wort aus der Nase ziehen.«

»Sie sagte, dass es geklingelt habe. Sie sei hinausgegangen, habe durch den Spion geschaut und Hubert Koertig gesehen.«

»Wer ist Hubert Koertig?«, fragte Larsson ungeduldig.

»Die rechte Hand von Roman van der Bildt. Praktisch Mädchen für alles.«

»Ich nehme an, Frau Renzi war sehr erfreut darüber.«

»Sie sagte, sie habe nicht geöffnet, sondern gefragt, was er denn wolle. Er habe geantwortet, wenn sie nicht wolle, dass er wiederkommt, möge sie ihm das gewisse Buch geben.«

»Was denn für ein Buch?«

»Das habe ich Gini auch gefragt. Sie sagte, sie habe so ein kleines Buch bei van der Bildt gesehen. In einem Augenblick, in dem sie allein in seinem Büro war, habe sie schnell hineingeschaut. Es sei voller Namen gewesen, hinter denen Summen standen.«

»Hat sie sonst noch etwas zu dem Buch gesagt?«

»Nein«, sagte Kirsch. »Aber es könnte eine Auflistung von Leuten sein, die ihm gewisse Summen schulden, oder ...«

»Oder? Was könnte noch infrage kommen?«

»Es könnten Namen von Leuten sein, die Frischfleisch für seine Unternehmungen herangeschafft haben. Und die Summen, die er dafür ausgegeben hat.«

»Frischfleisch? Sie meinen junge Frauen. Woher kamen diese?«

Kirsch zuckte mit den Schultern. »Aus Rumänien, aus Bulgarien, Serbien, Ungarn oder dem übrigen Ostblock.«

»Aber für seinen Begleitservice, kann man doch nicht irgendwelche Mädchen von irgendwo herschaffen. Dafür braucht man gebildete Damen, jedenfalls wenn ich Ihren bisherigen Ausführungen Glauben schenken darf.«

»Van der Bildt hat sie ja auch nicht für den Begleitservice geordert.«

»Sondern?«

Kirsch macht sein undurchdringliches Gesicht und zuckte mit den Schultern.

»Es waren die verschiedensten Typen von Frauen, auch einige etwas ältere, die als Domina eingesetzt wurden.«

»Kennen Sie den Namen Zossima Pokrovskii?«, fragte Larsson wie beiläufig.

Er sah, dass der Name wie ein Peitschenhieb eingeschlagen hatte. Dennoch versuchte Kirsch, das Unheil abzuwenden.

»Was für ein Ding?«

»Pokrovskii, Zossima Pokrovskii.«

»Bestimmt nicht. Der Name ist ja nicht einmal aussprechbar.«

»Ich bin verwundert«, sagte Larsson. »Sie scheinen ein verdammt kurzes Gedächtnis zu haben.«

»Haben Sie vielleicht eine Verbindung zwischen mir und diesem Mann auf meinem Handy gefunden?«

Larsson schüttelte den Kopf.

»Was dann?«

»Wahrscheinlich hat dieser Zossima Pokrovskii ein Prepaid-Handy benutzt, sodass ein Rückverfolgen unmöglich ist«, sagte Larsson.

»Da kann ich Ihnen auch nicht helfen, leider. Aber so ist das Leben.«

»Ja«, sagte Larsson pathetisch. »Da haben wir leider Pech. Und Sie wollen mir wirklich nicht helfen? Denken Sie doch bitte noch einmal nach.«

Kirsch schüttelte den Kopf. »Bedaure.«

Larsson machte seine Mappe auf. Er holte drei Bilder heraus, die er nach und nach langsam über den Tisch schob. Er zeigte mit dem Finger auf das erste Bild.

»Haben Sie diesen Mann auch noch nie gesehen?«

»Bedaure, nein.«

Jetzt gab seine Hand das zweite Bild frei. Es zeigte Kirsch zusammen mit einem Mann an einer Bar.

»Fällt es Ihnen vielleicht jetzt wieder ein? Wer ist dieser Mann?«

»Woher soll ich das wissen? Es ist ein Mann an einer Bar, an der ich zufällig auch sitze. Das ist alles.«

»In diesem Mercedes sitzen zwei Männer«, sagte Larsson gelassen und zeigte aufs nächste Bild. »Der Beifahrer sind Sie, Herr Kirsch. Wer also ist der andere Mann?«

Kirsch starrte auf das Bild.

»Ich helfe Ihnen gern etwas nach. Der Benz ist auf einen Zossima Pokrovskii, wohnhaft in Berlin-Dahlem, zugelassen.«

Kirschs Gesicht wechselte die Farbe.

»Haben Sie mir etwas zu sagen, Herr Kirsch?«

Larsson ließ ihm noch ein wenig Zeit, um sich von seinem Schock zu erholen. Dann setzte er nach. »Na? Können Sie nun die Gedächtnislücken wieder füllen?«

»Wenn ich das könnte, dann würde ich nicht nur mit meinem Leben spielen, sondern auch mit dem meiner Familie, meiner Frau und meinen beiden Kindern. Und das werde ich auf keinen Fall tun.«

»Da habe ich wohl voll in ein Wespennest gestochen.«

»Das ist noch untertrieben«, sagte Kirsch.

Um ans Ziel zu kommen, müssen alle tatrelevanten Gesichtspunkte, alle Tatvorhalte, alle Tatbestandsmerkmale und alle Umstände angesprochen werde, die für die Strafzumessung von Bedeutung sind, dachte Larsson. Er fragte sich, ob er tatsächlich alles angesprochen hatte. Verglich er die Tatsache, dass er über Zossima Pokrovskii nur gesperrte Daten gefunden hatte und sein Freund Wolfgang Lesser vom Verfassungsschutz in Hamburg auch nicht so recht mit der Sprache rausrücken wollte, waren die letzten beiden Sätze von Kirsch zwar ein halbes Geständnis, aber eins, das so allein nicht verwertbar war.

Die Tatsache, dass die Querverbindungen zwischen Roman van der Bildt und Zossima Pokrovskii zu Menschenhandel in großem Stil führten, ließen die Ausführungen Kirschs in einem zwar noch nebulösen, aber für Larsson durchaus nachvollziehbarem Licht erscheinen.

»Ich kann Sie ja nicht zwingen, mir etwas zu sagen. Aber vielleicht denken Sie mal daran, dass, wenn ich Sie jetzt auf freien Fuß setzen würde, Zossima Pokrovskii an Sie die Frage stellen könnte, warum das wohl so geschehe. Oder ob es dafür eine Gegenleistung Ihrerseits gegeben hätte. Denn wenn er so clever und gefährlich ist, wie Sie behaupten, dann wird er sich sicher schlaugemacht haben, wer mit Ihnen bei der Polizei spricht. Dann würde aller Wahrscheinlichkeit nach mein Name fallen. Und der hat im Ostblock überhaupt keinen guten Eindruck für Nachsicht hinterlassen.«

»Das mag sein«, sagte Kirsch. »Aber er würde mir wohl glauben.«

»Warum nehmen Sie an, dass er Ihnen glaubt?«

»Als die Drohung bezüglich des Buches mit den Adressen von Hubert Koertig gegen Ginerva ausgesprochen wurde, habe ich den Mann abgepasst und mittels einer Summe von 5.000 Euro dazu gebracht, mir zu sagen, was es mit der Drohung auf sich hat.«

»Und?«

»Er sagte, Roman van der Bildt habe Pokrovskii über den Verlust des Buches ins Vertrauen gezogen.«

»War das nicht eine gefährliche Entscheidung von ihrem Chef?«, fragte Larsson.

»Das schon. Aber wer immer dieses Buch finden würde, fände darin auch den Namen des Ukrainers. Und deshalb versprach der wohl, sich neben der Beschaffung des Buches auch um Gini zu kümmern.«

»Wie reagierten Sie, als Sie davon erfuhren.«

»Ich habe Ginerva gewarnt.«

»Wie kann ich das verstehen?«

»Ich rief sie an, sagte, sie solle untertauchen.«

»Wohin untertauchen?«

»Das hat sie mich auch gefragt«, sagte Kirsch. »Ich hatte Gini gesagt, sie soll niemandem öffnen. Ich würde mich um eine sichere Unterkunft für sie bemühen und sie am nächsten Tag aus Hamburg wegbringen. Der nächste Tag aber war der Tag, an dem ich umsonst zu ihr gefahren bin. Niemand von den Nachbarn wusste überhaupt etwas von Frau Renzi. Es war, als wäre sie niemals in diesem Haus gewesen.«

»Eine junge Frau verschwindet auch nicht am hellichten Tage und wird dann nicht mehr gefunden, Herr Kirsch. Sie waren doch des Öfteren in diesem Haus. Hatten Sie irgendein Gefühl, dass etwas mit diesem Haus nicht stimmen würde?«

Kirsch dachte einen Augenblick nach.

»Ich denke, das war ein reines Wohnhaus. Tagsüber habe ich kaum jemanden gesehen. Abends oder nachts waren die Fenster teilweise beleuchtet. Aber ich bin so gut wie nie jemanden im Haus begegnet.«

»Wissen Sie, wo das Buch abgeblieben ist, das Ginerva Renzi bei van der Bildt gefunden hat?«

Kirsch lachte auf. »Wenn ich es wüsste, würde ich es Ihnen nicht sagen.«

»Warum?«

»Es wäre meine Lebensversicherung.«

»Sind Sie deshalb gestern mit Pokrovskii zusammengetroffen?«

Kirsch zuckte mit den Schultern, sagt aber nichts.

»Nehmen wir mal an, Sie geben ihm das Buch. Warum sollte er Sie dann leben lassen?«

»Wenn es in falsche Hände kommt, fliegt er auf.«

»Mit dem Handel von Frischfleisch«, stellte Larsson provokant fest.

»Auch.«

»Womit noch?«

»Seine Zugehörigkeit zum SBU.«

»Was ist das?«

»Sluschba bespeky Ukrajiny, der ukrainische Inlandsgeheimdienst.«

Larsson dachte darüber nach, was dieser in Deutschland zu suchen hatte. Er konnte sich das nicht beantworten. Vielleicht Systemgegner ausfindig machen und unter Druck setzen. Vielleicht, vielleicht auch nicht. Aber irgendwas Bedeutendes musste es sein, denn sonst wären nicht alle Dateien über diesen Mann gesperrt. Nicht einmal Wolfgang Lesser hatte ihm Auskunft geben können.

»Wer hat Ihnen das gesagt?«

»Pokrovskii hat mir gestern auch gesagt, dass er einer Spezialeinheit angehört, die vergleichbar mit der GSG-9 ist ... namens ALFA. Wenn ich auch nur muckse, würde das die Interessen seines Staates betreffen, und ich könne mir dann ausmalen, wo ich mich wiederfinden würde.«

Larsson sah auf seine Uhr.

»Wir machen eine Mittagspause von einer Stunde«, sagte er und nickte dem Beamten an der Tür zu, der Kirsch zurück in seine Zelle führen würde.

*

Larsson suchte sich die Adresse heraus, die die Halterabfrage des Berliner Fahrzeuges ergeben hatte. Dann gab er die Adresse bei Google-Earth ein. Es öffnete sich eine große, weiße, zweistöckige Villa. Bei weiteren Recherchen fiel ihm das Schild auf, das an dem Haus angebracht war. Er hatte es nicht gleich gesehen, weil ein Motorrad davor abgestellt war. Erst nachdem er das Haus von einer anderen Perspektive aus betrachtete, stieß er auf das Schild.

Economic agency of Ukraine – Бізнес-агентство України. Eine Wirtschaftsagentur der Ukraine, die in englischer Sprache und kyrillischer Schrift als eine solche ausgewiesen war. Über Larssons Gesicht huschte ein Lächeln. Das war also eine Niederlassung des ukrainischen Geheimdienstes. Sicher würde es in dem Haus auch eine Abteilung geben, die sich mit irgendwelchem Handel beschäftigte. Es fragte sich nur, mit was für einer Art von Handel. Ihm war klar, dass über diese Einrichtung die schützende Hand der deutschen Regierung gelegt war. Deshalb waren auch alle Dateien für die normale Polizei gesperrt.

Larsson beschloss, noch einmal über seine Kollegin Charlene Gruber beim BKA anzufragen. Mit ihr zusammen hatte er im vergangenen Jahr nach den auf der Ostsee verschwundenen Männern der Kiliwhite Ldt. gesucht. Dabei hatten sie sehr erfolgreich zusammengearbeitet. Bei genauer Betrachtung musste Larsson zugeben, dass Charlene Gruber über eine stattliche Seilschaft innerhalb des BKA verfügte. Er wählte ihre Nummer.

»Man denkt nichts Böses, und wenn man auf das Display schaut, grinst du einem entgegen.«

Ihre Stimme klingt noch genauso unbeschwert wie vor einem Jahr, dachte Larsson.

»Ich brauche deine Hilfe.«

»In der Liebe?«

»Nicht ganz. Aber deine Kontakte könnten helfen.«

»Da kann ich dir nicht helfen. Aber was die Liebe betrifft, werde ich dich anrufen.« Damit war das Gespräch beendet.

Sie ist ganz die Alte geblieben, dachte er. Immer vorsichtig, immer auf der Hut. Sie würde ihn anrufen, sobald sie Zeit dafür finden konnte.

Bevor er wieder zum Vernehmungsraum ging, versuchte Larsson, bei seinem Chef vorstellig zu werden, um ihm Bericht zu erstatten. Doch das war derzeit unmöglich. Also tat er das, was er zu tun hatte.

*

»Hat es Ihnen geschmeckt?«, begrüßte Larsson Kirsch, der wieder zurück in den Vernehmungsraum gebracht worden war und ihm bereits erwartete. »Was gab es denn?«

»Einen gemischten Eintopf.«

»Gut?«

Kirsch antwortete nicht.

Larsson schaltete das Aufzeichnungsgerät wieder an.

»Kommen wir zurück zu Zossima Pokrovskii. Was mich wundert, ist, dass er Ihnen erzählt hat, bei welchem Verein er ist.«

Kirsch hob die Schultern. »Es war aber so.«

»Was hat er Ihnen denn noch erzählt?«

»Er fragte mich immer wieder, wo das Buch sei.«

»Und?«

»Ich sagte ebenfalls immer wieder, dass ich es nicht habe. Doch er glaubte mir nicht. Er meinte, ich sei sicher so gut mit Ginerva Renzi zuwege gewesen, dass ich über das Buch Bescheid wissen müsse.«

»Wie haben Sie ihn denn kennengelernt?«

»Er wurde mir von Roman van der Bildt vorgestellt.«

»Und wo?«

»In Bildts Büro.«

»Wann war das denn?«

»Im Spätherbst 2004.«

»Erinnern Sie sich an das Gespräch?«, fragte Larsson.

»Er empfahl mir Pokrovskii für Geldanlagen.«

»Geldanlagen aus der Ukraine?«

»Von solventen Kunden, die einen Teil ihres Geldes im sicheren Ausland anlegen wollten.«

»Da waren Sie ja der richtige Mann«, stellte Larsson fest. »Haben Sie eine Handynummer für mich? Ich meine außerhalb der Prepaid-Verbindung.«

»Die Nummer steht in meinem Handy, das Sie ja konfisziert haben – wie alle Telefonverbindungen mit unseren Großkunden. Bei genauer Betrachtung hätte ich lieber die Finger von diesem Kontakt lassen sollen.«

»Warum?«

»Weil mir mit der Zeit klar wurde, dass die Burschen über meine Firma Geld waschen«, sagte Kirsch.

»Bisher sprachen wir nur von einer Person, Zossima Pokrovskii. Wer war außer Pokrovskii noch mit Ihnen in Verhandlung?«

»Ab und zu wurde ich nach Berlin bestellt, um mich dort mit Leuten zu treffen, die in der Wirtschaftsagentur der Ukraine arbeiteten.«

»Erinnern Sie sich an Namen?«

»Artem soundso und Dmytro Andre… Andreev.«

»Also in einer staatlichen Stelle. Ist das so?«

»Absolut. Zumindest hatte es den Anschein.«

»Wie soll ich das verstehen?«, fragte Larsson.

»Dass es sich bei Pokrovskii und der Economic agency of Ukraine um mafiöse Strukturen handelte.«

»Was ich nicht verstehen kann, ist, dass Sie sich nicht an die Polizei gewendet haben. Können Sie mir das erklären?«

»Weil ich bedroht wurde.«

»Bedroht? Wie?«

»Gestern zeigte mir Pokrovskii einen Videofilm von dem Kidnapping«, sagte Kirsch, »und das Umgehen mit Ginerva Renzi. Wenn ich nicht wolle, dass mir das Gleiche passiert, erwarte er von mir das Buch. Es sei die letzte Warnung.«

»Wo hat er Ihnen das Video gezeigt?«

»Auf einem Laptop in seinem Auto.«

»Schildern Sie mir, was auf dem Video zu sehen war.«

»Begonnen hatte es mit dem Kidnapping von Ginerva. Es zeigte einen schwarzen Wagen, der auf ein Haus zufuhr.«

»Haben Sie etwas erkennen können?«

»Es war ein deutsches Nummernschild, das mit O anfing … Es ging einfach zu schnell.«

»Das Auto?«

»Ein SUV … Kein übliches Modell.« Kirsch hob die Schultern.

20. Kapitel

31. Juli 2008

Der schwarze Dodge Durango bog langsam in die Straße ein. Zielstrebig fuhr er auf einen der beiden freien Parkplätze. Gegen zwei Uhr näherte sich das Smart Roadster Coupé der Brabus Blackline, das auf Ginerva Renzi zugelassen war. Ein wenig zögerlich schien die Fahrerin einen Parkplatz vor dem Haus zu suchen, fädelte sich aber dann auf dem einzigen freien Platz neben dem Dodge ein. Sie stieg aus. Vom Eingang zu dem kleinen Parkgelände vor dem Haus näherte sich eine graue Limousine, die sich hinter die beiden eingeparkten Fahrzeuge stellte. Die Frau stieg aus dem Smart und ging auf den Wagen zu. In diesem Moment öffnete sich die Seitentür des Dodge. Zwei Männer sprangen heraus. Das Ganze hatte kaum fünfzehn Sekunden gedauert. Langsam, als wäre nichts geschehen, zog der graue Wagen weiter, während der Dodge rückwärts aus der Parklücke fuhr und sich dann ebenfalls langsam entfernte. Von der Frau fehlte jede Spur.

Gegen fünf am frühen Morgen rollte der Wagen auf ein Grundstück in der Nähe von Oranienburg. Es war ein abgelegenes Gehöft, das nach der politischen Wende 1989 einem älteren Mann namens Kontrat Volkov zugesprochen wurde, der zuvor über einige Jahrzehnte einer landwirtschaftlichen Genossenschaft angeschlossen und auch dort beschäftigt gewesen war. Seine Vorfahren kamen aus der Ukraine, zu Zeiten der Sowjetunion, im Auftrage der kommunistischen Partei in die DDR, um bei der Zwangskollektivierung zu helfen. Vor einiger Zeit hatte ein Verwandter aus der Ukraine wieder Kontakte zu Kontrat hergestellt. Er war ein Großneffe seines Vaters. Und dieser Großneffe, den er zu DDR-Zeiten einmal flüchtig kennengelernt hatte, Zossima Pokrovskii, war es auch, der ihn nun, zweiundsiebzigjährig, verwitwet und leicht dement, beriet.

Der Wagen hielt vor dem Teil einer massiven Scheune, deren Eingang mittels einer gut versteckten, aufwendigen Elektronik gesichert war. Einer der Männer aus dem Dodge ging an die Tür, klopfte und wartete. Am Haus stand der graue Wagen, der in Hamburg an der Entführung Ginerva Renzis beteiligt war. Die Kamera erfasste einen Mann, der auf die Scheune zukam.

»Habt ihr die Schneckenpost benutzt?«, fragte Pokrovskii und drückte auf eine Zahlenkombination, die die Tür freigab.

»Wir standen eine ganze Zeit im Halteverbot, ohne uns zu rühren. Nicht auffallen, war deine Anweisung. Genau das haben wir gemacht.«

»Schon gut, schon gut. Bringt sie rein. Und seht zu, dass ihr endlich vom Hof kommt.«

Der Mann machte eine einladende Handbewegung zum Wagen. Zwei der Männer aus dem Dodge brachten die Frau. Ihre Hände waren mit einem Kabelbinder gefesselt. Über ihrer rechten Augenbraue klaffte ein Riss. Blut war über ihr Gesicht gelaufen, das auf der beigen Seidenbluse Flecken hinterlassen hatte. Ihr Mund war durch ein breites Klebeband verschlossen.

»Was ist das?«, herrschte Pokrovskii die Männer an. Er hob die Hand, versperrte den Männern den Weg in Innere. »Fahrt jetzt, ich mache das schon.« Er zog die Tür zu hinter sich zu und betätigte den Lichtschalter.

Einen Augenblick musste Ginerva Renzi sich an das Licht gewöhnen. Sie stellte schnell fest, dass es ein Raum ohne Fenster war, nicht eben groß, doch groß genug, um einige ältere Maschinen aus der Landwirtschaft zu beherbergen.

»Bleib stehen.«

Ginerva Renzi blieb stehen und schaute Pokrovskii ängstlich an.

Pokrovskii kam ganz nahe mit seinem Gesicht an sie heran. Sie konnte seinen Atem riechen.

»Du weißt, was wir von dir wollen«, sagte er und riss ihr das Klebeband aus dem Gesicht.

Es schmerzte sie.

»Wo ist das Buch?«

»Was für ein Buch?«, fragte sie leise.

Zossima Pokrovskii holte aus und schlug sie auf den Mund. Nun platzte auch ihre Oberlippe auf. Ginerva Renzi schmeckte ihr Blut. Es erinnerte sie an den Geschmack von Eisen. Sollte sie überleben, würde sie sich immer an diese Situation erinnern, immer und immer wieder.

»Ich weiß nichts von einem verdammten Buch«, sagte sie. »Oder glaubst du, dass mir das hier Spaß macht?«

»Du bist frei, sobald ich das Buch in den Händen halte.«

»Ich habe kein verdammtes Buch, Zossima«, sagte sie. »Und wenn du mich totprügelst, ich kann mir nicht irgendein Buch aus den Rippen schneiden.«

»Siehst du das große Rad mit der Riemenscheibe?« Pokrovskii zeigte auf eine Art Werkbank mit einem großen eisernen Rad. In dem Rad waren zwei meterlange gebogene Scheiden angebracht, die verrostet waren. »Damit wurde vor etwa achtzig Jahren Stroh gehäckselt. Wenn meine Männer kommen, werden sie dir Finger für Finger damit abscheiden, bis dir einfällt, wo du das Buch hast.«

»Du wirst mich umbringen, mit Buch oder ohne.«

»Niemand wird dich umbringen, wenn du das Buch rausgibst. Du hast mein Wort.«

»Dein Wort? Was ist das Wort eines Mannes wert, der das hier veranstaltet?« Ihre Stimme war leise. Sie wusste, dass sie Angst hatte, hoffte, dass er das nicht merkte.

Pokrovskii hatte es längst bemerkt. Walentyn Nalywajtschenko, der Chef der Sluschba bespeky Ukrajiny, hatte ihn persönlich in die Spezialeinheit Alpha geholt. Und dort konnte man nur integre Männer gebrauchen, die einerseits über genügend Intelligenz, andererseits über ausreichend Härte verfügten, dem Gegner das Fürchten zu lehren. Er besaß beide Eigenschaften.

»Dass du dich nicht schämst, eine schwangere Frau so zu behandeln. Hat dir das deine Mutter beigebracht?«

»Sei vorsichtig, Ginerva, überspann den Bogen nicht, sonst starte ich die Maschine gleich. Und glaub mir, du würdest dir wünschen, niemals geboren worden zu sein.«

»Das wünsche ich mir jetzt schon.«

»Du bist also schwanger?«

»Im dritten Monat. Du wirst also zwei Menschen töten.«

Pokrovskii lachte auf. »Der Tod kann sehr befreiend sein.«

»Ja.«

»Du lebst und lebst vor dich hin, Ginerva, doch du weißt nicht, wann du gehen musst. Du willst also schwanger sein. Von wem?«

»Das interessiert dich nicht wirklich.«

»Oh doch, das interessiert mich.«

»Es ist ein Freund von dir«, sagte sie.

»Ein Freund? Ich habe keinen Freund, der dir ein Kind gemacht hätte.«

»Sven Kirsch ist der Vater des Kindes.«

»Du bist schwanger von Sven?«

»Ja.«

»Er hätte dir lieber das Kind aus dem Leib schneiden lassen, als sich näher mit dir zu befassen.«

»Bestimmt nicht.«

»Sei nicht so sicher.«

»Er will mit mir leben.«

Pokrovskii lachte auf. »Weil er dir ein Auto gekauft und deine Miete bezahlt hat? Dass ich nicht lache. Das sind Peanuts für ihn.«

»Er will mit mir leben«, beharrte Ginerva Renzi. »Und ich werde ihm dafür das Kind schenken.«

»Setz dich.« Pokrovskii zeigte auf eine Bank. »Sven Kirsch also.«

»Ja.«

»Das trifft sich gut. Ich hatte ihn ohnehin schon in Verdacht, das Geheimnis des Buches mit dir zu teilen. Du wirst ihn jetzt um Hilfe bitten.«

Pokrovskiis Handy klingelte. Er machte eine Handbewegung zu Ginerva Renzi. Sie blieb augenblicklich wie angewurzelt stehen. Er zog das Handy aus der Hosentasche.

»Так«, sagte er auf Ukrainisch und hörte eine Weile zu.

»Sie ist hier«, bestätigte er. »Er ist involviert ... ja, ernstlich ... Ich halte mich daran.«

Instinktiv wusste Ginerva Renzi, dass sie aus dieser Todesfalle nie mehr herauskommen würde.

Pokrovskii steckte sein Handy wieder ein.

Die Außentür wurde geöffnet. Sie sah einen grobschlächtigen Mann, dessen Alter sie nicht schätzen konnte.

»Hallo Nazar«, sagte Pokrovskii. »Du kommst gerade richtig. Ich dachte schon, ich müsste die ganze Arbeit allein machen.«

Der Mann namens Nazar schaute auf Ginerva Renzi, die vor dem Strohhäcksler stand.

»Binde sie auf dem Strohzugang fest«, sagte Pokrovskii.

Nazar sah die Angst in den Augen der Frau. Er drehte sich seinem Chef zu.

»Was du vorhast, kann sie umbringen.«

»Na und?«

»Du hast es gehört«, sagte Nazar. »Also leg dich schon auf das Brett.«

»Nicht so weit hoch«, insistierte Pokrovskii. »Sie soll einen Arm ausstrecken, eine Faust machen und den kleinen Finger abspreizen.«

»Das kannst du nicht machen, Zossima«, flehte Ginerva. »Ich würde dir das Buch sofort geben, wenn ich es denn hätte. Aber ich habe es nicht, wirklich nicht!«

»Gib dir keine Mühe. Ich sehe genau, wenn einer lügt. Und du lügst. Jedes einzelne Wort von dir ist gelogen. Also? Wo ist das Buch.«

Ginerva Renzi fing an zu weinen. »Ich habe es nicht.«

Sie wand sich, bog sich, versuchte, dem Griff des Peinigers zu entkommen. Doch alles war umsonst.

»In dem Moment, wo du merkst, dass Blut läuft, höre ich einen ordentlichen Schrei, und dann bittest du Sven, das Buch zu bringen, um dich zu retten.«

Nazar schaute seinen Chef fragend an. Doch der nickte.

»Und noch einen guten Rat, Ginerva. Behalte die Faust geschlossen. Sonst sind alle Finger mit einem Mal weg, und wir müssen bei der zweiten Hand weitermachen.«

»Du bist ein Ungeheuer, Zossima. Ich verfluche dich für alle Zeiten!«, schrie sie.

Zossima Pokrovskii nahm die Kamera, schaltete den Strahler an, der von oben die Szene beleuchtete, stellte sich schräg auf eine Klappleiter und ließ die Kamera laufen. Dann nickte er Nazar zu, der den Elektromotor einschaltete. Langsam begann sich das Rad zu drehen. Dann fasste er mit eisernem Griff das Armgelenk der Frau, bog den kleinen Finger nach außen und schob die Hand soweit an das Rad heran, das mit einem einzigen Klick die Kuppe vom kleinen Finger der rechten Hand abtrennte. Blut spritzte auf.

Ginerva Renzi stieß einen gellenden Laut aus. Gleichzeitig riss sie die Augen in ihrem schmerzverzogenen Gesicht auf.

»Jetzt die Bitte an Sven«, sagte Pokrovskii leise, »sonst geht es gleich weiter.«

Ginerva Renzi tat, wie ihr geheißen.

Der Ukrainer stellte die Kamera ab.

»Desinfiziere die Wunde, Nazar, und verbinde sie. Sie versaut sonst den ganzen Fußboden.«

21. Kapitel

Dienstag, 5. August 2008

»Wir müssen alles über Zossima Pokrovskii wissen«, sagte Larsson, als er am Dienstagmorgen zu einer Lagebesprechung mit Polizeioberrat Mälzer in dessen Büro zusammentraf.

»Gestern Nacht fischten Einsatzkräfte Roman van der Bildt tot aus dem Hamburger Hafen«, sagte Mälzer. »Wie man mir sagte, hätte die Leiche schon einige Tage im Wasser gelegen.

»Wie ich sehe, haben Sie sich gut informiert, Herr Polizeioberrat«, stellte Larsson fest.«

»Sie wussten das schon?«

»Nein.«

»Mit der Leiche in Hamburg geht nun alles direkt zum BKA.«

»Da wissen wir wenigstens, was das bedeutet.«

»Diesem van der Bildt haben alle Finger der rechten Hand gefehlt«, sagte Mälzer.

»Da hat er wohl jemandem etwas nicht erklären können«, antwortete Larsson.

»Wir haben grünes Licht bekommen, an dem Fall, soweit wir das können, weiterzuarbeiten. Es ist eine Art Zuarbeit für den ganzen Komplex. Übrigens, morgen bin ich in Schwerin. Da wird das sicher zur Sprache kommen.«

»Jetzt würden Recherchen beginnen, die ich alleine zeitlich nicht mehr beherrschen kann. Ich brauche mindestens zwei Beamte, auf die ich einen Teil der Arbeit verteilen kann. Einer sollte aus der IT-Abteilung kommen, der zweite ausschließlich für Telefonate und Abgleichungen zur Verfügung stehen.«

»Wen schlagen Sie vor?«, fragte Mälzer.

»Hauptkommissarin Inge Mohaupt und jemand, der die IT-Recherchen übernehmen kann. Aber bitte einen Fachmann mit allen Kompetenzen.«

»Letzteres müssten wir an die Fachabteilung beim LKA in Schwerin weitergeben. Und Frau Mohaupt? Da müsste ich erst einmal klären, woran sie jetzt arbeitet. Was müssen Sie über die IT-Abteilung wissen?«

»Berichte über Pokrovskiis Verurteilungen, Finanzstatus, Zugehörigkeit zu kriminellen Banden, den kompletten Lebenslauf, einfach alles.«

»Ich werde mich darum kümmern, sobald ich von Ihnen die schriftliche Anforderung habe. Wie werden Sie vorgehen?«

»Wir brauchen absolute Beweise, um Pokrovskii festzunageln. Bisher haben wir nur die Aussagen von Sven Kirsch. Und da würde Aussage gegen Aussage stehen. Alles andere sind mehr oder weniger Spekulationen. Doch damit finden wir kein Gericht, bei dem wir Unterstützung für eine Aktion bekommen würden.«

»Fordern Sie es detailliert an, Larsson, und wie ich schon sagte, ich werde mich sofort darum kümmern. Aber hüten Sie sich davor, mir irgendetwas einzubrocken, das uns später Schwierigkeiten machen kann.«

Eine halbe Stunde später war Larsson gerade dabei, die Anforderungsliste fertigzumachen, die Polizeioberrat Mälzer von ihm gefordert hatte, als Inge Mohaupt zu ihm hereinschaute.

»Ich soll mich bei dir melden, Lasse.« Sie lächelte Larsson herausfordernd an.

»Inge, willkommen im Club der Geheimniskrämer«, sagte Larsson und kniff ein Auge zu. »Der Schreibtisch mir gegenüber ist frei. Jetzt ist er dein Arbeitsplatz.«

»Mälzer hat gesagt, du könntest Hilfe gebrauchen. Also?«

»Ich gebe dir jetzt einen Firmennamen mit Adresse. Ich würde gern alles wissen, was du über diese Firma in Erfahrung bringen kannst.« Larsson schob ihr eine Fotografie des Firmenschildes zu, das er bei der Adressenüberprüfung mittels Google Earth gefunden hatte.

Inge Mohaupt schaute auf das Bild. »Economic agency of Ukraine – Бізнес-агентство України?«

»Eine Wirtschaftsagentur der Ukraine«, sagte Larsson. »Mal sehen, ob du herausbekommst, was da tatsächlich über die Theke geht.«

»Das wird nicht ganz einfach sein.«

»Versuch bei der Europäischen Wirtschaftsagentur etwas über diese Agentur herausbekommen.«

Nach einer weiteren halben Stunde hatte Inge Mohaupt mit der in Bremen angesiedelten Europäisch-Ukrainischen Wirtschaftsagentur telefoniert.

»Du wirst es nicht glauben, Lasse, die Bremer Hauptstelle der Agentur, die eigentlich ja von der Berliner Niederlassung wissen müsste, mauert.«

»Mich verwundert das überhaupt nicht«, sagte Larsson. »Such einfach weiter. Vielleicht taucht ja auch irgendwo der Name Zossima Pokrovskii auf. Dmytro Andreev und ein Mann mit dem Vornamen Artem. Was immer du herauskriegen sollst, bezieht sich nicht nur auf die augenblickliche Zeit, sondern auch über die Zeit von 2002 bis 2007, in der mit kurzer Unterbrechung Wiktor Janukowytsch Regierungschef der Ukraine war.«

»Das wird nicht einfach sein«, stellte Inge Mohaupt noch einmal fest.

»Wenn es einfach wäre, Inge, bräuchte ich dich auch gar nicht.«

»Du versprühst gerade den Charme einer Kohlenschaufel. Wo ist nur deine viel gepriesene Eleganz der Wörter geblieben?«

Larsson sagte nichts. Er versuchte, sich mit einem Lächeln aus der Affäre zu ziehen. Es misslang.

Und auch Inge Mohaupt sagte nichts mehr, sondern versuchte alle möglichen deutschen Dateien nach diesem Namen abzugrasen. Zuerst nahm sie sich Polizeidatenbanken vor, in diesem Fall Berlin. Vergeblich.

Larsson schaute hoch. »Und?«

»Alle Dateien sind gesperrt«, sagte Inge Mohaupt.

»Das habe ich auch schon festgestellt. Ich dachte, du findest irgendetwas, das ich übersehen habe.«

Larssons Handy klingelte. Er schaute aufs Display, konnte aber keine Verbindungsnummer sehen.

»Larsson, guten Tag.« Er horchte einen Augenblick hinein. »Warte bitte einen Augenblick.« Er stand auf, verließ das Zimmer und ging in den großen Hof der Anklamer Polizeiinspektion, der auch als Parkfläche diente.

»Sprechbereit«, sagte Larsson.

»Zielperson ... BND.«

»Sonstige Erkenntnisse? Verurteilungen, Zugehörigkeit zu kriminellen Banden?«

»Eins negativ, zwei positiv.«

»Sonst noch etwas?«

»Negativ.«

»Danke und Ende.«

Larsson ging zurück zu seinem Büro. Inge Mohaupt war nicht da. Er ging zu seinem Schreibtisch und nahm sich die Aufstellung der Anforderungen für den IT-Fachbereich, die er für Polizeioberrat Mälzer gemacht hatte. Auf dem Gang kam ihm Inge Mohaupt mit zwei Bechern Kaffee entgegen.

»Bist du schon wieder unterwegs? Ich habe dir Kaffee mitgebracht.«

Larsson nahm ihr einen Becher ab. »Danke, Inge. Bin kurz zum Chef unterwegs.« Er setzte seinen Weg fort. Vor dem Vorzimmer des Chefs bremste er seinen Lauf ab und klopfte.

»Jetzt kann ich Ihnen wirklich nicht helfen«, sagte Babette Schulze. »Der Chef ist außer Haus und kommt auch heute nicht mehr zurück.«

Larsson fiel ein, dass Mälzer ja am Tage darauf zu irgendeiner Sitzung beim Stab des LKA in Schwerin sein wollte. Also war er heute etwas früher nach Hause gegangen.

»Sie möchten mir die Anforderungen hierlassen. Ich soll ihm die morgen hinterherfaxen.«

Larsson eilte zurück zu seinem Büro und fand Inge Mohaupt vor, die gerade wieder mit irgendeiner staatlichen Stelle telefonierte, um sich über die ukrainische Wirtschaftsagentur schlauzumachen.

»Gib dir keine Mühe, Inge. Wir gehen jetzt zusammen noch einmal zu einer Vernehmung mit Sven Kirsch. Ich brauche dich dort als Zeugin.«

Er griff zum Telefon. Er bat darum, Sven Kirsch in den Vernehmungsraum zu bringen.

*

»Wie geht es Ihnen heute, Herr Kirsch?«, fragte Larsson, als er, Inge Mohaupt im Schlepptau, in den Vernehmungsraum trat.

»Schlecht.«

Larsson schaltete das Aufnahmegerät ein.

»Dienstag, 5. August 2008, 12:54 Uhr. Vernehmung Sven Kirsch, anwesend KHK Inge Mohaupt, KHK Lasse Larsson. Wie geht es Ihnen, Herr Kirsch?«

»Schlecht.«

»Wieso schlecht? Hat man Sie hier schlecht behandelt?«

»Ich denke an meine Familie, die in höchster Gefahr ist.«

»Warum glauben Sie, dass Ihre Familie in Gefahr ist?«

»Ich habe Ihnen von der Warnung erzählt, die mir Pokrovskii mittels des Videos zukommen ließ. Er wird nicht davor zurückschrecken, meiner Familie etwas anzutun.«

»Das halte ich für durchaus möglich, doch habe ich außer Ihrer Aussage nichts, womit ich den Mann festnageln könnte. Wenn wir ihn jetzt festnehmen, steht Aussage gegen Aussage.«

Larsson sah, dass Inge Mohaupt ihn entsetzt anschaute. Er wusste genau, was sie jetzt dachte.

»Ich würde mich jetzt dafür einsetzen, Ihrer Familie erst einmal einen Funkwagen vor das Haus zu stellen.«

Kirsch lachte gequält auf. »Das reicht nicht.«

»Für ein Zeugenschutzprogramm müssten Sie als Gegenleistung dazu beitragen, dass wir unumstößliche Beweise gegen diesen Mann haben, und vor Gericht gegen ihn aussagen.«

»Beweise?«

»Zum Beispiel könnten wir mittels des Büchleins diesem Zossima Pokrovskii eine Falle stellen.«

»Sie wissen doch, dass ich das Buch nicht habe.«

Larsson schaute dem Mann eine Weile durchdringend ins Gesicht, schüttelte langsam den Kopf und sagte lapidar: »Sie sagen nicht die Wahrheit. Es gibt mindestens vier Leute, die darunter leiden werden. Ginerva Renzi wird die Erste sein, wenn sie überhaupt noch lebt. Übrigens wurde Roman van der Bildt tot in einem Hafenbecken in Hamburg gefunden. An der rechten Hand fehlten ihm alle Finger.«

Kirsch wurde blass.

»Und wenn Ihre Anschuldigung stimmt und sich bestätigt, wovon ich ausgehe, ist Ihre Frau mit den Kindern tatsächlich in großer Gefahr«, fuhr Larsson fort.

»Was schlagen Sie vor?«, fragte Kirsch kleinlaut.

»Nehmen wir mal an, Sie würden sich dazu entschließen, das Büchlein an die Polizei zu übergeben. Wir könnten diesem Ukrainer eine Falle stellen.«

Als Larsson sah, dass Kirsch unschlüssig schien, fasste er nach: »Was wollte Pokrovskii Ihnen im Austausch für das Buch denn geben?«

»Er wollte Ginerva Renzi freilassen, mir und meiner Familie nichts antun.«

»Und das haben Sie ihm geglaubt?«

Kirsch hob die Schultern. »Nicht wirklich. Aber es wäre die einzige Möglichkeit, also ein Versuch gewesen, uns alle zu retten.«

Plötzlich ließ er alle Hemmungen fallen und schluchzte auf.

»Gini haben sie schon einige Finger abgeschnitten. Ich habe mich überzeugen können ... wie das Blut spritzte ... und wie sie schrie. Selbst wenn sie es überlebt, wird sie nie wieder die Alte sein.«

»Glauben Sie wirklich, dass Frau Renzi noch lebt?«, fragte Larsson.

Kirsch hob die Schultern. »Wenn ich daran denke, dass sie van der Bildt auch schon umgebracht haben, ist das nahezu ausgeschlossen.«

»Was hat denn Pokrovskii gesagt, wie die Übergabe des Buches vor sich gehen soll?«

»Er hat mir fünf Tage gegeben, das Buch zu beschaffen. Fünf Tage nur deshalb, weil er zwischendurch kurz nach Kiew müsse. Wenn ich es habe, solle ich ihn anrufen. Dann würde er sich wieder mit mir treffen. Nach Übergabe des Buches könne ich Ginerva an einem Ort meiner Wahl übernehmen.«

»Dann wäre also heute der Tag«, stellte Larsson fest.

»Deshalb bin ich auch so verzweifelt.« Kirsch fing wieder an zu schluchzen.

»Wo befindet sich das Buch jetzt?«, fragte Larsson.

»In einem Postfach in Stralsund.«

»Sie haben das Buch tatsächlich.«

»Ja.«

»Der Schlüssel? Wo ist der Schlüssel? Wenn wir jetzt nicht schnell handeln, lassen Sie die Frist verstreichen, die Ihnen Pokrovskii gestellt hat. Denken Sie an Ihre Familie.«

»Aber was soll ich denn machen?«, schrie Kirsch.

»Wir brauchen schnellstens das Buch, um zu sehen, mit welchen der Eintragungen wir ihn tatsächlich ködern können«, antwortete Larsson ruhig. »Also, wo ist der Schlüssel?«

»Im Ersatzrad des Rolls«, sagte Kirsch.

Larsson schaute zu seiner Kollegin Inge Mohaupt und nickte ihr zu. Sie wusste genau, was er meinte. Sie stand auf, um die KT zu informieren.

»Ich nehme an, Sie haben sich schon mit dem Buch befasst«, sagte Larsson.

»Natürlich. Ich wollte sehen, was daran so wichtig ist, dass man dafür Menschen entführt und bereit ist, zu töten.«

»Was haben Sie gefunden?«

»Geldsummen, die zwischen Roman van der Bildt und Pokrovskii geflossen sind, dazu Transaktionen, die ich mit Frauen in Verbindung bringen konnte, die illegal in die Clubs eingeführt wurden.«

»Ich könnte mir vorstellen, dass man dafür vielleicht einen Gegner vermöbelt. Aber nicht, dass man ihn gleich umbringt«, sagte Larsson.

»Das war ja auch nicht alles.«

»Sondern?«

»Eine Eintragung, die in russischer Schrift TM gekennzeichnet war. »

»Ein Name?«, fragte Larsson.

Sven Kirsch schüttelte den Kopf. »Eher eine Bezeichnung.«

»Eine Bezeichnung?«

»Es gab eine Reihe von kleinen Eintragungen unter den Seiten, die mit TM gekennzeichnet waren. Ich schaute nach Übersetzungen aus dem Ukrainischen. TM ist die Abkürzung von Темна мережа, was so viel wie Dark Network heißt.«

»Aha«, sagte Larsson.

»Zwei dieser Anfangsbuchstaben konnte ich Leuten zuordnen, die bei van der Bildt ein- und ausgingen. Von einem wusste ich, dass er sich im Darknet pädophile Bilder heruntergeladen hatte. Im Suff hat er mal mit mir darüber geredet. Also nahm ich an, es geht um den Handel mit Kindern.«

»Und?«

»Das wäre für sich genommen schon schlimm genug gewesen, weil ein Hamburger Regierungsrat involviert war. Ich versuchte schließlich, in das Darknet hineinzukommen.«

»Lassen Sie mich raten. Sie haben das geschafft«, stellte Larsson fest.

»Ja.«

»Weil Sie schon früher in diesem Netz unterwegs waren.«

»Ich wollte mal den Thor-Browser ausprobieren, und da habe ich mich ein wenig umgeschaut.«

»Wurden Sie fündig? Ich meine, nachdem Sie in dem Büchlein auf das Darknet hingewiesen wurden?«

»Ja.«

»Ich dachte immer, es ist nicht so einfach, dort in Verbindung zu kommen«, sagte Larsson nachdenklich.

»Ist es auch nicht.«

»Aber Ihnen ist es doch gelungen, oder?«

»Auf der Seite gab es eine Zahlenkombination, die von Buchstaben eingesäumt war, die entweder am Anfang oder am Ende standen. Zwar hatte man die Zahlen addiert, doch das machte mich sehr misstrauisch. Als ich die Zahlen addierte und die Summe überprüfte, die bis auf eine Zahlenfolge stimmte, brachte mich das auf den Gedanken, es könne ein Code sein und der Zahlendreher absichtlich. Tatsächlich war es der Code, um Verbindung aufzunehmen.«

»Zu wem führte die Verbindung?«

»Zu einem Waffenhändler.«

»Aha«, sagte Larsson ein zweites Mal. »Dafür wird sich die Abteilung OK brennend interessieren. Nahmen Sie Verbindung mit ihm auf?«

»Ja.«

»Warum?«

»Weil ich sehen wollte, ob es eine Verbindung zu Pokrovskii gibt.«

Kirsch schwieg einen Augenblick. Er wurde in seinem Denken unterbrochen, als Inge Mohaupt wieder hereinkam. Sie brachte sein Smartphone mit.

»Der Schlüssel ist unterwegs nach Stralsund«, sagte sie leise zu Larsson und legte eine Akte vor ihn hin. »Die Ausdrucke der SMS.«

»Danke.« Larsson lächelte seiner Kollegin zu. »Gab es eine Verbindung zu dem Ukrainer?«, fragte er Kirsch.

»Nicht direkt.«

»Aber?«

»Es gibt mehrere Anbieter von Waffen, doch nur einen, den ich mit dem besagten Link erreichen konnte. Ich fragte, was alles im Angebot stünde.«

»Gut. Was stand im Angebot?«, sagte Larsson und spürte, wie die Spannung stieg.

»Praktisch alles. Von der Makarow-Pistole IŻ-70 mit und ohne Schalldämpfer über das HK416, ein Sturmgewehr von Heckler & Koch mit der Kurzbezeichnung G38. Das Gewehr ist sogar bei verschiedenen Spezialkräften im Einsatz und wurde von den norwegischen und französischen Streitkräften als Standardwaffe ausgewählt. Die RPG7n, eine russische Panzerfaust ebenso, wie das BUK M1, NATO-Code SA-11 Gadfly, ein Flugabwehrraketensystem mit Feststoff-Antrieb und radargestützter Zielerfassung. Das System dient zur Abwehr von Kampfflugzeugen, Kampfhubschraubern sowie Marschflugkörpern.«

Larsson dachte, dass es ausgeschlossen war, ein solches System an den Kontrollmechanismen eines Staates vorbei auszuführen. Da das ein russisches Erzeugnis war, das zu Sowjetzeiten gebaut wurde, kamen nur die Russen infrage oder ein Land, das zur Sowjetunion gehörte und nunmehr über diese BUK M1 verfügte.

»Eine BUK?«, fragte er ungläubig. »Das gibt es doch gar nicht. Das ist schweres Kriegsgerät.«

»Sie haben doch mein Smartphone, da können wir ja gleich mal zusammen die Seite aufrufen«, sagte Kirsch. »Haben Sie einen Kaffee für mich.«

»Wir werden Ihnen einen Kaffee holen«, sagte Larsson. Dann sprach er ins Mikrofon. »Unterbrechung der Vernehmung Sven Kirsch, es ist 14:10 Uhr.« Er nahm die Kassette aus dem Aufzeichnungsgerät. »Ich bringe das schnell zum Schreibdienst. Wir machen eine Pause von zwanzig Minuten. Inge, kommst du bitte mit?«

Die beiden Kriminalisten verließen den Raum. Kirsch blieb mit dem Beamten vom Wachdienst allein zurück.

»Würdest du das zum Schreibdienst bringen, Inge, und den Kaffee holen? Ich telefoniere in der Zeit schnell mit dem Chef. Wir brauchen sofort einen Personenschutz für die Familie Kirsch.«

»Du weißt schon, dass du zum Anfang der Vernehmung über das Ziel hinausgeschossen bist«, sagte Inge Mohaupt leise.

Larsson hasste es, wenn seine Kollegin ihm seine Methoden vorhielt. Auf der anderen Seite schätzte er ihre Geradlinigkeit.

»Findest du?«

»Ja.«

»Manchmal heiligt der Zweck die Mittel. Und wir haben weiß Gott keine Zeit zu verlieren.«

Sie trennten sich. Inge Mohaupt ging zum Büro des Schreibdienstes, und Larsson zog sich zurück, um Mälzer anzurufen.

*

»Herr Larsson, es muss schon dringend sein, wenn Sie heute hier anrufen«, sagte Polizeioberrat Mälzer.

»Ohne Ihre Zustimmung sind mir die Hände gebunden. Es gibt Entwicklungen, über deren Weiterbehandlung Sie entscheiden müssen. Ich habe Sven Kirsch so weit, dass er ein volles Geständnis ablegt, was seine Verfehlungen betrifft, was aber wichtiger ist, er wird uns helfen, einen internationalen Waffenhändler festzusetzen.«

»Sie meinen diesen Ukrainer Pokrovskii? Da gab es doch diese gesperrten Dateien«, stellte Mälzer fest.

»Inzwischen ist mir klar geworden, warum diese Dateien gesperrt sind. Die Economic Agency of Ukraine in Berlin ist eine Residenz des ukrainischen Inlandsgeheimdienstes mit mafiösen Strukturen. Ich bin sicher, dass diese Dateien aus genau dem Grund gesperrt wurden.«

»Sie wissen schon, was das bedeutet. Für uns ist hier endgültig Schluss. Es sei denn, das BKA entscheidet anders darüber.«

»Also höre ich jetzt mit der Vernehmung des Beschuldigten Kirsch auf«, sagte Larsson.

»Das habe ich nicht gesagt. Meine Sekretärin hat mir bereits ihre Anforderungen an das IT zukommen lassen. Wenn wir zuverlässige Informationen haben wollen, bleibt uns nichts anderes übrig, als den Fall direkt ans BKA weiterzureichen. Dort wird man dann entscheiden, ob wir weitermachen sollen. Wenn sie uns einbeziehen, werden wir also weitermachen. Und nur dann.«

»Es kann sein, dass ich in spätestens anderthalb Stunden ein fundamentales Beweisstück in der Hand halte, das die mafiösen Strukturen aufzeigt.«

»Ich komme jetzt noch mal in die Friedländer Straße«, sagte Mälzer, »und nehme persönlich Kontakt zum BKA auf. Die können sich dann gleich in der Abteilung ST 45 um Ihre IT-Anfragen bemühen. Machen Sie also momentan weiter. Alles andere wird sich dann regeln, wenn ich da bin.«

»Da gibt es noch eine ganz dringliche Sache.«

»Ich höre.«

»Die von uns gesuchte Person Ginerva Renzi ist schwer gefoltert worden. Offensichtlich sind ihr Finger abgetrennt worden, um Kirsch dazu zu bewegen, Pokrovskii die kompromittierenden Unterlagen zurückzugeben.«

»Woher wissen Sie das?«

»Die Information kommt von Kirsch selbst. Er hat sich doch in Stralsund mit dem Ukrainer getroffen, der habe ihm ein Video von der Folter gezeigt und Kirsch und seine Familie bedroht. Wir bräuchten im ersten Anlauf eine Überwachung des Hauses der Stephan Kirsch GmbH.«

»Um Gottes willen, Larsson. Ratzeburg ist Schleswig-Holstein. Auch das kann ich nicht so ohne Weiteres veranlassen. Ich müsste da über das LKA in Schwerin gehen. Aber auch das würde ich abkürzen können, wenn das BKA in Berlin direkt mit uns arbeitet.«

»Kirsch ist auch bereit, gegen die ukrainische Mafia auszusagen. Die Bedingung dafür wäre aber ...«

»Ich weiß genau, worauf Sie hinauswollen. Über das Zeugenschutzprogramm entscheidet einzig und allein die Abteilung OE4 im BKA. Machen Sie jetzt mit der Vernehmung weiter. Je mehr wir haben, umso interessanter sind wir für eine Zusammenarbeit. Wie gesagt, ich komme jetzt zurück in die Polizeiinspektion.«

Auf dem Rückweg zum Vernehmungsraum erreichte Larsson die telefonische Nachricht, dass man mit dem in dem Schließfach gefundenen Umschlag nunmehr auf dem Weg zur Polizeiinspektion in Anklam sei. Deshalb ging er bei der Kriminaltechnik vorbei und bat Paul Maier, die Gespräche, die in den nächsten Stunden von Kirschs Handy geführt werden, aufzuzeichnen.

*

Als Larsson zurück zum Vernehmungsraum kam, war Inge Mohaupt noch nicht vom Schreibbüro zurück. Dennoch beschloss er, sofort mit der Vernehmung weiterzumachen.

»Machen wir weiter, Herr Kirsch. Die Kollegin bringt Ihren Kaffee gleich mit.« Er stellte das Aufzeichnungsgerät wieder an. »Fortsetzung der Vernehmung Sven Kirsch, es ist 14:35 Uhr. »Es wird daran gearbeitet, Herr Kirsch, Ihre Familie unter Schutz zu stellen. Ich hoffe überaus, dass wir schnell genug sein werden.«

»Das hoffe ich auch. Wollten wir nicht die Verbindung im Darknet aufrufen?«

»Das wird sicher die Abteilung Organisierte Kriminalität beim BKA mit Freude machen. Wir wollen jetzt erst mal sehen, wie wir weiter verfahren, um Pokrovskii festsetzen zu können. Ich denke, in einer halben Stunde werden wir über das Buch aus Stralsund verfügen, dann werden wir gemeinsam heraussuchen, womit wir den Ukrainer ködern können.«

Kirsch hörte die Sätze Larssons nur im Unterbewusstsein. Hauptsächlich dachte er in diesem Augenblick an das Video, den kreisenden Strohhäcksler, das aufspritzende Blut, den entsetzlichen Schrei, den seine Geliebte von sich gegeben hatte, und die flehentliche Bitte, ihr zu helfen. Er würde zwar alles tun, um sie zu retten, doch gleichzeitig beschloss er, in der Hauptsache etwas für seine Familie und vor allem sich selbst zu tun. Er gestand sich ein, sich nicht vorstellen zu können, wie er mit einer so traumatisierten, gezeichneten Frau leben könnte, würde sie die Folter bei Pokrovskii tatsächlich überstehen. Er erwischte sich dabei, zu hoffen, dass ihn ihr Tod von einer eigenen Entscheidung freistellen würde.

»Wenn wir das Buch in der Hand haben«, sagte Larsson, »werden Sie mit Pokrovskii Verbindung aufnehmen.«

»Aber ...«

»Aber was?«

»Was, wenn er mich jetzt irgendwo hinbestellt?«

»Das wollen wir doch hoffen«, sagte Larsson.

»Ich meine nicht Greifswald. Vielleicht auch nicht Stralsund. Vielleicht fällt es ihm ein, mich nach Hamburg oder gar nach Berlin zu bestellen.«

Larsson dachte einen Augenblick nach. Kirsch hatte nicht unrecht. Ohne BKA würde in diesem Fall überhaupt nichts gehen. Allein die Vorbereitungen für ein solches Treffen, das nicht in ihrer unmittelbaren Nähe zustande käme, würde eine ungewiss lange Zeit in Anspruch nehmen. Und weil er wusste, dass ein so brutaler Mann, wie Zossima Pokrovskii es in den Schilderungen Kirschs war, sich aller Wahrscheinlichkeit nach nicht ohne Weiteres festnehmen ließ, müsste man mit einer Schießerei zumindest rechnen. Mälzer würde einem Alleingang alles andere als zustimmen.

»Wir wollen sehr bedacht vorgehen. Sie werden ihn anrufen. Er wird sie auffordern, irgendwohin zu kommen, und Sie werden ihn zeitlich etwas hinhalten. Mal sehen, wie er reagiert.«

»Und meine Familie?«

»Wir kümmern uns doch gerade darum.«

»Ich könnte mir nie verzeihen, wenn den Kindern oder meiner Frau etwas passieren würde.«

»Das ist verständlich. Versuchen wir einmal, uns in den Mann hineinzudenken. Er erwartet heute eine Kontaktaufnahme von Ihnen.«

»Einen Handyanruf«, verbesserte Kirsch.

»Einen Handyanruf«, sinnierte Larsson leise. Er schwieg einen Augenblick, um alle negativen Einflüsse abzuwägen, die ein Gespräch mit sich bringen würde.

»Wir müssen in jedem Fall ein wenig Zeit gewinnen«, sagte Larsson. »Wo immer er dieses Treffen hin verlegen wird, ist es selbst dem Bundeskriminalamt nicht möglich, innerhalb von kurzer Zeit genügend Sicherheit zu installieren, um irgendein Risiko auszuschließen und eine ordnungsgemäße Festnahme durchzuführen. Es sei denn, er würde sich für Berlin entscheiden. Aber wenn ich das genau bedenke, wird er das wohl kaum wagen.«

Inge Mohaupt kam wieder herein. Sie brachte eine Dienstmappe mit den vorbereiteten Abschriften der Vernehmung mit und einen Becher Kaffee für Sven Kirsch, den sie mit einem Lächeln vor ihm hinstellte.

»Es hat ein wenig gedauert, Lasse. Aber ich dachte mir, ich bringe die Papiere gleich unterschriftsreif mit. Und der Rest, der dann noch zusammenkommt, lässt sich in kurzer Zeit nachschreiben.« Leise fügte sie hinzu: »Auf der Treppe bin ich dem Chef begegnet.«

»Hat er etwas gesagt?«

Inge Mohaupt schüttelte den Kopf. »Er war sehr in Eile.«

Larsson nickte. »Das kann ich mir lebhaft vorstellen.«

In diesem Augenblick begann er sich zu fragen, ob all seine Mühe noch Früchte tragen würde. Er war sich klar darüber, dass jede Minute seine Arbeit an diesem Fall beendet sein könnte. Setzte er voraus, dass Ginerva Renzi nicht mehr lebte, so hätte das Verschwinden des Büchleins bereits zwei Menschenleben gefordert. Er hatte eine Menge Fakten zusammengetragen. Jetzt galt es, sich einen Plan auszudenken, wie sie den Fuchs in die Falle locken könnten, und einen Zeitplan dazu, um alles sachgerecht zu erarbeiten. Doch er war nicht mehr Herr, darüber zu entscheiden.

Er klopfte an der Tür, sie wurde geöffnet, und einer der Beamten gab Larsson zu verstehen, dass er einmal hinauskommen möge. Larsson folgte der Aufforderung. Vor der Tür übernahm er dann den Umschlag mit dem ominösen Büchlein. Er unterschrieb eine Quittung und bedankte sich für die schnelle Zustellung. Dann ging er zurück auf seinem Platz. Er schaute Kirsch lächelnd an.

»Erkennen Sie das Kuvert?«

»Natürlich«, sagte Kirsch.

Larsson machte den Umschlag auf. Inge Mohaupt schob ihm ungefragt ein paar Latex-Handschuhe über den Tisch.

Sie ist umsichtig wie immer, dachte Larsson und lächelte ihr zu. Dann streifte er die Handschuhe über. Vorsichtig begann er zu blättern. Etwa mittig des Büchleins traf er auf die Seiten, die TM gekennzeichnet waren. Er drehte das Buch um, sodass Kirsch einen Blick darauf werfen konnte.

»Sind das die Seiten, die Sie meinen?«

Kirsch nickte.

»Bitte antworten Sie laut, sodass es aufgezeichnet wird«, sagte Larsson.

»Es ist das Buch, das ich eingepackt und in dem Schließfach deponiert hatte. Und das sind die Seiten, die zu der gewissen Verbindung im Darknet führen.«

»Danke.« Larsson nahm Kirschs Smartphone und machte ein Bild von der Seite. Dann tütete er das Buch vorsichtig wieder ein.

»Würdest du so freundlich sein, es zur KT zu bringen?«, fragte er Inge Mohaupt. »Sie sollen es daktyloskopisch untersuchen.«

Inge Mohaupt nahm das Päckchen und ging hinaus.

22. Kapitel

In der Polizeiinspektion Anklam schien sich in den letzten 24 Stunden alles überschlagen zu haben. Polizeioberrat Mälzer hatte sich am Vortag noch mit dem Leitungsstab und mit dem Vertreter des Direktors des LKA in Schwerin darauf verständigt, direkt mit dem BKA in Berlin den Fall voranzutreiben. Kurze Zeit später war er vom Chef der Abteilung Schwere und Organisierte Kriminalität beim BKA, Dr. Henry Salewski, angerufen worden. Die beiden Herren telefonierten mehr als vierzig Minuten, wobei sie Folgendes vereinbarten: Sofort würde das Haus der Stephan Kirsch GmbH in Einhaus unter Polizeischutz gestellt werden. Es würden ausschließlich Beamte in Zivil unauffällig ihren Dienst verrichten, um ein Auffliegen der Operation zu verhindern. Es käme das volle Programm einschließlich IT-und Telefon-Überwachung zum Einsatz.

Im BKA Berlin würde in den nächsten Stunden eine Sonderkommission gebildet werden, wobei im notwendigen Fachbereich unter anderem zwei Beamte auf Berliner Seite zum Einsatz kämen, die schon bei der Fahndung nach dem verschwundenen Segelschiff der Kiliwhite Limited im Vorjahr mit Anklam eng zusammengearbeitet hatten. Auf Anklamer Seite sollte KHK Lasse Larsson als unmittelbarer Verbindungsmann zur Sonderkommission in Berlin eingesetzt werden. In Berlin hingegen würde KHK Niclas Schorn in ständiger Bereitschaft zur Verfügung stehen. Larsson und Schorn würden sich bereits kennen, was einer vertrauensvollen Zusammenarbeit nicht hinderlich wäre. Im Gegenteil.

Eine sichere Standleitung würde eingerichtet werden, die den ständigen Abgleich der Operationen zwischen Berlin und Anklam möglich machte.

*

Als Larsson schließlich gegen kurz nach elf am Abend die Polizeiinspektion in der Friedländerstraße in Anklam verließ, hatte er Sven Kirsch darüber verständigt, dass das BKA eine Sicherung seiner Familie vornehmen würde. Darüber hinaus war ihm klar, dass die Aktionen ausschließlich vom BKA geleitet werden würden. Er war nun den Fall los und nur noch ein kleines Rädchen im Getriebe der Gesamtoperation.

Vierzig Minuten später traf er vor seinem Haus in Loddin ein. Im Wohnzimmer brannte noch Licht. Monika würde auf ihn gewartet haben. Warum in Gottes Namen, so fragte er sich, ging sie nicht schlafen? Er wäre froh gewesen, schon vor Stunden in sein Bett zu kriechen. Er fühlte sich ausgebrannt. Die nächsten Tage würden bestimmt aufregend werden. Obwohl er wusste, dass eine solche Operation nur im Zusammenspiel einer Vielzahl von Dienststellen und Beamten funktionieren würde, hatte er sich in letzter Zeit zurückgezogen und war froh, wenn er Sonderaufgaben im Alleingang zu bewältigen hatte. Aber damit war es wohl nun erst einmal vorbei.

»Du bist ja noch auf«, sagte Larsson, ging zu seiner Frau, die auf dem Sofa lag und den Klängen einer Übertragung von Beethovens Violinkonzert mit Arabella Steinbacher lauschte.

»Es ist den ganzen Abend im NDR schöne Musik gekommen, und ich habe auf dich gewartet. Du hättest wenigstens Bescheid sagen können, dass es länger dauert.«

»Es ist ein verdammt kniffliger Fall«, antwortete Larsson.

»Im Kühlschrank stehen fertige Brote für dich«, sagte Monika. »Ich werde sie holen.«

»Du bleibst liegen. Ich holte mir mein Essen selbst.«

Obwohl nun fast Mitternacht, war die Luft noch nicht so weit abgekühlt, dass man nicht hätte draußen sitzen können. Wäre er früher hier gewesen, hätten sie draußen zusammen noch ein Glas Wein getrunken, dachte er. So aber nahm er eine Flasche Chablis und den Teller mit dem vorbereiteten Brot mit Schinken und einem wunderbaren Bergkäse aus der Steiermark und ging zurück zu seiner Frau.

»Lass uns noch ein Glas Wein zusammen trinken«, sagte Larsson. Er ging zum Wohnzimmerschrank und holte Gläser. Dann ging er zurück zum Tisch, öffnete die Flasche und goss beide Gläser zur Hälfte ein. Er reichte ihr eins der Gläser, nahm seins hoch und sagte: »Ich habe gar nicht gehofft, dass du so spät noch auf mich wartest. Aber es ist wunderschön, wenn man nach Hause kommt und du da bist, Liebes.«

Sie tranken sich zu. Er biss beherzt in das erste Schinkenbrot.

»Es war ein langer Tag für dich. Möchtest du mit mir über irgendetwas reden?«, fragte Monika.

»Ich darf mit dir nicht darüber reden. Nur so viel, es gibt schon mindestens einen Toten und aller Wahrscheinlichkeit nach auch eine junge Frau, die zu Tode gekommen ist.«

»Mein Gott.«

»Der hat damit ganz bestimmt nichts zu tun. Immer wenn es Probleme gibt, versteckt er sich hinter einer dicken Wolke.«

»Eine große Operation also«, stellte Monika fest.

»Eine sehr große Operation. Mit mehreren eingebundenen Landeskriminalämtern und dem BKA als Dirigenten. Ab morgen geht die Show so richtig los.«

»Du würdest dich gern ausklinken, was?«

»Wie kommst du darauf?«

»Ich kenne dich sehr genau, lieber Lasse. Und wäre das nicht so, wäre ich sicher die falsche Frau für dich.«

Das ist es, was eine richtige Beziehung ausmacht, dachte Larsson. Sie kennt dich in- und auswendig. Einen Augenblick fragte er sich, ob er das Gleiche von sich behaupten konnte. Sicher nicht immer, doch dass er sie liebte, wusste er genau.

»Ja, das würde ich wohl gern. Doch das geht im Augenblick nicht.«

»Das Herz?«, fragte sie.

Er würde ihr nicht sagen, dass er wieder Ranexa einnehmen musste, um das ständige Ziehen in der Brust unter dem linken Arm loszuwerden.

»Ich sollte einfach wieder einmal ein großes Blutbild machen lassen«, sagte Larsson. »Lass uns zu Bett gehen. Ich muss morgen früh raus.«

23. Kapitel

Mittwoch, 6. August 2008

Eine kleine, aber sehr illustre Gruppe hatte sich am Besprechungstisch des Polizeioberrats Mälzer eingefunden.

Mit dem Hubschrauber aus Berlin angereist waren der Leiter der Abteilung Schwere und Organisierte Kriminalität beim BKA, Kriminaldirektor Dr. Henry Salewski, der Erste Kriminalhauptkommissar Ralph Hartmann aus dem Referat SO23 – Auswertung Waffen-, Sprengstoff- und Gewaltkriminalität sowie Vermisstenstelle. Aus dem Referat SO 24 der Sonderermittler war Kriminalhauptkommissar Ulrich Ebersbacher anwesend und vom Staatsschutz aus der Abteilung vom Referat ST23 Kriminalhauptkommissar Raoul Stern. Das ST23 ist die Zentralstelle für Spionage inklusive proliferationsrelevante Aspekte. Dazu zählt auch Staatsterrorismus, die nachrichtendienstlich staatlich gesteuerte Cybercrime und die ABC-Kriminalistik.

Von der Anklamer Kriminalpolizeiinspektion saßen Polizeioberrat Mälzer, Kriminalhauptkommissar Lasse Larsson und Kriminalhauptkommissarin Inge Mohaupt am Tisch.

»Lassen Sie uns anfangen, Herr Polizeioberrat«, sagte Dr. Salewski zu Mälzer. »Wir müssen schnellstens wieder nach Berlin zurück.«

Mälzer begrüßte kurz die Gäste aus Berlin und übergab dann das Wort an Dr. Salewski.

»Nach Ihrem Telefonat von gestern Abend«, begann Salewski, »haben wir eine vierzehnköpfige Ermittlungsgruppe beim BKA zusammengestellt, die sich vorerst aus Mitarbeitern der verschiedenen, für den Fall relevanten Abteilungen zusammensetzt. Drei der Herren sind mit mir angereist, die den harten Kern der Operation innerhalb des BKA bilden werden. Sie sind unmittelbar über eine abwehrsichere Standleitung mit Ihrem Haus hier in Anklam verbunden. Der Erste Kriminalhauptkommissar Hartmann wird die Koordination aller eintreffenden Nachrichten des Falles übernehmen und in Absprache mit den Kriminalhauptkommissaren Ebersbacher, Stern und mir die nötigen Entscheidungen, die dann an die einzelnen Landeskriminalämter beziehungsweise direkt an das jeweilig zum Einsatz kommende SEK weitergegeben werden, treffen. Auf Anklamer Seite erwarten wir dann verantwortlich Herrn Larsson und seine Stellvertreterin Frau Mohaupt, die Telefonate mit Herrn Hartmann zu führen. Gibt es noch Fragen?«

»Hat das BKA schon etwas unternommen, um die Familie von Sven Kirsch zu schützen?«, fragte Larsson.

»Der Familie geht es den Umständen entsprechend gut. Das LKA Kiel hat heute Nacht noch einen Bericht über die Schutzmaßnahmen abgegeben. Und vor unserer Abreise kam die Nachricht, dass über Nacht keine Vorfälle zu verzeichnen waren.«

»Die Kontaktaufnahme Kirschs zu Zossima Pokrovskii war für gestern vereinbart«, fuhr Larsson fort. »Wenn er sich heute nicht meldet, wird Pokrovskii gewarnt sein.«

»Das sehen wir auch so. Haben Sie einen Vorschlag?«

»Eine Kurznachricht. Beim Telefonat könnte er sich durch die leiseste Regung in der Stimme oder ein falsches Wort verraten.«

»Aber wird er das schlucken?«, fragte Kriminaldirektor Salewski.

Larsson zuckte mit den Schultern. »Wir können es zumindest versuchen. Die Handynummer gehört zu einer Prepaid-Verbindung. Von der ersten Sekunde an, die es auf Empfang oder Sendung ist, werden wir versuchen rauszukriegen, wo die Verbindung herkommt.

»Es ist immer gut, das doppelt zu machen.«

Larsson verstand, dass das BKA jede Bewegung der Telefonverbindung Kirschs Handy aus Berlin abhören würde. »Weshalb sind eigentlich sämtliche Dateien über diesen Zossima Pokrovskii gesperrt?«

»Pokrovskii gehört einer Spezialeinheit innerhalb des ukrainischen Inlandsgeheimdienstes Sluschba bespeky Ukrajiny, abgekürzt SBU, an. Diese Einheit überwachte unter anderem den Transport ukrainischer Banknoten per Schiff von Kanada in die Ukraine. Mehrere Millionen dort gedruckter Griwna sind spurlos verschwunden«, sagte Salewski. »Nun wird gegen ihn in Kiew ermittelt.«

»Er soll in den letzten Tagen dort gewesen sein«, wandte Larsson ein.

»Und wenn schon. Sie wissen doch, wenn ein Dienst seine Hand über ihn hält, gibt's eine mächtige Seilschaft, die ihn schützt.«

Larsson verkniff sich eine Erwiderung.

»Außerdem organisiert das Bundeskriminalamt ab dem nächsten Jahr für Angehörige des SBU Workshops und Lehrgänge zu den Themen Internet-, Schleuser- und Rauschgiftkriminalität. Und der Bundesnachrichtendienst wird für den SBU einige Sprachlehrgänge finanzieren.«

»Wer kommt denn auf einen solchen Einfall?«

»Die Politik. Ein solcher Auftrag kommt meist über das Außenministerium. Man will dem neuen Regime eine Chance geben.«

»Was hat das mit Zossima Pokrovskii zu tun?«, bohrte Larsson nach.

»Pokrovskii ist der Verbindungsmann für diesen Deal. Doch lassen Sie uns nun zurückkommen zum Kontakt Kirschs zu dem Ukrainer.«

Larsson merkte, dass der Kriminaldirektor genervt von seinen Fragen war.

»Herr Larsson hat vorgeschlagen, eine SMS an Pokrovskii zu senden«, mischte sich Mälzer ein. »Anschließend das Gerät abzustellen, sodass der Ukrainer ungehalten nachfragt.« Er schaute zu Larsson. »Erklären Sie Ihren Plan.«

»Wir können nicht zulassen, dass Kirsch, der unter dem Druck der Sorge der Sicherheit seiner Familie steht, sich am Handy auf ein Gespräch mit Pokrovskii einlässt. Also sollte er in einem Satz schreiben, dass er im Besitz des Büchleins ist. Nichts weiter. Pokrovskii wird versuchen, ihn telefonisch zu erreichen. Wenn das nicht geht, wird er in einer SMS einen Beweis fordern. Also schickt ihm Kirsch in einer zweiten SMS den zu. Und zwar aus der sensibelsten Stelle des Buches.«

»Wie sensibel?«

»Die Stelle, an der auch Informanten benannt werden.«

»Gute Idee«, sagte Salewski. Er schaute zu seinen Mitarbeitern. »Herr Hartmann?«

Der Erste Kriminalhauptkommissar Ralph Hartmann wiegte nachdenklich den Kopf. »Pokrovskii war in Stralsund. Wir müssen in Betracht ziehen, dass er Kontakt zu Kirschs Frau herstellt oder schon hergestellt hat.«

Salewski schaute zu KHK Ulrich Ebersbacher. »Uli?«

»Ist das Zimmer im Stralsunder Hotel denn noch auf Kirsch gemietet?«

»Ja«, sagte Larsson. »Wir haben wohl bedacht, es auch so zu belassen. Es bietet Möglichkeiten.«

»Stern, Ihre Meinung?«, fragte Salewski.

»Alles, was wir als Beweis für Pokrovskiis Schuld brauchen, sind die Aufzeichnungen des SMS-Verkehrs und das Buch, wenn er es von Kirsch übernommen hat«, sagte KHK Raoul Stern. »Ich weiß aus eigener Erfahrung, dass Herr Larsson sehr genau plant und überaus besonnen vorgeht.«

»Also gut, Herr Larsson. Hören wir uns Ihren Plan an. Dann entscheiden wir, ob wir Kirsch gleich mit nach Berlin nehmen oder nicht.«

»Es ist gut möglich, dass Pokrovskii das Hotel Kontorhaus in Stralsund überwachen lässt.«

»Davon muss man ausgehen«, sagte Raoul Stern.

Ulrich Ebersbacher sagte: »Wir brauchen eine Belegungsliste des Hotels. Dann checken wir mal, ob jemand dabei ist, den wir kennen, und der Kirsch im Hotel überwachen soll.«

»Das könnte die Dienststelle in Stralsund erledigen und gleichzeitig eins der Nebenzimmer für uns festmachen«, sagte Larsson. »Pokrovskii weiß auch, zu welchem Zweck Kirsch in Stralsund ist. Er kennt jede Schwachstelle in dessen Leben.«

»Also eine Frau«, stellte Salewski lakonisch fest und zuckte mit den Schultern. »Die Anweisung nach Stralsund machen wir über unseren Draht direkt aus Berlin.« Er nickte Ebersbacher zu.

Ebersbacher stand auf und verließ den Raum, um mit der Leitstelle beim BKA in Berlin zu telefonieren.

»Der Rolls-Royce muss wieder vors Hotel«, sagte Larsson. »Und zwar nicht still und leise. Das wäre ganz gegen Kirschs Gewohnheit und würde sofort Misstrauen wecken.«

»Wie stellen Sie sich das vor?«

»Kirsch fährt in Begleitung wieder in sein Hotel in Stralsund und verhält sich dort ganz normal.«

»Sie wollen also die Festsetzung Pokrovskiis im Kontorhaus vornehmen.«

»Ja«.

»Das Risiko, Zivilisten zu gefährden, ist dort sehr hoch.«

»Nicht höher als anderswo auch. Bei guter Vorbereitung ist die Sache übersichtlich. Die kleine Bar im Hotel ließe sich durch unsere Leute besetzen.«

»Und wenn er Lunte riecht?«

»Das Hotel liegt praktisch auf einer kleinen Insel. Wir haben drei Zugänge, die sich relativ leicht sichern lassen. Sollte er auf die Idee kommen, mit einem Boot zu fliehen, der Hafen ist leicht abzusichern.«

Es folgte ein kurzes Schweigen.

Larsson dachte an Monika. Er war sich nicht sicher, ob sie dieses Mal wieder mitspielen würde. Aber augenblicklich machte sich sein Herz bemerkbar. Es lief arrhythmisch. Ich muss an mein Ranexa kommen, dachte er. Und dann fiel ihm das Szenario ein, das ihm Kirsch von dem grausamen Video geschildert hatte, das Pokrovskii ihm angeblich vorgespielt hatte. Je mehr er darüber nachdachte, desto mehr war er geneigt, Kirsch zu glauben. Wie krank muss wohl ein Mensch sein, der andere Menschen mit einer Strohhäckselmaschine in Stücke schneidet?

»Wir sollten die erste SMS an Pokrovskii abschicken«, sagte er. »Uns läuft die Zeit davon.«

Kriminaldirektor Salewski schaute kurz zu seinen Männern. Niemand schien einen Einwand zu haben. Dann nickte er Larsson zu.

»Ich habe das Tauschobjekt, Sven.«

»Kurz und bündig«, stellte Hartmann fest.

»Schauen wir, was Pokrovskii antwortet«, sagte Larsson. Er stand auf, gab Mälzer ein Zeichen und verließ den Raum. Er ging zu seinem Büro, nahm aus seinem Schreibtisch eine Ranexa und das Smartphone Kirschs, das er am Morgen dort eingeschlossen hatte. Dann machte er sich auf den Rückweg zum Chefbüro. Kurz bevor er den Raum wieder betrat, schob er sich die Ranexa in die linke Mundtasche. Er ging wieder zurück zum Tisch, legte das Smartphone vor sich hin und nahm einen Schluck Wasser, um die Tablette runterzuspülen. Dann tippte er langsam den Text für Pokrovskii ein, sehr bedacht darauf, keinen Fehler zu machen.

»Ich habe das Tauschobjekt, Sven. Ist das in Ordnung so, dann schicke ich das jetzt ab.«

»In Ordnung«, sagte Salewski.

Larsson drückte auf Senden. Sekunden später wurde der Abgang der SMS bestätigt.

»Sollte Pokrovskii tatsächlich nach Stralsund kommen, brauchen wir eine angemessene Frau, die Kirsch nach Stralsund begleitet.«

»Eine Frau, die seine Geliebte spielt.« Es war mehr eine Feststellung Salewskis als eine Frage.

Larsson nickte.

»Sie werden morgen früh eine solche Frau hier vorfinden, die Kirsch für die gesamte Zeit der Übergabe begleiten wird.«

»Noch ein Wort zu Kirsch«, sagte Larsson nachdenklich und sah Hartmann an. »Kirsch packt vor Gericht aus, wenn seine Familie und er in den Zeugenschutz kommen. Ich bin sicher, dass das BKA Zossima Pokrovskii nicht ungeschoren davonkommen lassen kann, wenn alle Details über sein Tun und Handeln auf deutschem Boden bekannt sein werden.«

»Wir vertrauen Ihrer Arbeit«, sagte Hartmann und schaute zum Kriminaldirektor Salewski.

»Es ist ein guter Vorschlag«, sagte Salewski. »Wir besprechen derweil die verschiedenen verbleibenden Möglichkeiten. Sehen Sie, was Kirsch tatsächlich zu bieten hat, Kollege Hartmann. Sie können am besten einschätzen, ob er die Vorgaben für einen Zeugenschutz erfüllt.«

Larsson und Hartmann schickten sich an zu gehen.

Inge Mohaupt schaute Larsson an. Er machte ihr ein Zeichen, dass sie bleiben möge.

Als sie das Vorzimmer Mälzers betraten, war dessen Sekretärin gerade dabei, einen Aktenschrank zu durchwühlen.

»Ich weiß, Sie suchen gerade das Formular für mein Urlaubsgesuch«, scherzte Larsson. »Sagen Sie bitte Bescheid, dass man Sven Kirsch ins Vernehmungszimmer bringt.«

Die beiden Kommissare gingen über den relativen leeren, stillen Flur und die Treppe hinunter. Irgendwo wurde im Parterre eine Tür ins Schloss geworfen.

»Kirsch hat mächtig Angst. Er weiß, wie gefährlich Pokrovskii ist. Er sorgt sich um seine Familie. Deshalb wird er auch mit dem BKA kooperieren.«

»Er bestimmt. Aber seine Frau?«

Larsson wurde hellhörig. »Wenn ein Mann wie Sie das sagt, klingt das nach Wissen«, sagte er.

»Wenn die Politik Geld in ein solches Unternehmen steckt, wollen wir natürlich möglichst alles wissen, wer der Verbindungsmann tatsächlich ist und was er auf deutschem Grund und Boden treibt.«

»Eine weise Entscheidung.«

»Die uns einige Erkenntnisse über seine exklusiven Vorlieben brachten.«

»In der Liebe?«

»Weniger.«

»Oh.« Larsson schaute Hartmann fragend an.

»Ich weiß gar nicht, ob Pokrovskii zu Liebe überhaupt fähig ist. Zum abgehobenen Sex ist er das allemal. Aber das werden Sie sicher schon wissen.«

»Ja.«

»Auch dass er an seinem eigentlichen Auftrag vorbei operiert?«

Larsson nickte.

»Und über die Kontakte zu Roman van der Bildt und seinen besonderen Bordellen ebenfalls, wie wir aus Ihrem Bericht ersehen konnten.«

»Ja, auch das.«

»Dass er tot aufgefunden wurde?«

Larsson nickte wieder.

»Verstümmelt.«

»Das ist wohl Pokrovskiis Markenzeichen.«

»Es scheint so.«

Als sie im Vernehmungszimmer eintrafen, hatte man Kirsch noch nicht gebracht. Sie gingen um den Tisch herum, und Larsson schnappte sich den Stuhl, auf dem normalerweise der begleitende Beamte neben der Tür saß.

»Was war das mit Kirschs Frau?«, fragte er.

»Ein telefonischer Kontakt mit Pokrovskii. Mehr kann ich Ihnen nicht sagen.«

Die Tür ging auf, und Sven Kirsch wurde gebracht.

»Wie geht es Ihnen heute, Herr Kirsch?«

»Ich wundere mich nur, dass Sie nicht früher gekommen sind.«

Larsson stellte das Aufzeichnungsgerät an, gab Datum, Zeit und die anwesenden Personen ein, wobei er vermied, Hartmann beim Namen zu nennen.

»Ich habe heute jemanden mitgebracht, von dessen Urteil es abhängen wird, ob Sie und Ihre Familie in den Zeugenschutz kommen.«

Kirschs Gesicht zeigte Interesse.

»Doch zuvor noch Folgendes«, sagte Larsson. »Die Nachricht an Pokrovskii ist raus. Sie lautet: Ich habe das Tauschobjekt, Sven. Jetzt haben wir das Gerät abgeschaltet, damit Sie praktisch nicht zu erreichen sind und Ihr Standort nicht geortet werden kann.«

»Geortet?«, fragte Kirsch.

»Wir haben es nicht mit irgendwelchen kleinen Ganoven zu tun. Das sollten gerade Sie doch wissen.«

Kirsch nickte.

»Sie werden morgen in Ihr Hotel nach Stralsund zurückkehren und dort auf Pokrovskii warten«, sagte Larsson.

»Ich soll ...«, Kirsch wurde kalkweiß. Dann funkelte er Larsson an. »Sie verkünden mein Todesurteil ...«

»Nun mal langsam. Sie werden natürlich nicht alleine fahren.«

»Die Frau?«

»Eine Frau«, verbesserte Larsson. »Und dort werden Sie auch keine Minute allein sein. Wenn Pokrovskii sich dort sehen lässt, werden wir ihn vor Ort in Empfang nehmen, sobald Sie ihm das Buch gegeben haben.«

»Sie wissen nicht, was Sie von mir verlangen.«

»Wir müssen das riskieren. Sie sagten doch, dass Sie nach Übergabe des Buches Frau Renzi an einem Ort Ihrer Wahl übernehmen können. Also schauen wir mal, wie er sein Versprechen einhalten wird.«

»Vielleicht wird er nicht selbst kommen, sondern einen Killer schicken.«

»Der Sie nicht umlegen wird, solange er das Buch nicht in den Händen hält«, mischte sich Hartmann ein.

»Da hören Sie es«, sagte Larsson.

»Uns ist durchaus klar, dass Sie sich nach einer Festnahme Pokrovskiis in höchster Lebensgefahr befinden. Für den Fall, dass Sie grundlegend über Ihr Wissen bei weiteren Vernehmungen und später auch bei einer Gerichtsverhandlung aussagen werden, wäre ein Zeugenschutz grundsätzlich möglich.« Hartmann schwieg eine Weile, um seine Worte wirken zu lassen.

»Aber?«, fragte Kirsch leise.

»Ein Zeugenschutz wäre nur dann möglich, wenn auch Ihre Frau dem zustimmt, und es schließt Ihre Kinder ein.«

»Das wird sie ganz bestimmt.«

»Da bin ich nicht ganz so sicher. Wir sind überzeugt davon, dass Sie mit Pokrovskii mehr als einträgliche Geschäfte machen.«

»Was hat das mit dem Zeugenschutz zu tun?«

»Nehmen wir mal an, die zuständige Stelle bei der Generalstaatsanwaltschaft, der Ihr Fall zur Überprüfung vorliegt, würde einem Zeugenschutzprogramm zustimmen. Dann haben wir beim BKA zu prüfen, ob Sie die Auflagen erfüllen, die die Voraussetzung für eine positive Entscheidung darstellen. Der Fall durchläuft fünf Referate. Zum Schluss wird das OE45 eine Fallanalyse erstellen und eine Risikobewertung vornehmen.«

»Da sehe ich gar keine Probleme«, sagte Kirsch.

»Ich schon«, stellte Hartmann ruhig fest.

»Welche?«

»Ihre Bereitschaft zur totalen Unterwerfung unter unsere Vormundschaft für die nächsten etwa fünf Jahre. Ihnen muss klar sein, dass jeder von Ihnen nur das einpacken kann, was in einen Handkoffer geht. Alles andere bleibt zurück, und unserer Erfahrung nach werden Sie es nie wiedersehen.«

»Auch unser Haus nicht?«

Hartmann schüttelte den Kopf.

In Kirschs Gehirn schien es zu arbeiten. »Haben Sie schon einmal Klienten verloren?«

»Es gibt keine Garantie für das Leben. Wir können es nur so gut schützen, wie Sie bereit sind, sich absolut konform zu verhalten und keinerlei, wirklich keinerlei Verbindungen hinter unserem Rücken mit wem auch immer aufzunehmen.«

»Das ist keine Frage auf meine Antwort«, insistierte Kirsch.

»Leider ja. Mehr kann ich Ihnen nicht sagen.«

»Und unsere Konten bei der Bank?«

»Höre ich da Frustration?«

Kirsch zuckte mit den Schultern. Sein Gesichtsausdruck zeigte, was er davon hielt.

»Sehen Sie, Herr Kirsch, da geht es schon los«, sagte Hartmann. »Wir müssen davon ausgehen, dass die Gegenpartei durchaus in der Lage ist, sich einen Überblick über Ihre Konten bei den Banken zu verschaffen. Wenn Sie also jetzt, wo auch immer, Geld abheben, wird man das zurückverfolgen können.«

»Was wird aus dem Geld?«

»Es ist festgelegt und verzinst. Und irgendwann werden Sie wieder an das Geld herankommen. Und das geht auch wieder über uns, damit man keinen direkten Kontakt zu Ihnen herstellen kann.«

»Aber es wird nicht gleich sein.«

»Nein.«

»Wovon sollen wir leben?«

»Von Ihrer Hände Arbeit, wovon sonst.«

»Und die GmbH?«

»Wenn das Ihre größte Sorge ist ...«

»Sie ist unser Leben«, stellte Kirsch resignierend fest.

»War«, sagte Hartmann. »Wenn Sie in ein Zeugenschutzprogramm wollen, gibt es das alte Leben nicht mehr. Und deshalb habe ich ganz zu Recht gefragt, ob Ihre Frau das mitmachen wird.«

»Haben Sie an meine Kinder gedacht? Meine Frau wird sich fügen. Ich denke nur an die Kinder. Sie werden ihre Freunde verlieren. Ob sie das verkraften?«

»Sie werden neue Freunde finden.«

»Wo würden sie uns denn ansiedeln? In Deutschland?«

Hartmann zuckte mit den Schultern. »Wir haben noch nicht einmal entschieden, ob Sie überhaupt in ein Zeugenschutzprogramm aufgenommen werden. Das nächste Gespräch darüber werden wir mit Ihrer Frau führen«, sagte er. »Und nur dann, wenn sie bereit ist, mit Ihnen abzutauchen, werden die Gespräche fortgesetzt werden.«

»Kommen wir zurück zu unserer Strategie«, unterbrach Larsson. »Die Zeit drängt.«

Hartmann stimmte ihm zu.

»Wir erwarten, dass Pokrovskii noch heute Kontakt aufnimmt.«

»Er wird die Falle riechen«, antwortete Kirsch.

»Ein Risiko, das wir eingehen müssen. Doch er wird irgendwie reagieren, denn er will an das Buch heran.«

»Er riecht die Falle« beharrte Kirsch. »Dann nimmt er sich meine Familie vor. Und gnade Ihnen Gott, wenn das passiert.«

Larsson überhörte die Drohung.

»Ihre Familie ist bereits jetzt nicht mehr allein in Ihrem Haus«, mischte sich Hartmann ein.

»Ein wirklich großes Team kümmert sich um den gesamten Fall«, sagte Larsson. »Im Augenblick kann nicht einmal irgendeiner Ihrer Familie auf die Toilette gehen, ohne dass ein Begleitschutz dabei ist. Werden Sie morgen nach Stralsund fahren und so tun, als wäre alles in Ordnung?«

»Habe ich eine Wahl?«

»Die Wahrheit?«

Kirsch nickte.

»Sowie Sie in Freiheit sind, wird Pokrovskii Jagd auf Sie machen. Ihr Leben wird davon abhängen, wie gut unsere Vorbereitungen sind, vor allem aber, wie gut Ihre Bereitschaft ist, die Operation erfolgreich ablaufen zu lassen.«

Larsson schrieb auf einen Zettel *Tod van der Bildts?* und schob ihn Hartmann zu. Der nickte.

»Wie schätzen Sie van der Bilds Beziehung zu Pokrovskii ein?«, fragte Larsson.

»Eine Geschäftsbeziehung. Nichts weiter«, sagte Kirsch.

»Man hat ihn tot im Hamburger Hafen gefunden«, sagte Hartmann.

»Woran ... woran ist er gestorben?«, fragte Kirsch leise.

Hartmann hob die Schultern. »Soviel ich weiß, ist van der Bildt noch zur Autopsie in der Hamburger Rechtsmedizin.«

Larsson vollendete: »Die Finger der rechten Hand haben gefehlt. Erinnert Sie das an etwas?«

Kirsch war nun aschfahl.

»Sagten Sie mir nicht, Sie hätten ein Video gesehen, in dem Finger abgeschnitten wurden?«

»Sie haben gewonnen. Ich werde morgen ins Hotel zurückkehren.«

*

Als Larsson und Hartmann wieder in Mälzers Büro eintrafen, war der Rest der Gruppe gerade dabei, das von der Küche der Cafeteria des Hauses zubereitete Geschnetzelte nach Schweizer Art zu sich zu nehmen.

»Sie kommen gerade zur rechten Zeit«, sagte Mälzer.

Kriminaldirektor Salewski sah Hartmann an. »War das Gespräch erfolgreich?«, fragte er und schob sich den letzten Bissen in den Mund.

»Kirsch fährt morgen zurück in das Hotel nach Stralsund.«

»Wir sind auch ein Stück weitergekommen. Eine Beamtin aus OE43 ist auf dem Weg nach Anklam«, sagte Salewski. »Sie wird Kirsch begleiten.«

Abteilung OE ist die Hauptabteilung Operative Einsatz- und Ermittlungsunterstützung, Gruppe OE4 – Besondere Services und OE43 Einsatz verdeckter Ermittler.

»Und eine Gruppe ist bereits dabei, eine Basiszentrale im Hotel zu einzurichten.«

Larsson schob ein wenig Reis durch die Soße, dann etwas von dem Geschnetzelten und beides auf die Gabel. »Ich weiß, dass Kirsch Angst hat, sein Leben bei der Aktion zu verlieren. Er sehnt sich zurück in die Zeit, in der er ungeniert Geschäfte mit dubiosen Anlegern machen und gleichzeitig seinem Hobby frönen konnte.«

»Sie sind lange genug an dem Fall, Herr Larsson«, sagte der Kriminaldirektor. »Das BKA übernimmt nun die komplette Prozedur. Operativ möchte ich Sie zwar in Stralsund heraushalten, Ihnen aber hier in Anklam die Koordination mit uns übertragen. Darüber hinaus haben Sie ja, soweit ich informiert bin, die richtige Nase, um die wahre Identität der Ginerva Renzi aufzudecken.«

Mit einem Mal schmeckte Larsson das Essen nicht mehr. Er schob den Teller demonstrativ zurück.

»Kriminalhauptkommissar Ulrich Ebersbacher wird die Leitung vor Ort in Stralsund übernehmen.« Salewski drehte sich Mälzer zu. »Wir brauchen jemanden, der ihn dorthin bringt.«

»Kein Problem«, sagte Mälzer.

»Nicht mit einem Funkwagen«, schränkte Salewski ein.

Mälzer schaute zu Inge Mohaupt. »Haben Sie die Möglichkeit, den Kollegen nach Stralsund zu bringen?«

»Jetzt gleich?«

»In der nächsten halben Stunde.«

Inge Mohaupt schaute zu Larsson. Larsson nickte.

»Ja.«

»Bitte nehmen Sie keinen Wagen aus dem Fuhrpark der Polizei«, sagte Salewski zu Inge Mohaupt.

»Wenn Ihnen mein kleiner Ford reicht …«

Salewski nickte. »Absolut.«

Larsson nahm noch einmal das Smartphone Kirschs zur Hand. »Bevor ich Ihnen das Gerät jetzt mitgebe, sollten wir noch einmal prüfen, ob Pokrovskii sich schon gemeldet hat.« Er stellte das Gerät an und gab die vierstellige PIN-Nummer ein. Das Gerät zeigte den Eingang einer SMS an. Larsson las laut vor: »Wo bist Du? Rufe mich an, sofort!«

»Wir sollten umgehend antworten«, sagte Salewski. Er schaute Larsson fragend an.

»Die Meldung ist bereits vor über einer Stunde gekommen«, sagte Larsson. »Haben Sie einen Vorschlag, Herr Kriminaldirektor?«

»Wie Sie bei der ersten Kontaktaufnahme schon sagten, Herr Larsson, die Antwort sollte so kurz wie möglich sein.«

»Übergabe morgen sechzehn Uhr im Hotel Kontorhaus in Stralsund.«

»Ich weiß nicht«, gab Hartmann zu bedenken.

»Bei dem Wort Übergabe denkt Pokrovskii vielleicht nur an Abholen«, sagte Raoul Stern. »Vielleicht sollte man den Satz mit Austausch beginnen.«

»Vergessen wir nicht, das Bild von der Seite des Buches als Beweis mitzuschicken«, sagte Larsson.

»Also gut«, sagte Salewski, »das ist einleuchtend. Schreiben wir also, Austausch morgen sechzehn Uhr Kontorhaus Stralsund. Und dann schalten wir das Ding erst einmal ab. Ab jetzt werden wir den Schriftverkehr selbst führen. Sie sollten uns noch die PIN-Nummer aufschreiben, Herr Larsson«, sagte Salewski.

»Nicht zu vergessen, das geheimnisvolle Buch brauchen Sie auch«, sagte Larsson mit leisem Spott. Er wandte sich Inge Mohaupt zu. »Kannst du es bitte aus der KT holen, Inge? Und die Auswertung der daktyloskopischen Spuren nicht vergessen.«

*

Larsson stand am Fenster und schaute hinunter auf den großen Hof der Polizeiinspektion. Im Hintergrund stand der Hubschrauber, der die Beamten aus Berlin nach Anklam gebracht hatte und nun für den Rückflug fertiggemacht wurde. Langsam begannen sich die Rotorblätter zu drehen.

Vor der Maschine standen Kriminaldirektor Salewski und Polizeioberrat Mälzer im Gespräch. Kurz darauf stieg Salewski in den Hubschrauber.

Stern und Hartmann waren schon eingestiegen, Ulrich Ebersbacher kam mit einer großen Tasche vom Hubschrauber zurückgelaufen zum Parkplatz.

Inge Mohaupt war gerade dabei, ihren Wagen aus der Lücke zu fahren, sodass Ebersbacher ohne Verzögerung einsteigen konnte.

*

Als Larsson nach Hause fuhr, spielte er sich über einen Stick Verdis Requiem in sein Autoradio ein, was er immer machte, wenn er über einen kniffligen Fall grübelte.

Dann dachte er darüber nach, wie er, mitten in der Besprechung, mit Ranexa sein Herz wieder zu einem normalen Rhythmus stimulieren musste. Wenn der Fall Ginerva Renzi abgeschlossen ist, werde ich zu einer komplexen Grunduntersuchung gehen. Aber heute ist es ein herrlicher Nachmittag, und ich bin vor sechs Uhr zu Hause. Und genau deshalb werde ich den Abend genießen. Und plötzlich registrierte er, dass seine Kraftlosigkeit verflogen war.

»Hallo Schatzele«, rief er, als er das Haus betrat.

In der Regel antwortete sie. Aber offensichtlich hatte sie sein Rufen nicht gehört. Er fand sie im Garten. Sie begutachtete mit Elina, die sie an der Hand führte, die selbst angebauten Erdbeeren. Ein Blick zum Tisch auf der Terrasse zeigte ihm, dass er eingedeckt war. Larsson ging zu den beiden, küsste seine Frau flüchtig auf den Mund und nahm Elina hoch. In diesem Augenblick klingelte sein Handy. Prompt schrie das Kind laut seinen Frust darüber hinaus in die Welt.

»Charlene«, sagte er überrascht, nachdem er auf dem Display gesehen hatte, dass es seine Kollegin Charlene Gruber vom BKA war. »Ich dachte schon, du hättest mich vergessen.« Er stellte Elina auf die Erde zurück und legte kurz seinen Finger auf den Mund.

»Kannst du nicht einmal dieses scheiß Telefon abstellen, wenn du zu Hause bist«, maulte Monika, nahm ihre Tochter und entfernte sich.

»Du weißt ja, dass die Truppe eine Sonderkommission gebildet hat«, sagte Charlene.

»Ja. Wir hatten einen Tagesbesuch aus Berlin.«

»Ich konnte erst heute mit Nick sprechen.«

Larsson wusste, dass sie Niclas Schorn vom Staatsschutz meinte, der schon im Vorjahr bei der Affäre um die Kiliwhite Limited behilflich und nun für den Kontakt zwischen dem BKA und Anklam eingeteilt war.

»Ein bestimmtes Telefon aus dem Norden hatte Verbindung mit einem nicht registrierten Handy, das in einer Funkzelle in der Nähe von Oranienburg eingeloggt war.«

»Prepaid-Handy.«

»Es gibt einen Mitschnitt.«

»Euer Laden ist eben immer für eine Überraschung gut«, stellte Larsson fest.

»Так, sagte eine männliche Stimme. Eine weibliche Stimme fragte, ob man sie gefasst habe.«

»Und?«, drängte Larsson.

»Die männliche Stimme bestätigte, dass sie hier und er involviert sei, und dass er wiederum sich daran halte. Wer und was auch immer damit gemeint ist.«

»Im Augenblick kann ich nichts damit anfangen«, sagte Larsson. »Weswegen wurde der Apparat abgehört?«

»Steuerhinterziehung im großen Stil.«

Larsson dachte über das Verhör Kirschs nach, in dem er ihn bezüglich seiner Umsätze gefragt hatte. Er war sich sicher, dass ein Großteil der Umsätze unversteuert geblieben war.

»Charlene ... danke.«

»Gerne. Kann ich sonst noch etwas für dich tun?«

»Wie viel schulde ich dir?«

Charlene Gruber stieß ein girrendes Lachen aus.

Larsson steckte nachdenklich sein Handy wieder ein. Seine Frau war in der Zwischenzeit mit dem Kind wieder zurück ins Haus gegangen.

Elina kam mit kleinen Schritten angetrippelt.

»Komm zu mir, mein Kind«, sagte Larsson. Er nahm sie hoch. »Hast nicht besonders viel von deinem Vater.«

Elina strahlte ihn an.

»Ist das Gespräch mit deiner Geliebten beendet?«, fragte Monika mit säuerlicher Miene, als sie die vorbereiteten Scampi mit einer wundervoll duftenden Knoblauchsoße mit einem aufgeschnittenen Baguette brachte und zu servieren begann.

»Sie ist nicht meine Geliebte. Das weißt du. Sie hat mir einen Fakt mitgeteilt, den ich sonst nie erfahren hätte.« Larsson ging in die Küche, um den Wein aus der Kühlung zu holen.

»Wie weit seid ihr mit dem Fall?«, fragte Monika, als er auf die Terrasse zurückkam.

Larsson hob die Schultern.

»Das ist es keine Antwort.«

»Möglicherweise wird sich das morgen erledigen. Aber genau weiß ich das nicht.« Er goss den passenden italienischen Weißwein zu den Scampi in Gläser und schob Monika ein Glas zu.

»Hat man dich von dem Fall abgezogen?«

Larsson hob sein Glas. »Nicht direkt. Auf uns beide, zum Wohl.«

»Zum Wohl«, sagte Monika und nahm einen kleinen Schluck. »Was heißt nicht direkt?«

»Man hat mich an den äußersten Rand geschoben.«

»Oh.«

»Ich werde also bei einer nicht ungefährlichen Verhaftung nicht dabei sein.«

»Gott sei Dank.«

»Gott sei Dank deshalb, weil du nicht mit Kirsch nach Stralsund zurückfahren wirst.«

»Das hätte ich ohnehin nicht gemacht.«

»Nun macht es eine in Nahkampftechniken ausgebildete Fachkraft aus Berlin. Und darüber bin ich sehr froh.«

»Du bist also draußen ...«

»Gott, schmeckt das gut.«

Es gefiel Monika, wenn er ihr Essen lobte.

»Fast. Ich bin zum Innendienst verdammt«, sagte er zwischen zwei Bissen.

Sie wusste, wie Lasse das hasste. »Oh ...«

»Ja, oh. Aber wie alles hat auch das zwei Seiten.«

Monika machte ein fragendes Gesicht.

»Ich werde vielleicht weitgehend über das Geschehen in Stralsund informiert werden, weil ich als Verbindungsglied zwischen unserem Einsatz und dem BKA dienen soll. Das ist möglicherweise die gute Seite.«

»Und die schlechte?«

»Darüber hinaus habe ich ja wohl, soweit der Kriminaldirektor sich informiert wähnt, die richtige Nase, um die wahre Identität der Ginerva Renzi aufzuspüren.«

»Sagt wer? »

»Kriminaldirektor Dr. Salewski vom BKA.«

»Hat er recht?«

Larsson hob die Schultern. »Ich weiß es nicht. Noch habe ich sie nicht gefunden. Aber worauf der Kerl spekuliert, ist, dass sie in den nächsten Tagen den Mann lebend fangen, der ihnen diese Frage beantworten kann. Und das wird aller Wahrscheinlichkeit nach sein, bevor ich auch nur daran denken kann, dieses Geheimnis zu lüften.«

Er nahm einen zweiten Schluck von dem Wein.

»Magst du noch?« Monika deutete auf die restlichen Scampi in der Glasschüssel. Noch bevor er antworten konnte, legte sie die beiden Schalentiere auf seinen Teller.

Larsson hatte es erwartet. Er lächelte sie an.

»Es kommt nicht so oft vor, dass du keine Vorstellungen davon hast, wie du einen Fall weiter behandelst.«

»Ich hasse eine solch gequirlte Scheiße.«

»Du bist doch ganz gut dran. Erinnere dich an die Leute auf Rügen.«

»Lohme, die Makowkis ...«

»Ja.«

»Die Krux ist, dass ich bis zum Abschluss der Operation meinen Platz neben dem Telefon in der Polizeidirektion nicht verlassen kann.«

»Aber du könntest mit den Leuten telefonieren.«

»Vielleicht, aber nur in meiner Pause.«

Da sie nun mit dem Essen fertig waren, stand Monika auf, stellte das Geschirr zusammen und trug es in die Küche. Elina trippelte hinter ihr her.

Die Makowkis in Lohme, durchfuhr es Larsson. »Oje. Wenn ich mich recht entsinne, aber es ist ja nun schon eine Weile her, sprach Suzanne von Elfi, wenn sie über dieses Treffen und das Mädchen auf dem Bild sprach«, hatte Frau Makowski gesagt. Elfi. Elfi wie?

24. Kapitel

Donnerstag, 7. August 2008

»Das ist Frau Zweig«, sagte Larsson zu Kirsch, als sie im Vernehmungsraum zusammentrafen. »Sie werden sie einfach nur bei ihrem Vornamen Ines nennen. Ines kommt extra Ihretwegen von Berlin. Sie hat eine Ausbildung als Personenschützerin und wird, so gut sie kann, auf Sie aufpassen.«

Sven Kirsch hatte sich vorgebeugt und bewunderte die schlanke Figur der Frau. Das blonde Haar war aufgesteckt und verlieh ihr, zusammen mit der GUCCI-Sonnenbrille, ein klassisch geschäftsmäßiges Aussehen.

»Hallo Ines«, sagte Kirsch.

»Hallo Sven«, antwortete sie.

»Es versteht sich von selbst, dass Sie ihr nicht zu nahetreten. Und glauben Sie mir, sie kann sich absolut gegen irgendeine Aufdringlichkeit, wie wir sie ja schon von Ihnen kennen, wehren.«

»Das ist eine neue Situation«, sagte Kirsch ruhig. »Eine ganz andere Situation als die im Olive.«

»Ich wollte es nur gesagt haben.«

»Und ich habe es verstanden.«

»Wir werden uns schon verstehen«, sagte Ines Zweig. Sie gab Kirsch die Hand.

»Sie werden um halb zwölf von hier abfahren. Für die Fahrt bekommen Sie eine Route zugewiesen, die ohne Komplikationen sein dürfte. Sie führt über Karlsburg, um Greifswald herum die 109 entlang, Neuenkirchen, Mesekenhagen, Rheinberg, Brandshagen«, sagte Larsson. »Richten Sie es so ein, dass Sie zwei Stunden später in Stralsund ankommen werden. Die Route liegt abseits vom Hauptverkehr. Sie werden während der ganzen Zeit unter Beobachtung stehen.«

»Haben Sie noch Fragen? Dann ist jetzt der richtige Zeitpunkt«, sagte Ines Zweig.

»Das dürfte kein Problem sein«, antwortete Kirsch.

»Und Ihre Begleiterin hat das Sagen. Haben Sie das verstanden?«

»Es wird das gemacht, was Ines sagt.« Sven Kirsch lächelte ihr fad zu.

»Sie fahren ohne Umschweife ins Hotel, und gehen dort erst einmal gemeinsam auf Ihr Zimmer. Den weiteren Verlauf bekommen Sie vor Ort gesagt.«

»Eine Frage habe ich doch noch. Was ist mit der Frau, die ich im Olive getroffen habe?«

»Ist das Ihre einzige Sorge?«

»Ich mag sie halt.«

Larsson lachte auf.

»Wird sie Anzeige erstatten?«

»Ich gehe davon aus, dass wir das im Rahmen der Gesamtoperation unter den Tisch fallen lassen können.«

»Danke.«

»Sie werden jetzt in Ihre Unterkunft zurückgebracht ...«

»Zelle«, unterbrach ihn Kirsch.

»... in Ihre Zelle gebracht und kurz vor der Abfahrt abgeholt werden.«

Larsson nickte dem Beamten an der Tür zu, der daraufhin mit Sven Kirsch den Raum verließ.

»Muss ich etwas wissen?«, fragte Ines Zweig.

»Er hat besondere Vorlieben beim Sex.«

»Sonst nichts?«

»Er kann bei der Durchsetzung seiner Wünsche sehr energisch sein«, sagte Larsson.

Die Frau lachte auf. »Und sonst?«

»Ich weiß nicht, worauf Sie hinauswollen.«

Als sie nichts sagte, fuhr Larsson fort: »Es ist nichts über ein Gewaltverbrechen bekannt, wenn Sie das beruhigt.«

»Keine Sorge, ich werde auf der Hut sein, so oder so.«

Larsson hasste diesen Raum, der dicht unter dem Dach eingebaut war, vom Augenblick seines ersten Betretens. Das Zimmer war nicht eben groß, nicht richtig belüftet, und die Wärme, die sich in ihm bildete, empfand er als unerträglich. Doch der Raum war gegen das Abhören von außen abgesichert und verfügte über die sichere Telefonleitung zum BKA nach Berlin, wo IT-Spezialisten ein neues Verschlüsselungsverfahren entwickelt hatten, das täglich, manchmal sogar stündlich gewechselt wurde. Auch eine angezapfte Leitung außerhalb der Gebäude würde deshalb ohne Erfolg bleiben.

»Als ich gestern Herrn Ebersbacher nach Stralsund brachte«, sagte Inge Mohaupt, »stand unweit des Kontorhauses ein nicht ganz alltäglicher SUV.«

Larsson schaute auf, und Inge Mohaupt fuhr fort: »Ich wurde auf den Wagen aufmerksam, weil Ebersbacher ihn besonders interessiert anstarrte, beim Vorbeifahren seinen Kopf kurz drehte und anschließend über den Innenspiegel versuchte, Besonderheiten des Fahrzeugs zu erhaschen.«

»Ein Dodge-SUV?«, fragte Larsson.

»Exakt.«

»Und das hast du so schnell erkannt?«

Inge Mohaupt grinste ihn an. »Ich habe Ebersbacher vor dem Hotel abgesetzt und bin flugs die gleiche Strecke zurückgefahren. In dem Wagen lümmelten zwei Typen mittleren Alters herum. Der Wagen hatte ein Kennzeichen, das mit OR anfing. OR steht für Oranienburg«, sie schaute auf einen kleinen Zettel und nannte Larsson die komplette Registriernummer.

Sofort dachte Larsson an das Telefonat, das Charlene Gruber mit ihm geführt hatte. »Ein bestimmtes Telefon aus dem Norden hatte Verbindung mit einem nicht registrierten Handy, das in einer Funkzelle in der Nähe von Oranienburg eingeloggt war«, hatte sie gesagt.

»Schade, dass du mir das erst heute sagst. Dennoch verdienst du ein großes Lob, denn ich kann mir lebhaft vorstellen, dass es eine Verbindung zwischen unserem Fall und dem Fahrzeug gibt.« Er zwinkerte ihr zu und gab ihr ein Zeichen, ihm den Zettel über den Tisch zu schieben. Dann drückte er den roten Knopf mit der Standleitung, die zum BKA nach Berlin führte.

»Ja«, sagte Niclas Schorn. Larsson erkannte seine Stimme an diesem einen kleinen Wort.

»Meiner Kollegin ist gestern aufgefallen, dass in der Nähe des Zielobjekts ein schwarzer SUV vom Typ Dodge mit Oranienburger Kennzeichen stand, in dem sich fragwürdige Typen befanden.«

»Habe es notiert und leite es gleich weiter.«

Larsson gab ihm die komplette Nummer durch.

»Ihnen einen schönen Tag, Larsson.« Es klickte, die Verbindung war sofort unterbrochen.

Ich muss mich jetzt um die Abfahrt kümmern«, sagte Larsson. »Dich beneide ich nicht, aber du musst hierbleiben. Ich bin in einer Stunde zurück. Kontakt übers Handy.«

*

Larsson kam mit der BKA-Beamtin mit dem Decknamen Ines Zweig vom Büro des Chefs. Er lächelte der blonden Frau zu.

»Ich hole schnell noch meinen Wagen. Wenn Sie wollen, können Sie gleich hier auf Kirsch warten. Er muss jede Sekunde kommen.«

Ines Zweig blieb vor dem Paralleleingang neben der Ausfahrt auf die Friedländer Straße stehen. Und tatsächlich war Larsson noch keine zehn Meter entfernt, als Kirsch die Tür aufstieß und aus dem Gebäude trat. Der ihn begleitende Beamte blieb neben ihm stehen und schaute die Frau fragend an.

»Sie können ruhig gehen«, sagte Ines Zweig. »Ich komme schon zurecht.«

»Wie Sie meinen, aber ich benötige hier eine Unterschrift vom Kriminalhauptkommissar.«

»Das kann ich auch«, sagte Ines Zweig. Sie unterschrieb das Übergabeprotokoll, und der Mann trollte sich ins Gebäude zurück.

Kurz darauf kam Larsson mit seinem Privatwagen, hielt kurz. Ines Zweig und Kirsch stiegen ein. Larsson umrundete nach zur Hälfte den Kreisverkehr am Steintor. Er folgte der Steinstraße, die in der Verlängerung in die B109 mündet und die Peene überquert. Nach zwölf Minuten kamen sie an die Abzweigung nach Klein Bünzow. Larsson bog links ab. Und da stand der Rolls-Royce.

»Drei Minuten zu spät.« Maier grinste Larsson unverschämt an.

»Ich werde mich bessern.« Larsson wandte sich an Kirsch. »Einsteigen«, sagte er. »Warten Sie einen Augenblick.« Larsson drehte sich weg, um zu telefonieren, während Kirsch sich in seinen Wagen setzte.

Es klingelte nur zweimal, dann war Inge Mohaupt am Apparat.

»Lasse.«

»Du sagst jetzt Schorn, dass der Wagen abfährt ... Ich warte.«

Er hörte, wie seine Kollegin mit Berlin telefonierte.

»Lasse ...«

»Ja.«

»Es kann losgehen.«

Larsson steckte das Handy ein und ging die wenigen Meter zu dem Rolls zurück.

»Also los, Kirsch, dann zügig, aber nicht zu schnell, nach Stralsund.«

Kirsch startete den Rolls-Royce und ließ den Wagen langsam anziehen.

»Da geht er hin und singt nicht mehr«, sagte Maier.

»Hättest den Wagen wohl gern behalten?«

»Ne Nummer zu groß für mich. Mit der Karre kannst du nicht mal zum Service fahren. Dafür würden nicht einmal zwei Monatsgehälter reichen. Geschweige denn für etwas anderes.«

»Mach's gut«, sagte Larsson und stieg in seinen Benz.

»Du auch, Lasse.«

*

Der Roll-Royce bog wieder in die B109 ein. Wenige Kilometer weiter fuhren sie in das Karlsburger und Oldenburger Holz, ein strukturreiches Waldgebiet mit historischen Waldnutzungsformen ein, durch den die B109 führte. Plötzlich kam ein grauer BMW aus einem der Waldwege und setzte sich vor den Rolls-Royce.

»Diese Sau!«, entfuhr es Kirsch, der hart bremste. »Wenn ich auffahre, ist der platt, und ich verliere ein Vermögen.«

»Bleiben Sie einfach ruhig. Solange er weiterfährt, ist alles in Ordnung«, sagte Ines Zweig.

»Ich könnte ihn überholen«, sagte Kirsch und erhöhte seine Geschwindigkeit.

»Sie bleiben dahinter, Kirsch.«

Sven Kirsch ging vom Gas. »Nur weil's der Kommissar gesagt hat«, maulte er.

»Weshalb ist mir völlig egal. Hauptsache, Sie tun, was ich sage.« Ihre Stimme war ruhig, aber bestimmend.

Als sie die B111 passierten, die zwischen Züssow und Lühmansdorf weiter nach Wolgast führte, stand ein Audi A6 an der Kreuzung, der, kurz nachdem sie an der Straßeneinmündung vorbeigefahren waren, hinter ihnen herfuhr. Kirsch beobachtete das im Rückspiegel. Doch dann ließ sich der A6 zurückfallen.

Sie umrundeten auf der Umgehungsstraße Greifswald und bogen in die B105 ein. Was Kirsch nicht ahnte, der BMW war kurz vor ihnen die gleiche Strecke gefahren, und der A6 war nur einige Hundert Meter hinter ihm. Beide Wagen folgten dem Signal, das der unter dem rechten Radlauf des Rolls-Royce angebrachte Sender auf die Laptops in den beiden Fahrzeugen übertrug und als roter Punkt sichtbar war. Nach einer weiteren halben Stunde kam Brandshagen in Sicht. Dort würden sie auf die Europastraße E22/E251 einbiegen, der sie bis Stralsund folgen müssten. Was Kirsch abermals nicht vermuten konnte, war, dass eine kleine elektrische Drohne aufstieg, die nahezu unsichtbar dem Rolls-Royce folgte.

Am Umspannwerk in Stralsund holte der Rolls-Royce den BMW wieder ein.

»Da ist der Karren wieder«, sagte Kirsch. »Sehen Sie nur. Ich wette, der ist unseretwegen hier!«

In diesem Augenblick kam die Kreuzung Greifswalder Chaussee – Frankendamm in Sicht.

»Wir biegen hier ab. Blinken Sie«, sagte Ines Zweig.

»Ich warte, wenn der hier auch abbiegt, haben wir ein Problem.«

Der BMW passierte die Kreuzung, ohne sein Tempo zu reduzieren.

»Der fährt weiter zur Insel Rügen. Also keine Aufregung«, sagte die Beamtin.

25. Kapitel

Das Lagezentrum der Sonderermittlungsgruppe OE/AS beim BKA in Berlin war Tag und Nacht besetzt.

Noch während der Nacht hatten Polizeikräfte in Zivil aus Stralsund das Hotel Kontorhaus observiert und einen Videofilm über sämtliche Fahrzeuge in unmittelbarer Nähe des Hotels aufgenommen, der beim BKA ausgewertet wurde.

»Anklam macht auch auf den Dodge aufmerksam, der bei der Aufzeichnung heute Nacht dabei war«, sagte Raoul Stern. »Haben wir den Halter?«

»Der Wagen ist auf einen Kondrat Volkov zugelassen«, sagte einer der Beamten, der die Liste mit den Fahrzeugen und die dazugehörigen Meldeadressen zum Abgleich vorliegen hatte. »Die Adresse gehört zu einem kleinen Bauernhof, der zwischen Oranienburg und Birkenwerder gelegen ist. Es gibt ein Luftbild. Kondrat ist ein 76 Jahre alter Russe. Wir haben in den Hotels in der Umgebung bereits gefragt, ob der Mann dort eingecheckt hat. Negativ.«

»Schau mal in der Computeranimation nach, ob es Verbindungen zwischen irgendeiner Person bei unserer Operation und der Adresse des Hofes gibt«, sagte Raul Stern zu einem Mitarbeiter seines Referats, der vor einem Laptop saß, auf dem sämtliche Personen angezeigt wurden. Der Name Juliane Kirsch war mit einem roten Strich verbunden, dessen Ende das Symbol einer Funkzelle anzeigte und die Buchstaben OR[4]. Durch eine Schaltung, die er aktivierte, übertrug er das Bild auf einen Großbildschirm.

»Es gibt einen kurzen Mitschnitt eines Gesprächs zwischen einer Juliane Kirsch aus Ratzeburg und einem Mann, dessen Handy in der Nähe des Hofes eingeloggt war«, sagte der Beamte.

»Einspielen. Ruhe mal bitte!«, rief Stern.

»Так«, sagte eine männliche Stimme.

»Hast du sie?« Die Stimme kam von einer Frau.
»Sie ist hier«.
»Und Sven?«
»Er ist involviert ...«
»Löse das Problem.«
»Ernstlich?«
»Ja.«
»Ich halte mich daran.«
»Das war das ganze Gespräch«, sagte der Beamte.
»Von wo kam das Gespräch?«
»Von einem Festnetzanschluss aus Ratzeburg.«
»Schauen wir, ob es eine Verbindung zwischen dem Ehemann der Frau und Oranienburg gibt.«
Gebannt schauten Stern und die Männer auf den Bildschirm an der Wand.
»Nein, aber zwischen dem Ehemann und einer Marie Duplessis und einer Ginerva Renzi.«

Stern rief unmittelbar danach Kriminaldirektor Dr. Henry Salewski an und berichtete ihm über die Verbindung.

Im Hinblick auf Kondrat Volkov, der Telefonverbindung zu Juliane Kirsch sowie die Verbindung zwischen Sven Kirsch und Ginerva Renzi, da waren sich alle im Einsatzteam einig, würde man unmittelbar den Hof untersuchen müssen. Sofort wurde eine Spezialgruppe der zur Geiselbefreiung und Bombenentschärfung trainierten GSG-9 in Marsch gesetzt.

*

Der weiße Rolls-Royce parkte, mit dem Blick auf den Querkanal und die dort liegenden Sportboote, vor dem Hotel Kontorhaus. Wie zwei Verliebte verließen die beiden Insassen den Wagen. Sie schlenderten händchenhaltend auf das Hotel zu. Doch die scheinbare Gelassenheit täuschte.

Die Frau hatte ihre Augen hinter den dunklen Gläsern ihrer Sonnenbrille verborgen. So konnte sie unentdeckt in aller Ruhe ihre Umgebung mustern. Als ausgebildete Personenschützerin wusste sie jede kleine Auffälligkeit zu deuten. In diesem Augenblick aber registrierte sie keinerlei Anzeichen, die zu besonderer Vorsicht ermahnten.

Sven Kirsch hingegen bemühte sich sehr, nicht durch mehrfache Kopfdrehungen als ein Mann aufzufallen, der sich in Unsicherheit wähnt. Die Frau, die er als Ines Zweig kennengelernt hatte, war während der Fahrt sehr darum bemüht, ihm beizubringen, wie er sich zu verhalten habe. Und genau danach richtete er sich.

Von einem der drei Personenwagen, die am gegenüberliegenden Ufer des Kanals – nur rund fünfzig Meter von der Zugbrücke entfernt, die den Kanal mit dem offenen Meer verband – geparkt waren, wurde diese Szene sehr genau registriert. Es war der Dodge-SUV, der Inge Mohaupt am Vortag aufgefallen war.

Sven Kirsch und Ines Zweig betraten das Hotel.

Neben der Frau, die die kleine Tagesbar sonst allein betrieb, stand ein junger Mann an der Kaffeemaschine, den Kirsch erstmalig sah. Auf zweien der vier Sessel vor dem Tresen saß ein junges Paar. Doch das beunruhigte ihn nicht. Wie tagesüblich, waren einige Tische besetzt. Es handelte sich scheinbar hauptsächlich um Hausgäste; die begrenzte Größe der kleinen Bar, die auch als Frühstücksraum genutzt wurde, entpuppte sich für die bevorstehende Operation als Vorteil.

Kirsch ging zum Empfang. »Hallo«, sagte er lässig. »Ich bin wieder da, reise aber morgen sehr früh ab.«

»Wie Sie wünschen, Herr Kirsch«, sagte die Frau und strahlte ihn an. »Ich werde Ihnen zum Abend die Rechnung fertigmachen. Sie können sie bis zwanzig Uhr abholen.«

Er ließ sich seinen Zimmerschlüssel geben.

In der Zwischenzeit hatte Ines Zweig die besetzten Tische gemustert. Sie zähle nur neun Personen. Einige von ihnen werden unsere Leute sein, dachte sie, während sie kaum merklich Ulrich Ebersbacher zunickte. Sie kannte den Kriminalhauptkommissar aus einigen Zusammenarbeiten ihrer Referate.

»Gehen wir«, sagte Kirsch. »Hoch zu unserem himmlischen Bett.«

Das Gebäude, war ein dreigeschossiger Neubau mit Pultdächern, um das dritte Obergeschoss richtig nutzen zu können. Dort gab es die beiden gediegenen Panoramasuiten. Wie alle Zimmer des Hauses waren auch sie nicht nummeriert. Jedes der Zimmer trug einen bekannten Namen aus der Schifffahrt von gestern und heute.

»Du solltest nicht so laut sein, Sven«, sagte Ines Zweig. »Verliebte turteln leise. Was wir nicht gebrauchen können, ist eine Aufmerksamkeit, die misstrauisch machen könnte.«

Kurz nachdem sie im Zimmer waren, klopfte es leise an der Tür. Dreimal kurz, zweimal lang.

»Stopp«, sagte Ines Zweig. »Du gehst nicht ans Fenster und nicht an die Tür, Sven. Haben wir uns verstanden?« Sie ging zur Tür und öffnete sie.

»Seien Sie vorsichtig«, sagte Ebersbacher. »Gegenüber am Ufer stehen drei Autos. Eins davon ist ein Fahrzeug, das wir schon länger auf dem Schirm haben. Also bleiben Sie in jedem Fall vom Fenster weg.«

»Ich habe es gerade dem Herrn Kirsch begreiflich gemacht. Aber gut, dass Sie das sagen. Mir ist niemand in der Nähe aufgefallen.«

»Keine Sorge, die beiden Knaben machen keinen Atemzug, ohne dass wir das nicht wissen. Wir können sogar mitschneiden, worüber sie sich unterhalten.« Ebersbacher deutete mit dem Kopf zum Kanal. »Die Leute sind nur da, um zu beobachten. Um vier Uhr soll das Treffen stattfinden. Aber wer immer kommt, wird in spätestens einer halben Stunde da sein. Er weiß nicht, dass wir ihn erwarten. Hoffentlich.«

»Wenn er kommt, wird er sicher zu Fuß kommen«, mischte sich Kirsch ein.

»Wer?«, fragte die Frau.

»Pokrovskii.«

»Wer sagt Ihnen, dass Pokrovskii selbst kommt?«, fragte Ebersbacher.

»Wir haben einen Austausch verabredet. Und er wird sicher nicht nur sehen wollen, was ich zu bieten habe. Er will es, jetzt.«

»Ist Ihnen jemand gefolgt?« Ebersbacher schaute die BKA-Beamten an.

»Nicht dass ich wüsste.«

»Aber vor uns war ein grauer BMW«, fuhr Kirsch dazwischen. »Der hat sich auffällig vor uns gesetzt.«

»Sie haben doch gesehen, dass er in Richtung Rügen gefahren ist«, sagte Ines Zweig.

»Nachdem er sich hat zurückfallen lassen, um zu sehen, ob wir abbiegen.« Kirsch grinste sie herausfordernd an.

Wieder klopfte es. Ein Fachmann der KT kam, um Kirsch zu verkabeln.

Ebersbacher fasste sich an das rechte Ohr. »Noch einmal«, sagte er. Dann machte einen Schritt auf das Fenster zu, achtete aber genau darauf, dass er im Sichtschatten zu den auf dem gegenüberliegenden Ufer parkenden Autos blieb. »Es geht los«, sagte er. »Jemand kommt mit einem Boot.«

»Es ist nicht Pokrovskii«, stellte Kirsch fest.

Vom Boot löste sich eine Gestalt, die langsam auf das Hotel zukam.

»Können Sie sehen, wer es ist?«

»Nein ... das heißt ...«

Ebersbacher nahm aus dem Schrank eine schusssichere Weste, die er zusammen mit anderen Gegenständen zuvor dort untergebracht hatte. Er gab sie Kirsch.

»Ziehen Sie das Ding unter dem Hemd an«, sagte er. »Aber ein bisschen plötzlich. »Sowie er nach Ihnen fragt, wird das Telefon hier klingeln. Und Sie gehen beide runter. Wenn er mit Ihnen reden wird, schicken Sie sie weg. Sie geht dann im Raum ein Stück aus der Schusslinie, sollte es dazu kommen. Aber sie wird genau auf Sie aufpassen.«

Er sah Ines Zweig an. »Alles klar?«

Sie nickte.

»Der Mann hinter der Bar wird Sie ebenfalls im Blick behalten.«

»Und die Angestellte vom Hotel?«

»Sie wird nach dem Telefonat für den Ankömmling sichtbar ein Tablett mit Prospekten und einen Espresso nehmen. Sie geht damit rechts am Tresen vorbei zum letzten Tisch. Sie stellt das Tablett ab und verschwindet durch die Tür rechts hinter dem Tisch. Sie ist dann nicht mehr in einem Schussfeld. Soweit verstanden?«

»Verstanden«, sagte Ines Zweig.

»Und Sie, Herr Kirsch?«

Kirsch nickte. »Verstanden.«

»Haben Sie den Mann erkannt?«

Kirsch schüttelte unsicher den Kopf. Noch bevor er antworten konnte, klingelte das Telefon.

Ebersbacher nickte Kirsch zu. »Nur ja.«

Nach dem fünften Klingelzeichen nahm Kirsch den Hörer ab. »Ja.«

»Da ist ein Herr für Sie, Herr Kirsch. Ich soll Ihnen ausrichten, dass er hier auf Sie wartet.«

»Hat er seinen Namen genannt?«

»Nein. Er sagte, Sie wüssten schon, wer er ist.«

»Ich komme.« Er legte den Hörer wieder auf die Gabel.

»Sie beide warten noch zwei Minuten und gehen dann langsam hinunter.«

Ebersbacher ermahnte noch einmal zur Ruhe.

Kirsch und Ines Zweig gingen langsam die Treppe hinunter. Ebersbacher hatte längst die örtliche Einsatzzentrale im Nebenzimmer erreicht und lief zur Hochform auf.

Als die beiden die Frühstücksbar betraten, blieb Kirsch einen Augenblick stehen. Was er sah, überraschte ihn. Hubert Koertig, der ehemalige Mitarbeiter Roman van der Bildts, saß auf einem der vier Barhocker und grinste ihm entgegen.

»Du hast die Seiten gewechselt«, sagte Kirsch ruhig. »Muss ich verwundert sein?«

»Pokrovskii zahlt einfach besser.«

»Jeder ist seines Glückes Schmied.«

»Genau.«

»Was sagt van der Bildt, dass du ihn verlassen hast?«

Koertig zuckte mit den Schultern. »Können wir einen Augenblick allein sprechen?«

Kirsch wandte sich Ines Zweig zu. »Lass uns ein wenig allein, Liebling.«

»Du hast dich schnell getröstet«, sagte Koertig.

»Hast du Pokrovskii gesagt, was du mir gesteckt hast?«, fragte Kirsch.

»Sollte ich das?«

»Ich wette, dann säßest du jetzt nicht hier.«

»Er will etwas von dir, was ihm gehört.«

»Ich weiß. Aber ich will etwas von ihm, das mir gehört. Wir hatten einen Austausch verabredet.«

»Das soll wohl auch so sein«, sagte Koertig.

»Willst du mich verarschen, Hubert?«

»Es gibt zwei Möglichkeiten«, sagte Koertig. »Die eine ist, du nimmst das, was er möchte, und gehst mit mir auf das Boot.«

»Negativ«, sagte Kirsch und schüttelte den Kopf. »Wie stellst du dir das vor?«

»Du kommst mit Ginerva und gehst mit dem Buch.«

»Das geht nicht.«

»Warum geht es nicht? Ist denn Ginerva nicht in der Nähe?«

»Nicht direkt.«

»Nicht direkt? Wie stellt sich denn Zossima den Austausch vor? Glaubt er, ich gebe ihm das Buch, und er scheißt mich an? Ich hoffe, es ist dabeigeblieben, dass er ihr nur die Finger abgetrennt hat. Ansonsten werde ich ihn töten, wenn ich ihn finde. Das kannst du ihm sagen.«

»Hast du dir das gut überlegt?«

»Ist er in der Nähe?«

Koertig zuckte mit den Schultern. »Hast du das Buch bei dir?«

»Hältst du mich für so naiv?«

»Sag ihm einfach, er soll mit Ginerva herkommen, dann geht er mit dem Buch. Wenn er zu feige ist, kannst du ja kommen – aber mit Ginerva, und du gehst mit dem Buch.«

»Und deine neue Freundin?«

»Kümmere dich nicht um meine Freundin. Sie wird es verstehen.«

»Ich sage es dir nur ungern, Sven. In diesem Augenblick, in dem wir miteinander reden, hat ein Sniper deinen Kopf im Visier.«

Kirsch machte ein bedenkliches Gesicht. »In dem Augenblick, in dem mir etwas zustößt, werden sich die Behörden sehr eindringlich mit diesem Buch beschäftigen. Nachdem, was ich dort gesehen habe, bebt der Einschlag in Kiew und kommt als Donnerhall wieder zurück.«

»Soll ich ihm das sagen?«

»Ja.«

»Hast du an deine Familie gedacht?«

»Ist das eine Drohung?«

»Ich denke nur an all seine Möglichkeiten«, sagte Koertig lapidar.

»Du bist weitsichtig, Hubert. Aber so weit habe ich auch schon gedacht. Meine Familie befindet sich in Sicherheit.«

»Oh, dann ist ja alles in Ordnung.« Koertig grinste Kirsch herausfordernd an.

»Urlaub in Südfrankreich.«

»Südfrankreich.« Koertig nickte. Sein Grinsen verstärkte sich.

»Oder Israel.«

»Es wird ja immer besser. Sie müssen im Traum geflogen sein.«

»Du musst es ja wissen.«

Koertig nahm sein Smartphone. Ein Foto zeigte die beleuchtete Kirsch-Villa in Einhaus mit dem Datumsstempel. »Deine Familie ist auf dem Präsentierteller, und Pokrovskii wird sie sich holen, einen nach dem anderen.«

*

Der Telefondraht und die Funkverbindungen zwischen der Einsatzzentrale beim BKA und den Einsatzorten in Berlin-Dahlem, Stralsund und dem einsam gelegenen Hof zwischen Oranienburg und Birkenwerder wurden ununterbrochen genutzt. Diese Jagd setzte eine gut getimte Teamarbeit voraus.

Das Haus in Berlin-Dahlem stand unter der Überwachung zweier mobiler Einsatzkommandos. Die Männer waren rund um das Grundstück verteilt. Man wollte sicher sein, dass sich Zossima Pokrovskii nicht in dem Haus befand oder sich von dort unerkannt absetzte.

Der auf den Namen Kondrat Volkov eingetragene Hof zwischen Oranienburg und Birkenwerder war praktisch umstellt. Von einem Team der GSG-9, das unweit auf einer Wiese in einem kleinen Wäldchen in zwei Hubschraubern gelandet war und auf den Einsatz wartete, waren lediglich vier Aufklärer unterwegs, die aus sicherer Entfernung den Hof mit ihren Spezialferngläsern beobachteten. Den Männern wäre auch jede noch so kleine

Bewegung um den Hof aufgefallen. Doch es blieb erstaunlich ruhig.

Und letztlich dem Einsatzort Stralsund, in dem sowohl die Männer im Dodge-SUV als auch das Motorboot im Querkanal vor dem Hotel Kontorhaus unter gesicherter Kontrolle der Kriminalpolizei standen. Querkanal und Fährkanal zum Hafen Stralsund wurden durch zwei Boote der Wasserschutzpolizei blockiert, sodass kein Boot den Hafen aus Kanälen in Richtung offene See verlassen könnte.

Auch Hubert Koertig, den man zwischenzeitlich bereits dem Gefolge Roman van der Bildts zuordnen konnte und der nun in Pokrovskiis Diensten stand, war auf dem großen Monitor beim BKA sichtbar.

Nur der, den man fieberhaft suchte, konnte nicht gefunden werden.

Und so ordnete nach dem letzten Gespräch die Leitstelle im BKA eine konzertierte Aktion an, die zeitgleich ablaufen sollte.

*

Vor der großen weißen Villa in Berlin-Dahlem mit dem Messingschild – Economic agency of Ukraine – Бізнес-агентство України – wurde es lebendig. Zuerst klingelte ein einzelner Zivilist an der Gartenpforte. Die Tür wurde entriegelt. Der Mann ging auf das Haus zu, während ein zweiter Mann dafür sorgte, dass die Pforte nicht wieder ins Schloss fiel und damit verriegelt werden konnte. Er hielt mit der Fußspitze auf den letzten Zentimetern die Tür einfach fest.

Sieben Männer stiegen aus einem schwarzen Mercedes-Kleinbus, der auf den Wink des Mannes an der Pforte, die letzten Meter vor dem Haus zurückgelegt hatte. Ein VW-Kombi begleitete ihn, aus dem weitere vier Männer entstiegen. Von der Rückseite des Hauses kamen vier weitere Männer auf den hinteren Eingang des

Hauses zu. Gemeinsam besetzten sie die Villa, durchkämmten jeden einzelnen Raum, doch ohne Erfolg.

Zossima Pokrovskii blieb verschwunden.

*

In die beiden Hubschrauber, die die achtzehn Beamten der GSG-9 von ihrer Basis aus Sankt Augustin-Hangelar in die Nähe von Oranienburg geflogen hatten, und die unweit des Hofes von Kontrat Volkov auf einer Lichtung in einem Wäldchen abgestellt waren, kam Bewegung. Die Rotoren begannen sich zu drehen. Nacheinander schraubten sich die Maschinen dröhnend hoch in die Luft und waren in weniger als drei Minuten über der Einfriedung des Gehöfts.

Ein großer Kettenhund bellte ihnen entgegen.

Der Volkov-Hof, der in der Regel abends im Dunkeln lag, war mit einem Mal hell erleuchtet.

Während eine Maschine genau vor der Ausfahrt auf den befestigten Weg landete, landete die zweite Maschine direkt auf dem kleinen Platz zwischen dem gedrungenen Haupthaus und der Scheune.

Die Beamten sprangen aus dem Hubschrauber. Sie waren noch dabei, sich zu verteilen, als aus dem Haus einzelne Schüsse abgegeben wurden. Doch bevor jemand getroffen wurde, gab einer der Beamten eine Dreierschussfolge aus seiner SG553 ab, der ein lauter Schrei folgte.

Im Nu nahm die erste Gruppe das Haupthaus ein. Vor dem geborstenen Fenster lag der blutende Mann, der auf die GSG-9 Männer geschossen hatte. Eine Makarov lag neben ihm.

Einer der Beamten beugte sich zu ihm hinunter und versuchte, seinen Puls an der Halsschlagader zu fühlen. Er schaute zu dem ihn sichernden Mann, schüttelte den Kopf. Dann prüfte er das Magazin der Makarov. Es war lehrgeschossen.

Aus dem Nebenzimmer rief ein Mann den Namen Nazar.

Zwei der Männer machten sich Zeichen und drangen in den Raum ein. Sie fanden einen alten Mann in einem Bett. Die Luft war stickig.

»Was ist denn los?«, fragte der Alte und schaute mit irrem Blick auf die Eindringlinge.

»Wie viele Leute befinden sich auf dem Hof?«, fragte einer der Männer.

»Nazar Ostapovych Babenko und ich.«

»Sonst niemand?«

Der Alte wurde von einem Hustenanfall geschüttelt. »Niemand. Zossima ist in Berlin.«

»Wie heißen Sie?«

»Kondrat ... Kondrat Volkov.«

Laut geben die Männer die einzelnen Räume frei, in der keine Personen gefunden wurden.

Zur gleichen Zeit kümmerte sich die Gruppe aus dem zweiten Hubschrauber um die mit Efeu bewachsene Scheune aus rotem Backstein. Hinter dem hölzernen Tor ging linksseitig ein gemauerter Raum ab, der mit einer Eisentür gesichert war. Einer der Männer drückte die Klinke herunter. Er stellte fest, dass die Tür verschlossen war.

Mittels Zeichensprache rief er einen zweiten GSG-9 Mann zu sich. Er zeigte auf das Schloss. Der Mann nickte. Er holte einen kleinen, rechteckigen Würfel aus seiner Umhängetasche, presste die graubraune Masse gegen das Schloss. Dann nahm er einen Zünder, den er in die Masse drückte, und schloss ein Kabel an, welches er von dem Zünder durch den Eingang zur Scheune nach draußen verlegte.

In der Zwischenzeit hatte der erste Beamte die Kollegen, die das Gebäude weiter durchsuchten, geholt. Gemeinsam verließen sie die Scheune. Kurze Zeit später wurde der kleine Sprengsatz gezündet. Mit einem lauten Knall flog die Tür aus der Aufhängung. Es war ein kleiner gemauerter, fensterloser Raum, der sich den Männern geöffnet hatte. Als das Licht schließlich brannte, erstarrten sie. So etwas sahen auch die hart gesottenen Männer der Spezialeinheit GSG-9 nicht alle Tage.

In einem Korb, neben dem Strohhäcksler aus dem späten 19. Jahrhundert, lag der Kopf einer jungen Frau. Er musste mit einem Schnitt abgetrennt worden sein. Um den eisernen Häckslerbock war Blut verspritzt. Auf dem mit Ziegelsteinen gepflasterten Boden war eine angetrocknete Blutlache, die nach Eisen und Verwesung roch.

Einer der Männer kämpfte mit dem Inhalt seines Magens. Er stürzte an den Kollegen vorbei, und übergab sich neben dem Eingang zur Scheune.

*

»Du musst es ja wissen, Hubert«, sagte Kirsch.

Hubert Koertig lud ein weiteres Foto auf das Smartphone. Wieder war es mit einem Zeitstempel versehen. »Schau genau hin. Es ist deine Frau, die da telefoniert.«

»Sie ist noch nicht abgefahren? Glaube ich nicht. Ihr habt den Zeitstempel manipuliert. Das dürfte für Pokrovskii eine Kleinigkeit sein.«

»Siehst du den Mann im Hintergrund, der deiner Frau etwas ins Ohr flüstert. Wahrscheinlich hat sie einen Geliebten, von dem du nichts weißt.«

»Du bist nicht ganz dicht, Hubert. Das ist alles, was ich dazu zu sagen habe.«

»Es wäre natürlich auch eine andere Möglichkeit.«

»Ja, das wäre es. Ich denke aber nicht, dass Pokrovskii bei ihr ist.« Aus den Augenwinkeln heraus sah Kirsch, dass die Frau, die er als Ines Zweig kannte, aufgestanden war und auf sie zukam. Vor dem Boot, mit dem Koertig gekommen war, tauchten zwei Männer auf, die das Boot enterten. »Sagtest du nicht, dass in diesem Augenblick, in dem wir miteinander reden, ein Sniper meinen Kopf im Visier hat? Schau mal zu deinen Kumpanen.«

Hubert Koertig schaute hinaus, erfasste die Situation vor und auf dem Motorboot, an dem jetzt ein Boot der Wasserschutzpolizei festmachte. Als er über den Kanal auf die andere Seite schaute, sah er, dass gerade die Männer Pokrovskiis aus ihrem Dodge heraus verhaftet wurden.

In diesem Augenblick fassten die SEK-Beamten, die als Zivilisten in der kleinen Bar saßen, zu. Bevor Koertig sich von dem Schock erholen konnte, der ihm durch die Erkenntnis, in eine Falle gelaufen zu sein, erreichte, stürmten die Beamten mit Waffen in der Hand die wenigen Meter bis zu den Barhockern, auf denen Koertig und Kirsch saßen. Auch der Mann hinter dem Tresen, der die Kaffeemaschine bediente, hatte ebenfalls eine Dienstwaffe auf Koertig gerichtet.

26. Kapitel

»Wenn das Schachspiel zu Ende ist, kommen alle Figuren wieder in dieselbe Kiste«, sagte Larsson zu Inge Mohaupt, nachdem ihm Raoul Stern mit nur wenigen Worten das Ende der Operationen in Berlin, Oranienburg und Stralsund bekannt gab.

»Sie haben uns an die Wand gedrückt«, stellte Inge Mohaupt fest.

»Das trifft es nicht ganz, Inge«, sagte Larsson. »Wenn bei einer Teamarbeit, und das war's ohne Zweifel, alle Befehle aus Berlin kommen, dann kannst du sehen, was wir kleinen Würstchen aus der Provinz sind: die Hilfssheriffs, die zuliefern. Nicht mehr und nicht weniger.«

»Kein Wort der Anerkennung, geschweige des Dankes«, sagte Inge Mohaupt.

»Ich habe mit dem Chef ausgemacht, meine reichlichen Überstunden zu nehmen und ein paar Tage in den Urlaub zu fahren. Und genau das werde ich jetzt machen.«

»Du hast es gut. Ich würde auch gern ein wenig wegfahren. Doch meine Urlaubstage sind ausgereizt.«

Sie verließen den Raum.

Inge Mohaupt ging zurück in ihre Abteilung, Larsson zum Büro des Polizeioberrats Mälzer.

»Das war ja ein abruptes Ende«, wurde Larsson von seinem Chef begrüßt.

»Bei dem wir nur Statisten waren«, antwortete Larsson eisig. »Ich weiß nicht, warum Salewski mit seiner Truppe überhaupt hergekommen ist.«

»Der Kriminaldirektor hat sich das genau überlegt«, sagte Mälzer. »Er hatte zu jeder Minute der Operation Zugriff zu unseren Ressourcen, um unsere Mithilfe einzuholen. Und manchmal ist es so, dass man reichlich liefern muss, und ein anderes Mal eben, dass man ein wenig abseits steht. Aber das ist bei einer solchen Operation kaum zu umgehen.«

»Das mag schon sein«, sagte Larsson. »Manchmal lässt sich das sicher nicht umgehen. Aber dann kann man erwarten, hin und wieder mal ein Zeichen in Form von einigen Sätzen zur Lage von der Einsatzzentrale in Berlin mitgeteilt zu bekommen. Wir haben zwei Tage und einen Nachtdienst geschoben, um genau drei Kontakte zu haben. Larsson zu Schorn: ›Meiner Kollegin ist gestern aufgefallen, dass in der Nähe des Zielobjekts ein schwarzer SUV vom Typ Dodge mit Oranienburger Kennzeichen stand, in der sich fragwürdige Typen befanden.‹ Ein Antwortsatz von Schorn. Er konnte kaum so viel Zeit aufbringen, um die Registriernummer zu übernehmen ... Zweitens: Hauptkommissarin Inge Mohaupt sagt Schorn, dass von unserer Seite die Operation, den Rolls Royce mit Kirsch nach Stralsund zu verbringen, weitergehen kann. Es kam der zweite Antwortsatz aus Berlin. Und drittens einige Sätze zu mir, dass die Operation insgesamt beendet ist. Den Rest würde ich über Sie erfahren. Das ist ein wenig mager.«

»Da bin ich zwar bei Ihnen, Larsson, aber was kann ich machen?« Mälzer hob die Schultern. »Mit mir hat der Kriminaldirektor persönlich telefoniert. Er hat mir gesagt, dass man bei Oranienburg im Umfeld der Operation eine Frauenleiche gefunden hat, die ziemlich arg zugerichtet war. Hier fehlt nicht nur der Finger, sondern der ganze Kopf.«

Larsson sagte nichts dazu, legte aber den Urlaubsschein auf den Tisch.

Mälzer schaute missbilligend auf den Schein. »Wollen Sie wirklich jetzt in der Hochsaison, wo immer etwas passiert, zu Hause bleiben?«

»Die Wahrheit ist, dass ich dringend einen Gesundheitscheck machen lassen muss, den ich nicht verschieben kann. Und was die Frau anbelangt, die gefunden wurde, der Tod ist hauptsächlich jemand, der seine Arbeit ziemlich leise macht. Meistens jedenfalls. Hier war das offensichtlich anders. Ich bin sicher, es ist Marie Duplessis alias Ginerva Renzi.«

»Es ist ungewiss, wo der Tod dich erwartet; erwarte ihn also, wo du auch willst, sagte schon Seneca«, sagte Mälzer. »Irgendwann trifft er uns alle.«

Er unterschrieb den Schein und schob ihn über den Tisch. »Werden Sie mir bloß nicht noch ernsthaft krank«, sagte er.

Larsson wusste, wie Mälzer das meinte.

27. Kapitel

9. und 10. August 2008

Das Wochenende verbrachte Larsson zu Hause. Schon am Samstag hatte er vermieden, das Bett zu verlassen. Am Sonntag hatte es die erste Diskussion mit Monika gegeben, denn sie war der Ansicht, wenn er schon zu Hause sei, könne er wenigstens mit Elina ein wenig im Garten oder auf der Terrasse spielen. Nur zu den Mahlzeiten war er herausgekommen, hatte sich an den Tisch gesetzt, mit Unlust im Essen herumgestochert, um dann wieder in sein Bett zurückzukehren.

Als sie ihn am Sonntag zum Mittagessen holen wollte, verweigerte er das Aufstehen ganz.

»Willst du mir nicht sagen, was los ist?«, fragte Monika.

»Ich fühle mich völlig zerschlagen, todmüde, kann aber nicht schlafen. Und wenn ich schlafe, habe ich Albträume, die sich mit dem Ende der Operationen um diesen Pokrovskii drehen. Immer wieder sehe ich die junge Frau in einem Hamburger Bordell an der Stange tanzen. Immer wieder dieses junge, noch frische Gesicht.«

»Du kannst sie doch gar nicht ansehen, oder hast du ein Video angeschaut, von dem du mir nichts erzählt hast?«

Larsson schüttelte den Kopf.

»Na also.«

»Ich habe sie nicht gefunden, obwohl ich sie gesucht habe und zwei ihrer Pseudonyme kenne.«

»Lasse, du hast Halluzinationen«, stellte Monika fest. Sie fühlte seine Stirn, konnte aber keine besondere Erhöhung der Temperatur feststellen.

»Lass das. Du weißt, ich mag das nicht«, maulte er. Er schob ihre Hand weg.

»Komm ein wenig raus auf die Terrasse. Das wird dir guttun.«

»Nein.«

Monika seufzte, stand auf und schickte sich an, das Zimmer zu verlassen. Als sie am Durchgang zum Flur war, hörte sie, wie Larsson sich übergab. Besorgt ging sie zurück. Sie nahm ein Handtuch aus dem Schrank, das sie ihm reichte.

»Viel ist nicht gekommen. Du hast ja auch nichts gegessen. Nimm das Handtuch. Ich hole schnell einen Eimer und ein wenig Wasser.«

Larsson verspürte wieder das Herzrasen, dann Aussetzer. Er fürchtete, dass ihm etwas zustoßen könnte, sagte es aber nicht.

»In meiner Hosentasche sind einige Ranexa. Hol sie mir, bitte, und ein Glas Wasser.«

Monika brachte ihm die Tabletten. »Was ist das für ein Zeug?«

»Nur etwas, um das Herz ein wenig zu belüfteten«, sagte Larsson.

»Ich hole jetzt einen Notarzt.«

»Das wirst du bleiben lassen.« Larsson drückte sich eine Tablette aus der Verpackung und schluckte sie mit etwas Wasser. »Gleich wird es mir etwas besser gehen, dann komme ich vielleicht auch ein wenig auf die Terrasse.«

Monika wischte das Erbrochene vom Boden auf.

Wenig später zog Larsson sich an und ging hinaus auf die Terrasse. Monika sah, dass ihr Mann schlecht aussah. Er war kreidebleich, fast durchsichtig.

Elina hat ihn entdeckt und kam auf ihn zu. Sie streckte ihm ihre kleinen Hände entgegen.

»Du hast wahrscheinlich ein handfestes Burn-out-Syndrom entwickelt«, sagte Monika.

»So viel habe ich nun auch wieder nicht gearbeitet, dass das gerechtfertigt wäre.«

»Man bekommt einen Burn-out nicht nur von zu viel Arbeit, Lasse. Es bekommen auch Menschen, die dazu neigen, ihre Karriere über ihr Privatleben zu stellen.«

Larsson nahm Elina hoch und streichelte sie. »Ich weiß, ich bin zu wenig für dich da, mein Kind«, sagte er. Und zu seiner Frau: »Ich habe vielleicht ein wenig viel gearbeitet, aber ganz bestimmt stelle ich meine Karriere nicht über meine Familie. Eher würde ich meinen Anteil an dem Objekt in Heringsdorf verkaufen und eine ganz andere Arbeit annehmen. Aber das steht derzeit gar nicht im Raum.«

»Du solltest ohnehin überlegen, dein Geld aus dem Verkauf des Hauses anders anzulegen. Die Steuer nimmt dir sonst zu viel weg.« Monika machte eine kleine Pause, um dann fortzufahren: »Das Burn-out-Syndrom, mein lieber Lasse, entwickelt sich meist über einen längeren Zeitraum. Schon seit einiger Zeit bemerke ich eine Veränderung bei dir. Und im Augenblick geht es von der Motivation im Beruf gar nicht mehr fließend zum Gegenteil über. Ich sehe bei dir Resignation und nie gekannte Depressionen, die den Alltag überwiegen.«

»Nun übertreibe mal nicht.«

Larsson stellte seine Tochter wieder auf die Beine, die eifrig zum Sandkasten lief, um mit ihren Plastiktieren und den Formen zu spielen, die sie mit Sand füllte. Dabei schaute sie zwischendurch immer wieder siegessicher zu ihrem Vater.

Wenig später kam das nächste Herzflimmern, und Larsson stimmte zu, dass seine Frau einen Notarzt bestellte.

Er ging zurück zu seinem Bett und stierte zur Decke. Was habe ich falsch gemacht?, fragte er sich immer wieder.

Weil Monika bei der Meldung bei der Rettungsleitstelle Usedom-Süd die Symptome ihres Mannes geschildert hat, haben die Verantwortlichen auf einen Herzinfarkt getippt und einen Notarzt aus Wolgast angefordert, der vor Ort in der Lage war, ein EKG zu machen. Der Notarzt stellte fest, dass es sich nicht um einen Herzinfarkt handelte, aber dass eine Beobachtung im

Krankenhaus notwendig sei. Letzten Endes nahmen sie Larsson mit und brachten ihn ins Klinikum nach Greifswald. Dort stellten Ärzte der Kardiologie fest, dass das Herz bei seinen Abgängen verschiedene Ablationen aufwies, die zu der Unpässlichkeit führten.

Am Dienstag wurde Larsson operiert. Am Montag darauf verließ er die Klinik in Greifswald.

Er war wieder zu Hause, doch er wurde die Geister, die sich um das Bild der an der Stange tanzenden Marie Duplessis alias Ginerva Renzi rankten, nicht los. Dann erinnerte er sich an den Besuch des Hofladens der Kräuter-Verbena in Prätenow. Er hatte bei der Abfahrt einen Flyer der Praxis für Psychotherapie mitgenommen und sich kurz mit der Psychotherapeutin unterhalten.

Larsson wartete ab, bis seine Frau mit dem Auto unterwegs war. Es war Montag der 18. August.

Er nutzte die Zeit und rief die Heilpraktikerin für Psychotherapie Ina Schirmer an, in deren Hofladen er sich, durch Thuns Empfehlung, mit den Wildpflanzen und Heilkräutern, die auf Usedom wachsen, befasst hatte.

28. Kapitel

Larsson stellte den Wagen am Wald, gegenüber dem Haus ab. Er ging langsam auf den Eingang zum Hofladen im Kräutergarten zu. Wie erwartet, kam der große Rottweiler wieder ans Gartentor. Der Hund erfüllte wie immer seine Aufgabe. Er verbellte den Neuankömmling, was nur Minuten später Ina Schirmer auf den Plan rief.

»Hallo Herr Larsson. Ihr Anruf hat mich schon gewundert. Ich habe nicht erwartet, Sie so schnell wiederzusehen, obwohl mich Ihr Interesse über Möglichkeiten der Hypnose doch gewundert hat.«

»Es ist fast vier Wochen her«, sagte Larsson.

»Sie machten eine Andeutung, dass Sie privat kämen, nicht als Kommissar.« Die Frau beruhigte den Hund und öffnete das Gatter.

»Ich habe mir im Flyer angeschaut«, begann Larsson, »dass Sie die Unterstützungen durch die Hypnosetherapie aufteilen in Gewichtsreduktion, Lebenskrisen, Burnout ... Na ja, an Burn-out war ich schon mehrfach dran, ich habe es aber immer wieder in den Griff gekriegt.«

»Und weswegen kommen Sie nun zu mir? Lassen Sie uns im Garten einen Augenblick Platz nehmen. Ist Ihnen das recht?«

Sie gingen rechts am Hofladen vorbei.

»Kann ich Ihnen etwas zu trinken anbieten? Kaffee, Tee oder ein Wasser?«

»Danke, nein. Ich komme praktisch vom Frühstück.«

Sie setzten sich an den Tisch. Larsson schaute über den Holzzaun. Jetzt sah er erst, wie groß das Grundstück eigentlich war. Da es insgesamt von einer hohen Hecke gesäumt war, konnte man sich das überhaupt nicht vorstellen. Das Grundstück war sehr gepflegt, der Rasen kurz geschnitten. Im Hintergrund, an und neben einer kleinen Holzhütte, war sorgsam geschnittenes Holz aufgeschichtet.

»Schön haben Sie es, und überaus ordentlich. Das muss eine Heidenarbeit machen.«

Die kleine, zarte Frau lächelte.

»Sagten Sie nicht, Sie wären in der letzten Woche in Greifswald operiert worden?«

»In letzter Zeit haben mich Herzrhythmusstörungen mit Vorhofflimmern traktiert. Man riet mir, einige kleine Ablationen veröden zu lassen.«

»Hat's etwas gebracht?«

»Es ist zumindest besser geworden, doch weil ich zwei Tage danach wieder Beschwerden hatte, wurde ein neues EKG durch einen Rhythmologen eingeschätzt. Er hat festgestellt, dass auf der anderen Seite des Herzens noch Ablationen vorhanden sind, die ebenfalls verödet werden sollten. Das wollen wir in vier, fünf Wochen machen.«

Ina Schirmer wiegte den Kopf. »Ob es da ratsam ist, in diesem Augenblick eine Hypnose zu machen, kommt auf die Umstände an, die Sie zu mir geführt haben.«

»Ich habe mir ihre Möglichkeiten auf dem Flyer angesehen und danach überlegt, was infrage käme.«

»Die Übergänge können sehr fließend sein«, gab die Psychotherapeutin zu bedenken.

»Ich weiß nicht, ob es eine Blockade ist oder ob es Angst, Zwangsstörungen oder Zwangsphobien sind. Jedenfalls kann ich kaum schlafen.«

»Oh, da wird es aber schon schwieriger. Angst und Zwangsphobien lassen sich zwar behandeln, doch man sollte es bei Depressionen nie tun, ohne einen Facharzt hinzuzuziehen. Wie machen sich denn die Störungen bei Ihnen bemerkbar?«

»Manchmal schlafe ich kurz ein, wache nach einiger Zeit wieder auf, weil mich ein Traum so durcheinandergebracht hat, dass ich schweißgebadet bin. An anderen Abenden kann ich nicht einmal einschlafen. Wenn ich aufwache, fühle ich mich total zerschlagen, so wie jetzt auch.«

»Gibt es einem besonderen Grund dafür?«

»Eine junge Frau«, sagte Larsson.

»Oh ...«

»Eine junge Frau, die an einer Stange in einem Club tanzt. Sie hat ein offenes, unverdorbenes Gesicht.«

»Aber sie ist es nicht? «

»Nicht ganz", sagte Larsson.

»Könnte es sein, dass Sie private Probleme damit haben?«

»Private Probleme? Sie meinen, wegen meiner Frau?«

Ina Schirmer nickte.

Larsson lachte auf. „Nein, nein. Bei mir zu Hause ist wirklich alles in Ordnung. Es ist ein Fall aus meiner Arbeit, der mich beschäftigt. Ich suche diese Frau, finde sie aber nicht. Das ist die ganze Chose.«

»Aber das beschäftigt Sie nachts so, dass diese Gedanken Ihre Schlafzeit erheblich verkürzen?«

»Ja.«

»Dann haben Sie möglicherweise eine Blockade, die Sie lösen müssen, damit Ihnen dieses Bild nachts nicht in Ihr Unterbewusstsein dringen kann.«

»Eine Blockade?«

»Wir haben alle Blockaden, die unser Leben beeinflussen. Meist bauen sich Ängste in der Kindheit oder Jugend auf und rauben uns zu viel Kraft. Es gibt auch Ängste, die sich in der unmittelbaren Zeit aufbauen.«

»Vielleicht habe ich im Unterbewusstsein die Befürchtung, die Frau nicht lebend aufzufinden.«

»Gibt es Anzeichen dafür?«

»Das kann ich Ihnen leider nicht sagen.«

»Verstehe", sagte die Psychotherapeutin. „Ein laufender Fall, der Sie beschäftigt.«

Larsson nickte.

»Sie haben doch hin und wieder mit Mord und Totschlag zu tun, wenn ich Gerd Thun richtig verstanden habe. Kann es sein, dass sich dieser Fall von anderen abhebt?«

»Kein Fall gleicht dem anderen. Jeder hat andere Eigenarten. In der Regel kann man sie einem Muster zuordnen. In der Ausführung sind sie dagegen in verschiedenen Stufen der Grausamkeit angesiedelt.«

»Haben solche Taten Sie schon öfter nicht schlafen lassen?«

»In meinen Anfangsjahren schon. Mit der Zeit hatte ich begriffen, dass man derartige Dinge nicht allzu nahe an sich herankommen lassen darf. Sonst kann man einen solchen Job einfach nicht machen.«

»Und der Fall dieser jungen Frau, der beschäftigt Sie nun nachts.«

»Ja.«

»Ist der Fall abgeschlossen?«

Larsson hob die Schultern. „Ich weiß es nicht. Für mich jedenfalls ist er nicht abgeschlossen.«

»Wenn ich Sie richtig verstanden habe, wollen Sie, dass ich Ihnen helfe, die nächtlichen Bilder aus ihrem Unterbewusstsein zu löschen.«

Larsson nickte.

»Wir könnten es versuchen. Doch ich bin keine Zauberin. Nur wenn Sie mir hundertprozentig vertrauen, und dann ist es nicht einmal ganz sicher, wird sich Ihr Unterbewusstsein öffnen. Vorausgesetzt ist, dass Sie den Eingang in Ihr Unterbewusstsein zulassen wollen. Und auch ich müsste einen positiven Eindruck davon haben, dass dieser Zugang zu erreichen ist. Beginnen würde das damit, dass ich Sie während der Hypnose duzen würde. Das ist eine Voraussetzung, um Vertrauen zu schaffen.«

»Das wäre kein Problem für mich«, sagte Larsson.

»Sie sind sich also sicher, dass wir es probieren wollen?«

Larsson bekräftigte das.

Sie gingen hinter dem Hofladen durch den Garten. Als sie wieder an dem Kleingartentor ankamen, stand der große Rottweiler da und schaute Larsson misstrauisch entgegen.

»Zeigen Sie keine Angst«, sagte die Psychotherapeutin. »Er wird Ihnen nichts tun.« Gleichzeitig begann sie, den Hund sachte beiseitezuschieben, sodass Larsson das Gartentürchen passieren konnte. Er war kaum durch den Zaun, als der Hund sofort begann, ihn zu beschnuppern. Er tat das mit großer Intensität, und Larsson begann vorsichtig, den Kopf des Tieres zu streicheln. Leise redete er auf ihn ein. »Du bist ein ganz braver Kerl. Und so wachsam.«

Frau Schirmer öffnet die Tür des Hauses und versuchte, den Hund draußen zu halten, doch das klappte nicht.

»Lassen Sie doch«, sagte Larsson. »Es ist doch sein Zuhause.«

Sie gingen ins Haus. Als sie die Treppe hochgingen, blieb der Hund artig im Parterre zurück und legte sich hin.

In der großen Diele im oberen Stockwerk stand eine Sitzgruppe, und vor dem Schornstein, der an der Mittelwand zum Dach führte, stand ein Kamin.

Ina Schirmer hatte Larssons Blicke gesehen. »Hier sitzen wir oft um den Ofen herum und unterhalten uns über die wichtigen Dinge des Lebens.«

Links von der Treppe öffnete sie ein Zimmer. In diesem Raum befanden sich vier Möbelstücke. Rechts vor dem Fenster ein Tisch, links, mitten im Raum, ein moderner Liegesessel. Vor dem Sessel stand ein Hocker der gleichen Bauart, auf dem der Patient die Beine hochlegen kann. Rechts neben dem Liegestuhl befand sich eine kleine Sitzgelegenheit für die Psychotherapeutin.

Mit einer Handbewegung lud Frau Schirner Larsson ein, sich in den Liegestuhl zu setzen.

»Also werden wir es versuchen?«

»Bitte.« Larsson lächelte sie dankbar an.

»Mach es dir bitte ganz bequem. Egal, ob du dich hinlegen oder lieber sitzen möchtest, das spielt für uns überhaupt keine Rolle«, begann Ina Schirmer mit einer leisen, eingehenden Stimme. »Wichtig ist nur, dass du vollkommen bequem und entspannt bist. Und jetzt möchte ich dich bitten, einfach deine Augen zu schließen und auf meine Stimme zu hören. Konzentriere dich also ganz auf meine Stimme, auf jedes Wort, das ich sage. Erlaube deinem Unterbewusstsein, jetzt das Kommando zu übernehmen. Du selbst musst hier überhaupt nichts tun. Wichtig ist nur, dass du dich vollkommen entspannst und auf meine Stimme hörst. Höre auf meine Worte, die ich sage, und du wirst merken, dass du mit jedem Wort, mit jedem Geräusch, das du um dich herum wahrnimmst, immer entspannter wirst. Du kommst ganz automatisch in ein Gefühl der Entspannung. Immer tiefer und tiefer.« Ihre Stimme wurde noch leiser. »Konzentriere dich einen Moment auf deine Atmung, konzentriere dich ganz auf deine Atmung, spüre, wie dein Atem durch deinen Körper fließt.«

Larsson schloss die Augen. Er merke, wie alles um ihn dunkler wurde ...

Gut eine Stunde später wartete die Psychologin einen Augenblick, bevor ihre Stimme wieder eine normale Lautstärke annahm.

»Ich werde jetzt gleich bis drei zählen, und bei drei wirst du deine Augen öffnen, bei drei wirst du wieder vollkommen wach sein, du wirst frisch sein, du wirst dich gut fühlen. Du wirst dich fühlen wie nach einem langen, erholsamen Schlaf. Und du wirst eine innere Stärke in dir fühlen, wie du sie vielleicht schon lange nicht mehr gefühlt hast. Du wirst dich ein bisschen fühlen, als könntest du Bäume ausreißen. Eins ... Dein Puls, dein Blutdruck, deine Atmung steigen wieder auf die für dich optimalen Werte. Nimm bitte einmal einen ganz kräftigen Atemzug ... hmmmm ... Schschsch ... sehr schön. Zwei ... Die Kraft kehrt wieder in deine Muskulatur zurück. Du kannst deine Finger bewegen, du kannst deine Füße bewegen, du kannst dich strecken ... streck dich bitte einmal ... wunderbar ... Drei ... Öffne die Augen. Du bist wach.«

Als Larsson die Psychotherapeutin anschaute, war er noch ganz benommen.

Ina Schirmer lächelte ihn an. »Werden Sie langsam wach, Sie haben alle Zeit der Welt.«

Langsam kam Larsson ins Jetzt zurück.

»Ich hoffe, ich konnte Ihnen ein wenig helfen, und Sie fühlen sich jetzt nicht ganz so zerschlagen wie vorhin, als Sie zu mir kamen.«

»Es geht wieder«, sagte Larsson.

»Vor der Hypnose haben Sie mir von der jungen Frau erzählt, die an der Stange tanzt, und dass sie dieses Bild nachts nicht zur Ruhe kommen lässt.«

Larsson nickte.

»Wenn Sie jetzt abends einschlafen wollen, gehen Sie einfach denselben Weg, den wir während der Hypnose zusammen gegangen sind. Sie werden merken, Sie werden einschlafen. Und die junge Frau ...«

»Ginerva Renzi oder Marie Duplessis«, unterbrach Larsson.

»Die Frau wird sie während der Nacht in Ruhe lassen.«

»Ich sehe sie immer vor mir. Und wenn ich sie nicht unmittelbar sehe, dann rufe ich ihr Bild in meinem Smartphone auf.«

»Sie haben es immer bei sich?«

Larsson zog sein Smartphone aus der Tasche und rief das Bild auf.

»Verstehen Sie mich nicht falsch, Herr Larsson. Aber das Bild sollten Sie löschen. Ich weiß nicht, ob Sie es sonst so ohne Weiteres aus dem Unterbewusstsein verbannen können. Das Smartphone wird Sie so lange immer an dieses Bild erinnern.«

»Dann wollen wir es gleich löschen«, sagte Larsson. Er zögerte er einen Augenblick. »Wollen Sie es sich kurz ansehen?«

Ina Schirmer nickte.

Larsson zeigte ihr das Bild. Sie verharrte einen Augenblick und legte ihre Hand auf seinen Unterarm.

»Warten Sie einen Moment. Das Gesicht kommt mir bekannt vor, obwohl ... Nein, eigentlich ist es nicht möglich. Es gibt eine gewisse Ähnlichkeit zu einem Mädchen, das in seiner Kindheit oft bei mir war.«

»Denken Sie bitte nach.« Larsson war mit einem Schlag hellwach.

»Elvira ... Elvira Starck. Sie wuchs bei ihrer Großmutter auf, weil die Mutter sehr früh verstorben war. Sie kam immer mit dem Rad aus Stolpe, ist nicht weit. Und im Winter lernte sie bei mir, Wolle mit dem Spinnrad zu verarbeiten.«

Ina Schirmer ließ den Blick nicht von dem Bild.

»Zur Wende verschwand Elfi dann plötzlich.«

Da haben wir's, dachte Larsson. Elfi. Den Namen hatte auch Suzanne Makowskis Mutter genannt. Das ist eine verdammt heiße Spur. Aller Druck war mit einem Mal von ihm gewichen. Jeder Sinn des Jägers war wieder geschärft.

»Warum verschwand Elfi?« Er bemühte sich, ruhig zu klingen.

»Ihre Großmutter verstarb. Sie war schon weit über die Siebzig.«

»Hatte Elfi noch andere Kontakte, ich meine, außer zu ihrer Großmutter?«

»Sicher ein paar Schulfreundinnen oder Mädels in ihrem Alter in Stolpe.«

»Na, da haben wir wenigstens wieder mal etwas zu tun«, sagte Larsson.

»Als Elviras Großmutter gestorben war, ging sie noch zu einer Freundin, einer zugezogenen Russlanddeutschen.«

»Erinnern Sie sich an deren Namen?«

Ina Schirmer lehnte sich in ihrem Stuhl zurück und schloss einen Augenblick die Augen. »Nein, ich entsinne mich nicht wirklich. Ich weiß nur, dass Elvira davon gesprochen hat, dass die Frau einen ähnlichen Vornamen hat wie sie selbst.«

Larsson rief Karl Simons an.

»Lasse? Ich denke, du bist krankgeschrieben.«

»Ich brauche kurz deine Hilfe. Setz sich mit der Meldestelle Usedom-Süd in Verbindung. In Stolpe muss es eine Russlanddeutsche geben, die in der Wendezeit oder kurz davor dort zugezogen ist, und die einen ähnlichen Vornamen hat wie Elvira, zumindest einen ähnlich klingenden.«

»Ich nehme an, du brauchst es heute noch.«

»Ich brauche es sofort«, sagte Larsson. »Mach's bitte, Karl, du hast etwas gut bei mir.«

»Wie wär's mit einem Kaffee? Oder mit einem Tee?«, fragte Ina Schirmer.

»Einen Ihrer Wohlfühltees aus dem Hofladen würde ich schon gerne nehmen«, sagte Larsson.

»Bleiben Sie hier einfach liegen und ruhen sich noch einen Moment aus. Ich hole uns den Tee.« Damit verschwand sie, und Larsson hörte, wie sie die Treppe runterging und kurz mit dem Hund sprach. Er stand auf, ging hinaus zu dem großen Podestraum, von dem die Treppe nach unten führte, und wo die Sitzgruppe vor dem Kamin stand. Genau dort setzte er sich hin und wartete, bis die Psychotherapeutin wieder nach oben kam.

»Das sind Sie ja schon«, sagte sie lächelnd und stellte das Tablett mit dem Tee auf dem Tisch vor ihm ab.

Larssons Handy klingelte.

»Es gibt eine Frau namens Ewelina Kulataev in Stolpe. Jahrgang 1936.« Simons gab Larsson die Adresse.

Larsson dankte ihm und sah Ina Schirner an. »Hat Ihnen Elvira den Namen Ewelina genannt? Ewelina Kulataev?«

»Wenn ich das höre, entsinne ich mich, ja. Es ist der Name.«

Larsson nannte die Straße im dreieinhalb Kilometer entfernten Stolpe und ließ sich den Weg beschreiben. Dann trank er den Tee aus.

»Ich werde jetzt mein Glück versuchen«, sagte er.

Ina Schirner begleitete ihn durch den Garten zum Tor. Der Hund folgte den beiden. Er schmiegte sich noch einmal kurz an Larssons Bein, bevor dieser durchs Tor war.

»Haben Sie erst einmal Dank, liebe Frau Schirmer. Ich denke, ich werde nun wieder schlafen können.«

29. Kapitel

Larsson taxiert das kleine Einfamilienhaus. Es muss schon eine Weile her gewesen sein, dass die Wände einen neuen Anstrich bekommen haben, dachte er. An der Haustür war ein älterer Mann dabei, die Farbe abzuschmirgeln. Hier würde wohl bald etwas neue Farbe aufgetragen werden.

Obwohl der Mann aus dem Augenwinkel heraus Larsson gesehen hatte, hörte er nicht unmittelbar auf zu arbeiten. Deshalb machte Larsson ein deutliches Handzeichen. Der elektrische Schleifer verstummte, und der Mann nahm seine Brille ab, um den Staub mit dem aus der Hose heraushängenden Hemd von den Gläsern zu wischen.

»Was gibt's denn?«

»Mein Name ist Larsson«, sagte Larsson und zeigte seinen Dienstausweis. »Ich bin von der Kriminalpolizei und möchte mit Frau Ewelina Kulataev sprechen.«

»Sofia«, rief der alte Mann ins Haus.

»Was ist los? Warum schreist du so?« Hinter ihm wurden Schritte hörbar, die zu einer Frau um die sechzig gehörten.

»Der Mann ist von der Kriminalpolizei. Er will zu Ewelina.«

Die Frau schaute Larsson feindselig. »Was wollen Sie von Frau Kulataev?«

»Mein Name ist Larsson«, stellte sich Larsson zum zweiten Mal vor. »Ich habe nur ein paar Fragen.«

»Was für Fragen?«

»Das werde ich ihr selbst sagen.«

Die Frau schüttelte den Kopf. »Frau Kulataev verträgt keine Aufregung. Also, was wollen Sie?«

»Frau Kulataev sprechen, jetzt sofort. Oder muss ich erst einen Funkwagen vor die Tür stellen?«

Die Frau schien kurz zu überlegen, und Larsson fasste nach. »Ich habe Ihren Namen gar nicht verstanden.«

»Sofia Weiler ... Warten Sie einen Augenblick. Ich werde Frau Kulataev fragen, ob sie mit Ihnen reden will.« Die Frau ging es Haus zurück.

Der alte Mann schaute Larsson an, zuckte mit den Schultern und sagte: »So ist sie nun mal, die Sofia, kann man nichts machen. Immer spröde.« Er nahm sich ein Zigarillo aus einer Packung, die neben der Tür auf dem Fenstersims eines kleinen Fensters zum Eingang lag, und steckte ihn sich an. Dann zog er den Rauch genüsslich ein und ließ diesen sehr langsam aus seinem Mund ausströmen.

Sofia Weiler kam zurück.

»Frau Kulataev wird jetzt mit Ihnen reden.«

Larsson machte einen Schritt auf sie zu und schickte sich an, ins Haus zu gehen.

»Nicht im Haus. Sie ist im Garten. Folgen Sie mir.«

Im Schatten eines Baumes saß eine alte Frau in einem Rollstuhl.

Sofia Weiler sagte: »Das ist der Kommissar, Ewelina.«

Larsson gab der Frau im Rollstuhl die Hand. »Guten Tag, Frau Kulataev. Ich würde gern mit Ihnen über Elvira Starck sprechen.«

»Über Elvira«, sagte die Frau leise. »Ich habe lange schon auf sie gewartet.«

»Über Elvira Starck?«, sagte Sofia Weiler mit fester Stimme. »Warum haben Sie das nicht gleich gesagt? Ich hätte Ihnen darüber Auskunft geben können.«

Larsson sah sie ruhig an. »Ich möchte jetzt mit Frau Kulataev allein sprechen.«

Sofia Weiler schaute die Frau im Rollstuhl an. »Ewelina?«

»Du hörst, was der Kommissar gesagt hat. Bitte lass uns allein.«

Widerwillig ging Sofia Weiler ins Haus zurück.

»Was ist mit Elvira?«, fragte Ewelina Kulataev leise.

»Wann haben Sie Elvira Starck das letzte Mal gesehen?«, fragte Larsson.

»Im Frühjahr 1990.«

»Das ist lange her. Und dennoch können Sie sich so genau entsinnen?«

»Als ihre Großmutter starb und sie niemand aus ihrer Familie mehr hatte, war ich da. Ich bewohnte in diesem Haus ein Zimmer, lebte hier wie in einer Familie. Nein, ich war nun ein Teil ihrer Familie. Glauben Sie mir, ich war das gern, denn Elvira war ein gutes Kind.«

»Und dennoch hat sie sie verlassen? Warum?«, fragte Larsson.

»Sie sagte zu mir, es wäre Zeit für sie, die Welt kennenzulernen. Sie würde sich den Westen anschauen und dann zurückkommen.«

»Sie haben ihr geglaubt, dass sie zurückkommt?«

»Absolut. Sie sagte, ich solle auf sie warten. Sie wisse nicht genau, wie lange das dauern würde, aber dass sie käme, wäre sicher.«

»Sie haben Ihr also wirklich geglaubt«, wiederholte Larsson.

»Ja. Wenngleich mir klar war, dass sie möglicherweise nur zu Besuch noch herkommen würde. Doch dass sie irgendwann käme, da war ich mir ganz sicher.«

»Wie ist sie hier weggegangen? Ich frage deshalb, weil sie möglicherweise Hilfe gehabt hat. Und wenn das so ist, würde mich sehr interessieren, von wem.«

»Sie hat keine Hilfe gehabt. Sie hat ihre Sparbüchse geplündert, ich gab ihr noch 200 DM mit auf den Weg, und weg war sie.«

»Sie meinen Mark der DDR?«, sagte Larsson. »Die D-Mark gab's hier doch erst im dritten Quartal 1990.«

Ewelina Kulataev lächelte. »Ich habe mir heimlich immer ein wenig umgetauscht, als mich ein Freund aus der Atamanskaya Uliza in Махин Oblast Nähe Rostow am Don besuchte. Es war die gleiche Straße, in der ich früher gewohnt hatte. Er war schon vor mir in den Westen übergesiedelt und brauchte ja auch immer ein wenig Ostgeld, wenn er mich zu DDR-Zeiten besuchte.«

»Wissen Sie, wohin Elvira Starck gegangen ist?«, fragte Larsson.

»Ich bekam einmal eine Karte, nur ein einziges Mal.«

»Es ist lange her. Sie werden die Karte nicht aufgehoben haben.«

»Wo denken Sie hin? Natürlich habe ich die Karte aufgehoben. Ich wäre nie auch nur auf den Gedanken gekommen, sie wegzuwerfen.«

»Würden Sie mir die Karte denn zeigen?«

Die Frage zauberte der alten Frau ein Lächeln ins Gesicht. »Wenn Sie mich ins Haus rollen, werde ich sie für Sie raussuchen.«

Larsson schob sie langsam auf das Haus zu. Kurz bevor sie den Hintereingang erreichten, öffnete sich die Tür.

Sofia Weiler sagte vorwurfsvoll: »Warum benutzt du nicht die Glocke? Bin ich denn nicht schnell genug?«

»Lass gut sein, Sofia«, sagte Ewelina Kulataev. »Ich will dem Kommissar etwas zeigen und noch ein wenig unter vier Augen mit ihm reden.«

Als Larsson mit dem Rollstuhl und Ewelina Kulataev den Flur erreichte, sahen sie Sofia Weiler zur Vordertür hinausgehen. Wahrscheinlich wollte sie dort mit ihrem Mann, der noch immer dabei war, die Tür abzuschleifen, über die Ungeheuerlichkeit diskutieren, die der Kommissar hier provoziert hatte.

Sie erreichten das Wohnzimmer. Larsson schloss die Tür hinter sich, sodass sie nun beide allein in dem Raum waren.

»Fahren Sie mich bitte zu dem Spiegelschrank«, sagte Ewelina Kulataev. Als Larsson den Rollstuhl davor positioniert hatte, öffnete sie den Schrank, nahm eine vergilbte Ansichtskarte, die schräg an einer gänseeigroßen Matrjoschka gestanden hatte, heraus und gab sie Larsson. Sie musste sie öfter in der Hand gehalten haben, denn die Karte war ziemlich abgegriffen. Auch die Schrift war leicht vergilbt. Larsson las:

Liebe Ewelina,

im Augenblick bin ich an der Ostsee gelandet, wo ich mir in einem Restaurant mit Bedienung etwas verdiene. Es geht mir gut, obwohl hier auch nicht gebratene Tauben in den Himmel fliegen.

Bleibt mir gesund, ich werde von Zeit zu Zeit etwas von mir hören lassen. Bis ganz bald, Elfi

Larsson schaute auf dem Poststempel. Er konnte es nicht entziffern, doch er war sich sicher, dass die KT herausfinden würde, von wo die Karte abgeschickt worden war.

»Die Karte haben wohl schon viele Menschen in der Hand gehabt«, stellte er fest.

»Hauptsächlich ich«, sagte die Frau. »Ich habe sie Hunderte Male angeschaut und ebenso oft gelesen.«

»Trotzdem würde ich Sie bitten, mir die Karte mitzugeben, damit wir herausfinden können, wo sie abgeschickt wurde. Hat Ihnen Elvira noch mehr geschrieben, andere Karten oder gar Briefe?«

»Nein, leider nicht.«

Larsson schaute auf die Matrjoschkas, die angeordnet waren, als würden die drei kleinen Figuren, die im Halbkreis angeordnet waren, auf die größere Holzpuppe achten. Dann sah er, dass der Schnittpunkt der großen Matrjoschka mit einem durchsichtigen Überzug versiegelt war.

»Die Puppen sind wirklich sehr schön«, lobte Larsson die kunsthandwerkliche Arbeit.

»Die große Matrjoschka gehörte Elfi. Sie hat ihr so gefallen, dass ich nicht anders konnte, als ihr die Puppe zu überlassen.«

»Und dann steht sie jetzt hier?«

»Wie hätte sie sie denn mit auf die Reise nehmen können? Und wenn sie sie mitgenommen hätte, dann wäre sie vielleicht gar nicht mehr existent.«

»Da haben Sie auch wieder recht«, sagte Larsson.

»Sie hat ihre Puppe mitgebracht, als sie sich von mir verabschiedet hat. Und sie hat mich darum gebeten, sie nicht zu öffnen, weil sie etwas in sie hineingelegt habe, was sie unbedingt wiederhaben wolle.«

»Und Sie haben tatsächlich nicht hineingeschaut?«

»Nein, das habe ich nicht. Ich habe es ihr versprochen. Außerdem würde sie es sehen können, denn sie hat mit farblosem Nagellack die beiden Teile versiegelt.«

Larsson überlegte einen Augenblick, wie er der Frau am besten nahebringen könnte, was mit Elvira Starck passiert war.

Die Frau schien sein Zögern bemerkt zu haben.

»Langsam sollten Sie zur Sache kommen, Kommissar, ich bin schließlich eine alte Frau. Zwar bin ich noch nicht verblödet, doch strengen mich solche Gespräche sehr an. Zumal sie mich in meinen Empfindungen sehr angreifen.«

»Dafür habe ich absolut Verständnis, Frau Kulataev. Ich möchte Ihnen ein Foto zeigen.«

»Ein Foto von Elfi?«

Larsson nahm sein Smartphone aus der Tasche und rief das Bild von Ginerva Renzi auf. Er vergrößerte das Gesicht ein wenig und justierte es so ein, dass die Frau nicht sehen konnte, dass das Bild im Rotlichtviertel entstanden war.

»Kennen Sie diese Frau?«

Ewelina Kulataev sah sich das Bild eine Weile an. Dann fragte sie: »Was ist mit ihr?«

»Frau Kulataev, ich sage Ihnen das gern, wenn ich weiß, ob Sie die Frau kennen.«

»Ich würde sie erkennen, selbst wenn sie inzwischen hundert Jahre alt wäre. Es ist meine Elfi.«

Larsson griff nach der Hand der Frau. »Sie sagten, die Karte von der Ostsee, die Sie Anfang der neunziger Jahre erhalten haben, sei das einzige Lebenszeichen, welches Sie von Elfi bekommen haben?"

»Ja.« Die Stimme der Frau war leise geworden. Offensichtlich ahnte sie, was auf sie zukam.

»Wie auch immer. Wir werden nie mehr erfahren, warum der Kontakt zwischen Elvira Starck und Ihnen abgerissen ist.«

»Wie Sie das so sagen ... Herr Kommissar ... wird mir bewusst, dass das Kind nicht mehr lebt.«

Larsson hatte schon viele Todesnachrichten überbringen müssen. Jedes Mal hatte er festgestellt, dass der Tod immer als grausam empfunden wird, ganz gleich, wo er auftritt. Und oft hatte es Spuren bei ihm hinterlassen. Dieses Mal waren diese Spuren besonders hartnäckig. Die alte Frau, die selbst schon nahe am Ende ihres Lebens stand, schien das im ersten Augenblick relativ ruhig aufzunehmen. Nur Momente später bemerkte er, dass es ihr körperlich sehr zusetzte.

»Brauchen Sie Hilfe? Soll ich Frau Weiler rufen?«

»Nein. Ich will lieber mit Ihnen allein sein. Es ist Elfi, nicht wahr?«

»Ich weiß das nicht genau ... Wir wissen es nicht genau, weil wir kein Vergleichsmaterial haben.«

»Vergleichsmaterial. Was ist das?«

»Sie sagten, Frau Kulataev, Elvira hätte etwas in die Matrjoschka hineingelegt."

»So sagte sie jedenfalls zu mir.«

»Wissen Sie, was Elvira hineingelegt hat?«

»Ein Medaillon. Aber ich habe nicht einmal gesehen, wie sie es hineingelegt hat.«

Larsson sah, wie ihr die Tränen über das Gesicht liefen. Das waren die Augenblicke, die er hasste, weil sie ihn hilflos machten. Er streichelte ihr beruhigend über die Hand.

»Aber sie hat mir gesagt, dass sie das kleine Medaillon, das sie nach dem Tod ihrer Mutter getragen hat, hineingelegt hat und eine winzige Haarsträhne von ihr selbst.«

»Elvira ist aller Wahrscheinlichkeit nach keines natürlichen Todes gestorben“, sagte Larsson leise. »Sie wollen doch sicher auch, dass wir aufklären, ob die Frau, die wir gefunden haben, tatsächlich Ihre Elvira ist.«

Ewelina Kulataev nickte zwischen zwei Schniefern.

»Dann brauche ich die Karte und auch die Matrjoschka, damit sie von der Kriminaltechnik untersucht und festgestellt werden kann, ob DNA-Material daran zu finden ist. Doch davon gehe ich aus. Darf ich die Sachen mitnehmen?«

»Bekomme ich die Sachen zurück?«

»Natürlich, schnellstmöglich«, sagte Larsson.

»Bekomme ich eine Quittung?«

»Wenn Sie sich dazu entschließen, mir die Sachen mitzugeben ...«

»Nur gegen eine Quittung«, sagte Ewelina Kulataev nachdrücklich.

Larsson dachte einige Sekunden nach. Dann sagte er: »Wenn Sie mir jetzt sagen, dass Sie mir die Sachen mitgeben würden, könnte ich in Anklam anrufen und einen Polizeifunkwagen mit der Quittung bestellen.«

»Bestellen Sie die Quittung.«

*

Larsson ging hinaus in den Garten, telefonierte mit Polizeioberrat Mälzer, fragte ihn, ob der Fall mit dem Klarnamen von Marie Duplessis alias Ginerva Renzi erledigt sei, oder ob er selbst interessiert sei, das Geheimnis dem BKA gegenüber zu lüften.

»Ich denke, Sie sind im Krankenstand, Larsson«, sagte Mälzer. »Man hat mir gesagt, Sie seien letzte Woche operiert worden.«

»Da ist etwas Wahres dran«, sagte Larsson. „Jetzt war ich zu einer Behandlung in Prätenow. Und genau dort habe ich den tatsächlichen Namen von Ginerva Renis erfahren. Inzwischen habe ich eine zweite Bestätigung eingeholt, die ebenfalls glaubwürdig ist.«

»Ich weiß zwar nicht, wie Sie das immer machen, Larsson. Doch wenn sich Ihre Aussage bestätigt, ist das gute Arbeit.«

»Dafür, Herr Polizeioberrat, brauche ich aber jetzt Ihre Hilfe. Ich benötige sofort eine Quittung über den Erhalt einer handgeschriebenen Postkarte und einer zwölf Zentimeter großen Matrjoschka. Sie könnten eine Funkstreife nach Stolpe schicken, die die Quittung bringt und die aufgeführten Dinge mit zur KTU nimmt. Wenn die DNA ermittelt ist, können Sie ein Abgleich beim BKA machen lassen.«

Polizeioberrat Mälzer sagte das sofort zu, und Larsson nannte die Adresse von Frau Kulataev. Eine Dreiviertelstunde später kam der Funkwagen mit der angeforderten Quittung und fuhr kurze Zeit später mit den Utensilien nach Anklam zurück.

Larsson bedankte sich bei Ewelina Kulataev für Ihre Geduld und ihre Bereitschaft, bei der Aufklärung des Falls zu helfen. Darüber hinaus versprach er ihr, dafür Sorge zu tragen, dass sie die Gegenstände umgehend zurückbekommen würde.

Epilog

Ein Jahr später

Larsson erkannte den Anrufer an seiner Stimme.

»Herr Thun. Wie kann ich Ihnen helfen?«

»Der Mörder meiner Tochter ist zu einer achtjährigen Haftstrafe verurteilt worden.«

»Oh, die Strafkammer war aber großzügig«, sagte Larsson lapidar.

»Darüber werden die Eltern meiner Tochter sicher froh sein«, sagte Gerd Thun.

Larsson atmete hörbar aus. »Aber das bringt Ihnen Ihr Kind nicht zurück.«

»Nein, das tut es nicht.«

»Und Sie?«, fragte Larsson. »Sind Sie damit zufrieden?«

»Mir wäre lieber, Suzanne wäre noch hier. Das ist gar keine Frage. Ich habe das nur festgestellt, weil das Gericht zwei Jahre über der von der Staatsanwaltschaft geforderten Strafe entschieden hat.«

»Sie klingen relativ aufgeräumt«, sagte Larsson.

»Das täuscht. Das Unterbewusstsein hat mich nach der Befragung durch die Kriminalhauptkommissarin der Mordkommission so gebeutelt, dass ich vorsichtshalber ein EKG machen lassen musste. Doch heutzutage gibt es für alles Tabletten.«

»Jeder Dammbruch fängt mit einem Haarriss an«, sagte Larsson.

»So musste ich das auch sehen.«

»Zwei Jahre über der geforderten Strafe. Das ist nicht alltäglich. Da müssen die Kollegen in Neubrandenburg sehr fündig geworden sein, wenn sie das Gericht zu einer so hohen Strafe überzeugen konnten.«

»Ich habe einen Artikel aus dem Stralsund-Blitz hier, würde Ihnen den gern zusenden, wenn er Sie interessiert.« Thun las die Titelzeile des Artikels. »Totschlag oder Suizid? Remigius Günner muss acht Jahre in Haft. Angeklagter streitet vehement Vorwurf ab. Doch Gericht ist überzeugt, dass der Stralsunder seine Lebensgefährtin getötet und im Artistenkoffer verstaut hat.«

Als Thun einen Augenblick schwieg, sagte Larsson: »Ja, das würde mich interessieren. Können Sie mir das per SMS zustellen?«

»Selbstverständlich.«

»Haben Sie einen Stift zur Hand?«

»Ja.«

»lasse.larsson@polizei.anklam.de«, sagte Larsson. »Wenn Sie es an diese Adresse schicken, habe ich es unmittelbar.«

Keine acht Minuten später konnte Larsson den Zeitungsartikel aufrufen.

Totschlag oder Suizid? Remigius Günner muss acht Jahre in Haft

Angeklagter streitet vehement Vorwurf ab. Doch Gericht ist überzeugt, dass der Stralsunder seine Lebensgefährtin getötet und im Artistenkoffer verstaut hat.

Von Justina Kowalski

Zwei Tage ließ er seine tote Lebensgefährtin vor dem Küchentisch auf einem Stuhl sitzen, bevor er sie in einen Artistenkoffer verstaute. Er entsorgte ihre blutgetränkte Wäsche, ein Paar Schuhe und eine ihrer Handtaschen im Müllcontainer der Wohnanlage. Doch im Prozess vor dem Schwurgericht versicherte Remigius G. mehrfach: »Sie war die Liebe meines Lebens. Ich habe sie geradezu abgöttisch geliebt und ganz bestimmt nicht getötet«. Der Angeklagte hatte im Prozess angegeben, er sei am Tatabend, dem 8. Mai vergangenen Jahres, nach einem Streit mit seiner Lebensgefährtin ins Bett gegangen. Als er am nächsten Tag aufstand, habe er sich gewundert, dass sie nicht im Bett gewesen sei. Er habe sie dann auf dem gleichen Stuhl wie am Abend zuvor, sitzend am

Tisch in der Küche vorgefunden. Überall war Blut, am Tisch, am Boden, auf ihrer Kleidung. Neben ihr lag das blutverschmierte Messer. »Da bin ich nervlich zusammengebrochen. Es hat mir einen so starken Schock versetzt, dass ich nicht in der Lage gewesen bin, die Polizei zu alarmieren. Als ich den Verwesungsgeruch nicht mehr aushalten konnte, bin ich auf die Idee gekommen, die Leiche in einen Artistenkoffer zu packen, den ich auf dem Boden aufbewahrte.«

Das Gericht glaubte dem gelernten Elektriker diese Beteuerungen nicht. Sechs Jahre Haft hatte die Staatsanwaltschaft gefordert. Doch damit gab sich die Strafkammer nicht zufrieden. Sie verhängte eine achtjährige Freiheitsstrafe. Damit ging die Kammer zwei Jahre über den Antrag der Staatsanwaltschaft hinaus. Freilich kündigte der Verteidiger an, in Revision zu gehen. Er hatte auf Freispruch plädiert. Während der Verhandlung trug er des Öfteren vor, dass die an einer Borderline-Störung leidende, stark alkoholisierte und alkoholabhängige Frau in einer psychischen Ausnahmesituation Suizid begangen haben könnte. »Das Gericht ist davon überzeugt«, sagte die Vorsitzende Richterin, »dass der Angeklagte die Frau mit einem Stich ins Herz getötet hat, nicht aber sie sich selbst.«

Am Abend zu Hause nahm Larsson sich den Artikel noch einmal vor. Als er ihn gelesen hatte, ließ er das letzte Jahr noch einmal Revue passieren. Der Auftrag seines Chefs, Polizeioberrat Mälzer, hatte ihn aus der Tretmühle des täglichen Allerleis herausgeholt. Er beauftragte ihn mit der Suche einer Schattenfrau, die überhaupt nicht existent zu sein schien. Doch als Larsson die imaginäre Person über das Internet gefunden hatte, musste er feststellen, dass die beiden Pseudonyme, unter der sich Ginerva Renzi alias Marie Duplessis in der Welt der Schönen, Reichen und abartigen Menschen bewegte, ihr bester Schutz und gleichzeitig ihr Untergang waren. Das DNA-Material, das er sicherstellte, bestätigte, dass sie in Stolpe auf Usedom geboren und im Geburtenregister als Elvira Starck geführt wurde. Larsson konnte schließlich erreichen, dass ihre Urne zur Insel der Vergänglichkeit übergeführt und dort beerdigt wurde. Die schlichte Beerdigung wurde im Pfarrbüro in Zirchow vorbereitet. Irgendwann, doch viel zu spät, hatte ihn Charlene Gruber vom BKA darüber informiert, was sie wiederum über ihr Netzwerk zu dem ganzen Fall in Erfahrung gebracht hatte. Oberst Zossima Pokrovskii vom ukrainischen Inlandsgeheimdienst war auf unerklärliche Weise verschwunden. Das BKA hatte ihm zwei Zielfahnder nachgeschickt, die seinen Weg verfolgten. Pokrovskii war in eine Alitalia-Maschine gestiegen und mit einem Zwischenstopp in Wien nach Odessa weitergeflogen. Dort hatte der Oberst Heimvorteil. Es verlor sich jede Spur. Über das Ehepaar Kirsch war zu erfahren, dass Julia Kirsch wegen Anstiftung zum Mord an Elvira Starck vor Gericht gestellt wurde. Ihr Mann Sven Kirsch hingegen verzichtete darauf, ins Zeugenschutzprogramm aufgenommen zu werden. Er lebte mit seinen beiden Kindern weiterhin in dem Haus in dem kleinen Ort Einhaus im Herzogtum Lauenburg in Schleswig-Holstein am Westufer des Ratzeburger Sees. Die Ungewissheit, ob die aufgefundene Leiche der Frau im Artistenkoffer, die nicht eheliche Tochter des Autors Gerd Thun aus Prätenow, Suizid begangen oder umgebracht worden war, hatte nun das Urteil der Großen Strafkammer Stralsund relativiert.

»Warum sitzt du hier im Dunkeln?«, fragte Monika, die leise hereingekommen war, und stellte den NDR-Kultursender an. Leise intonierte Hermann Prey das Ständchen von Schubert »Leise flehen meine Lieder die Nacht zu dir ...«

»Wenn die Musik der Liebe Nahrung ist, spielt weiter«, sagte Larsson. Monika setzte sich auf seinen Schoß und streichelte sein Gesicht. »Wenn ich nachts wie so oft schlaflos neben dir liege, habe ich einige Wünsche.«

»Nicht nur du, liebe Monika. Auch ich wünschte mir in diesen Augenblicken, ich könnte dich schmecken, lieben und fühlen ... Und ich habe weiß Gott in der letzten Zeit oft schlaflos neben dir gelegen.«

»Ich weiß. Habe ich's doch so manches Mal bemerkt. Und ich hatte absolut die gleichen Wünsche wie du. Warum ist es so schwer, es dem Partner zur rechten Zeit zu sagen, besser zu zeigen«, sagte sie. »Im Angesicht der Ruhe der Nacht kann sich die Liebe doch weitaus mehr entfalten.« Larsson begann seine Frau vorsichtig zu streicheln und zitierte leise ein Gedicht, dass er vor wenigen Tagen erst gefunden hatte.

»Dein ruhiger Schlaf, ich betrachte dich. Gleichmäßiger Atem, entspanntes Gesicht. Behutsam sanft, möcht leise dich betören, doch will ich deinen Schlaf nicht stören.

Zerbrechlich stark, wundersames Wesen. Könntest du doch meine Träume lesen. Liegst neben mir, ruhig und still. Ahnst nicht, was ich jetzt mit dir will.

Will dich schmecken, lieben und fühlen, zärtlich in deinen Lenden wühlen, lustvolles Seufzen und Stöhnen hören, doch will ich deinen Schlaf nicht stören.

So lieg ich bei dir, ruhig und still davon träumend, was ich jetzt mit dir will. Dich mit Liebe benetzen und von dir trinken. Berühren, verführen, in Unendlichkeit versinken«.

Später, als sie zu Bett gegangen waren, schmiegte sich Monika zärtlich an ihren Mann. »Ich liebe dich als Gesamtwerk, Larsson, mit all deiner Liebe zu Elina und mir, zur Musik und zur Kunst ... Und vor allem ...«, gurrte sie. »Vor allem?« »Mit deiner Kunst in der Küche, die mir stets wundervolle Gaumenfreuden bereitet hat.«

*

Danksagung

Dieser Kriminalroman wäre so nicht entstanden, wenn nicht ein mich sehr betreffendes, überaus berührendes Ereignis eingetreten wäre, ein Mord innerhalb meiner Familie.

Als mich die Hauptkommissarin der Mordkommission der betreffenden Stadt anschließend an meine Anhörung zu dem Fall fragte, ob ich denn ein Buch darüber plane, antwortete ich ausweichend, ich würde bereits einige Notizen dazu machen. Freilich hatte ich da schon entschieden, das nicht nur ernsthaft zu prüfen. Meine eigenen Recherchen, die ich dann vor Ort durchführte, ergaben so viel Material, dass ich selbstverständlich nicht daran vorbeikommen konnte, mich der Thematik Beziehungstat, Gewalt bis hin zum Mord, anzunehmen.

Besonders danken möchte ich Herrn Lars Buchmann für die großartige Unterstützung bei meinen Recherchen im unmittelbaren Umfeld der Katastrophe, sowie die laufende Unterrichtung über erschienene Artikel in den Printmedien. Ohne diese Hilfe wäre es schwer geworden, objektiv über den Mord zu berichten, auch wenn ich ihn, verständlicherweise lokal und zeitlich verlegt, und in eine romanhafte Form verpackt habe.

Ferner gilt mein besonderer Dank der Heilpraktikerin für Psychotherapie auf der Insel Usedom, Frau Ina Schirmer in Dargen-Prätenow, die mich zu allen wesentlichen psycho-logischen Fragen bis hin zur Hypnose mit großer Geduld beraten hat.

Bleibt mir noch, Kai Kruse, dem Chef des Mercedes-Autohauses, zu danken, der mich in all den Jahren der Entstehung der Lasse-Larsson-Usedom-Reihe mit wertvollen Hinweisen, die wirtschaftliche Entwicklung der Insel betreffend, versorgte.

Pauschal möchte ich den Kolleginnen und Kollegen diverser Zeitungsredaktionen Danke sagen. Dass ich sie nicht einzeln benenne, hat mit dem Schutz meiner Zeugen zu tun. Ich habe aber nicht vergessen, dass ich ohne ihre Arbeit oft im Dunkeln getappt wäre.

Immer auf der Suche nach Besonderheiten, die scheinbar eigens für die Handlung meines Romans geschrieben wurden, stieß ich zufällig auf ein Liebesgedicht meiner Berliner Kollegin Marianne Rauch. Mich haben vier der 16 Strophen so beeindruckt, dass ich sie bat, das Gedicht nutzen zu dürfen. Auch ihr gilt mein besonderer Dank. »Neben Dir« © by Marianne Rauch, Berlin.

FSC
www.fsc.org
MIX
Papier aus verantwortungsvollen Quellen
Paper from responsible sources
FSC® C141904

Druck:
Customized Business Services GmbH
im Auftrag der
KNV Zeitfracht GmbH
Ein Unternehmen der Zeitfracht - Gruppe
Ferdinand-Jühlke-Str. 7
99095 Erfurt